STAR WARS
THE HIGH REPUBLIC

TRILHA DO ENGANO

Tessa Gratton &
Justina Ireland

São Paulo
2024

Disney · Lucasfilm

Grupo Editorial
UNIVERSO DOS LIVROS

Diretor editorial
Luis Matos

Gerente editorial
Marcia Batista

Produção editorial
Letícia Nakamura
Raquel F. Abranches

Tradução
Dante Luiz

Preparação
Laura Moreira

Revisão
Guilherme Summa
Tássia Carvalho

Adaptação de capa
Renato Klisman

Ilustração de capa
Corey Brickley

Diagramação
Francine C. Silva

Dados Internacionais de Catalogação na Publicação (CIP)
Angélica Ilacqua CRB-8/7057

G235s Gratton, Tessa
Star Wars : Trilha do engano (The High Republic) / Tessa Gratton, Justina Ireland ; tradução de Dante Luiz.
—— São Paulo : Universo dos Livros, 2024.
256 p.

ISBN 978-65-5609-683-4
Título original: Star Wars: Path of Deceit (The High Repuplic)

1. Ficção norte-americana 2. Ficção científica
I. Título II. Ireland, Justina III. Luiz, Dante

24-4670 CDD 813.6

Universo dos Livros Editora Ltda.
Avenida Ordem e Progresso, 157 — 8º andar — Conj. 803
CEP 01141-030 — Barra Funda — São Paulo/SP
Telefone: (11) 3392-3336
www.universodoslivros.com.br
e-mail: editor@universodoslivros.com.br

PRÓLOGO

Radicaz Dobbs, conhecido como Sol por seus amigos e como coisa muito pior por seus inimigos, atracou sua decrépita nave de lazer nas docas de Dalna, um planetinha de nada em um cantinho de nada do espaço. A fronteira estava cheia de adversidade e escassez, mas Sol nunca havia visto docas tão terríveis. A área era praticamente um buraco lamacento, e a capitania das docas nem tentou mandar as coordenadas. Em vez disso, balbuciou pela estática do comunicador algo que soou como "pode parar em qualquer lugar" enquanto Sol passava pela camada superior da atmosfera. "Qualquer lugar" se referia a uma enorme área aberta que parecia ter sofrido as consequências da migração de uma manada de banthas. Conforme Sol descia com a nave, a *Scupper*, ele se perguntava como podia existir uma colecionadora de artefatos raros relacionados à Força em um posto avançado tão desolado.

Mas não pensou nisso por *muito* tempo. Créditos eram créditos, não importava de onde viessem.

A nave chegou ao solo sem incidentes e, graças à sua aparência decrépita, não chamaria muita atenção, nem mesmo na plataforma mais deprimente que Sol já havia visto. E se a capitania das docas fizesse uma inspeção aleatória, não encontraria nada de errado. O interior da *Scupper* não era mais impressionante do que o seu exterior. O convés estava velho e gasto, com um cheiro particular que nunca desaparecia, por mais que Sol fizesse seu droide de manutenção, DZ-23, esfregar as paredes. Mas o mau estado escondia poderosos motores subluz, uns quantos cofres codificados, um banco de dados de ponta e um navicomputador. Sol gostava de estar à frente da concorrência, independentemente do papel que estivesse desempenhando.

Quando Sol aterrissou e escondeu alguns dos artefatos mais raros, destinados a compradores melhores, pegou os itens restantes e os embrulhou com cuidado antes de colocá-los em uma mochila. Não levaria todo o saque de uma vez, só alguns itens por vez. Ele podia ser novo no ramo de receptação de itens, uma das muitas coisas que fazia para sobreviver, mas aprendia rápido. Na galáxia, era cada rathtar por si, e Sol estava determinado a continuar vivo.

Estava prestes a ir quando ouviu batidas repentinas do lado de fora da nave. Sol digitou o código e a rampa de embarcar desceu, as pernas estabilizadoras na outra ponta se ajustando com um som molhado que fez Sol estremecer. Quando espiou para ver quem martelava a lateral da nave, viu um Nautolano enorme vestindo uma estranha túnica azul e cinza, com tinta azul esfregada na testa e decorando as mãos e os braços expostos. Mas isso não era o mais notável sobre o homem: seus tentáculos capilares haviam sido cortados, de modo que restavam apenas tocos rombudos e pouco naturais. Era um lembrete brutal de que, apesar do sorriso gentil do homem, a galáxia e seus cidadãos podiam ser muito, muito violentos.

— Você deve ser o Sol — disse o Nautolano, erguendo as palmas das mãos na direção do céu e se curvando em reverência. — Estou encantado em conhecê-lo. Pode me chamar de Arauto.

Sol se sentiu profundamente desconfortável.

— Como sabia quem eu era?

Um sorriso repuxou brevemente os lábios do homem antes de desaparecer, e quando ele se endireitou, seus olhos grandes, negros e aquosos não tinham nem um pouco de malícia.

— A Mãe pediu que o encontrasse aqui. Ela não gosta de Ferdan e evita a cidade ao máximo. Estar perto de tantas coisas vivas pode, às vezes, afetar sua habilidade de comungar com a Força. Poderia me acompanhar?

Sol não queria seguir o Nautolano, mas a mulher com quem trocara mensagens havia prometido a ele um pagamento caso pudesse providenciar artefatos interessantes. Então, Sol, que tinha uma conta bem grande a pagar ao Cartel Hutt por algumas dívidas de jogo, tocou na cinta para se certificar de que o blaster continuava lá antes de seguir o Arauto.

— Nosso complexo não fica longe daqui — falou o Arauto, guiando-o por uma estrada um pouco menos lamacenta que se afastava do pequeno assentamento.

— Estamos saindo de Ferdan? — perguntou Sol.

— Sim. Nosso complexo fica fora da cidade.

— Chamam isto de cidade por aqui? — Sol olhou para as pessoas que os observavam ir embora. A maioria dos habitantes não parecia se importar com eles, mas alguns paravam e faziam um sinal que Sol reconheceu das mesas de rykestra que servia para afastar o azar. Ele levantou a mochila e olhou de relance para o Arauto.

— Sim. Dalna é pacífica e pouco povoada. É por isso que nós, o Caminho da Mão Aberta, escolhemos este local como nosso lar. Há poucas distrações. É melhor se apressar, porém. Estamos na estação chuvosa e, nesta época do ano, você fica ensopado se estiver de bobeira do lado de fora.

Sol tentou andar mais rápido, mas era baixo e corpulento, e o Nautolano era alto e musculoso. Assim que os primeiros edifícios do Caminho surgiram, ele estava ofegante, e apesar de o Arauto oferecer várias vezes para levar sua mochila, Sol ainda a agarrava com força. Havia algo naquele homem estranho e nas reações do povo de Ferdan que deixava Sol nervoso.

Quando Sol e seu guia contornaram uma curva suave na estrada lamacenta, um grupo de pessoas esperava por eles, todas com roupas semelhantes às do Arauto. Sol notou que as peças seguiam um padrão, alguns vestiam mais azul do que cinza e os membros mais antigos estavam mais ornamentados, incluindo colares de contas estranhas e pinturas faciais em um azul intenso. A única humana do grupo, uma mulher de pele marrom, cachos suaves e olhos brilhantes, trajava uma túnica prateada com um corte visivelmente melhor que o dos outros. Seu sorriso era calmo e acolhedor.

— Sol Dobbs, a Força o recebe livremente — disse ela, fazendo uma versão abreviada da reverência do Arauto: mãos abertas, palmas viradas para o céu. Ela não se curvou nem fechou os olhos. Em vez disso, apenas inclinou a cabeça para Sol, os olhos fixos nos dele.

Sol piscou de surpresa, distraindo-se por um instante. A cautela desapareceu.

— Ah, você deve ser a Mãe.

— Me chame de Elecia. Por favor. A Mãe é um título, não o nome que uso. — Ela abriu um sorriso, e uma sensação cálida se espalhou por Sol, como quando bebia um pouco demais. — Estes são alguns de nossos Anciões. Eles me ajudam a tomar decisões difíceis.

— Ah, não há decisões difíceis a serem feitas aqui — disse Sol, percebendo uma oportunidade. Levantou sua mochila e abriu um grande sorriso. — Cada artefato que eu trouxe é lindo de se ver, e ressoa com a Força de todas as formas imagináveis.

O sorriso de Elecia aumentou.

— Ah, eu certamente espero que sim. Venha, deve estar exausto depois de uma viagem tão longa. Temos algumas comidas e bebidas no salão principal.

Atravessaram o complexo, e Sol notou de relance as crianças que brincavam na grama, todas elas cópias pequenas dos adultos: túnicas azuis e cinza, pintura facial azul. Havia alguns adolescentes por ali, meninos e meninas conversando uns com os outros, e um grupo de crianças mais novas jogava um jogo complicado, que consistia em manter um saco pequeno no ar, dentro de um círculo, sem usar as mãos. Pareceria algo completamente normal, não fossem as vestes e pinturas estranhas.

Mas, apesar de tudo ser novidade, Sol se pegava olhando uma e outra vez para a Mãe. Tanto que uma das Anciãs, uma Twi'lek idosa de lekku enrugados, percebeu e sorriu para ele.

— Ela é bela, não é? — perguntou.

— Hã, eu, sim. Sim, ela é.

— É porque a Força brilha através dela — disse a mulher. — Ela fala em seu nome e, em troca, a Força a abençoa com porte e beleza.

Sol franziu o cenho.

— Ela é uma Jedi? — questionou. Não gostava muito dos Jedi e de seus truques mentais.

A mulher sibilou e se afastou.

— Não! A Mãe é uma profeta. Ela entende que a Força deve ser livre, não empunhada como uma arma.

— Chegamos — Elecia anunciou, olhando por cima do ombro para sorrir para Sol. — Anciões, eu os convidaria a se juntarem a nós, mas vocês deveriam cuidar de sua meditação. O Arauto contará depois o que foi decidido, está bem?

Um por um, os Anciões assentiram e se afastaram do grupo, andando até a entrada de uma caverna. Elecia se virou para Sol.

— Espero que não se importe. Imaginei que seria bom termos um pouco de privacidade.

— Ah, hã, sim — disse, sem palavras. Havia algo inebriante a respeito da mulher, tanto que achava difícil manter um único pensamento na cabeça. O ar tinha um cheiro doce e fresco, e a brisa inclinava as cabeças das flores. Era um cenário idílico, para dizer o mínimo, e Sol notou que sua mente estava vagando. Queria ficar aqui, neste lindo lugar, com esta linda mulher. A ideia de partir parecia impossível.

Mas então a Mãe tocou o dorso de sua mão e a sensação estranha desapareceu, estourando como uma bolha.

— Senhor Dobbs, está se sentindo bem?

— Sol, Senhorita Elecia — disse, com um sorriso incerto. — Desculpe, fiquei fora de mim por um instante.

— Doença solar — respondeu o Arauto, assentindo com a cabeça de forma decidida. — Acontece, às vezes. Os sóis duplos de Dalna podem ser um pouco fortes para aqueles que não vivem sob uma luz tão implacável.

— Vamos nos apressar para entrar e tratar desses assuntos — disse a Mãe. — Beber alguma coisa pode ajudar a se sentir melhor.

Entraram na casa comunal, que, como o restante do complexo, era limpa e bem-cuidada, mas sem nenhuma decoração. Havia desenhos cravados nas paredes com uma pedra estranha, mas só. Sol havia esperado encontrar algo parecido com o Templo Jedi em Coruscant: pináculos e pinturas e afins. Tinha ido lá uma vez, quando jovem, mas não se lembrava com quem nem por quê. Só se lembrava de se sentir pequeno.

Mas o Caminho não o fazia se sentir daquela maneira. Pelo contrário, ele se sentia acolhido e bem-vindo, como se estivesse descobrindo a própria família depois de muito, muito tempo.

Havia uma mesa simples reservada, e o Arauto apontou para ela com um movimento da mão.

— Pode colocar os artefatos aqui enquanto trago as bebidas — falou o Arauto. Quando ele se afastou, a Mãe veio inspecionar os itens um por um, conforme eram depositados na mesa. Sol tentou não dizer nada e se concentrar no que estava fazendo, mas a Mãe o deixava nervoso, e quando estava nervoso tinha a tendência de falar demais.

— Então, você é uma usuária da Força? — começou. A Mãe franziu o cenho, e ele teve a sensação imediata de que havia dito a coisa errada.

— Não, eu sou uma profeta. Não uso a Força. Comungo com ela, e tento compartilhar sua vontade com todos aqueles que a ouvirão.

— Ah. O Arauto disse que você não gosta da cidade porque tem muita gente nela.

A Mãe pegou um bracelete, franziu o cenho e o colocou de volta no lugar imediatamente.

— A Força é a própria vida, e ficar ao lado dela por muito tempo pode ser cansativo. — Ela pausou por um momento, como se estivesse pensando. — Imagine uma sala lotada, com todo mundo gritando ao mesmo tempo em muitas línguas diferentes. É isso que sinto ao viajar para uma cidade. Barulho. Caos. Nem um pouco agradável. É por isso que prefiro ficar aqui, onde posso comungar com a Força de uma forma mais sustentável. É ainda melhor estar entre as estrelas, em nossa nave, a *Olhar Elétrico*. Lá, só existe a harmonia da galáxia, a Força e suas belas inspirações e expirações.

Sol fez uma pausa, observando a Mãe falar, os olhos dela brilhando. Sentiu algo dentro de si mudar, e soube que se esforçaria muito para deixar esta mulher feliz. E foi isso. Um sorriso dela seria suficiente.

Mas então a Mãe franziu o cenho para ele.

— Você está bem? Você está com uma expressão muito estranha no rosto.

Antes que pudesse responder, o Arauto voltou com uma bandeja, dois copos de chá sobre ela. O Arauto passou um a Sol e outro à Mãe, mas deixou claro que não tomaria nada. Assim que os dois pegaram os copos, o enorme Nautolano limpou a garganta.

— É uma coleção impressionante de artefatos, mas acho que não é o que procuramos. A princípio, entramos em contato porque estávamos procurando por um artefato conhecido como o Bastão das Eras. É parte de um conjunto. Tem outros dois: o Bastão das Estações, propriedade da família real Hynestiana, e o Bastão da Aurora, que dizem estar em um museu em Jedha.

— Ah, sim, sim. — Sol tomou goladas do chá antes de se virar outra vez para as mercadorias espalhadas. A maioria eram bugigangas. Lixo, para falar a verdade. Mas estava torcendo para que os habitantes daquele fim de mundo não notassem a diferença. — Temo dizer que isso é basicamente uma lenda. Mas! Eu tenho aqui um bracelete muito bonito que, dizem, pertencia a um Lorde Sith.

— Não é o que procuramos. — A decepção era evidente na voz da Mãe. — Nosso grupo almeja libertar a Força de todas as formas, inclusive obtendo artefatos da Força para que não possam mais ser abusados. Sinto muito mesmo por fazê-lo perder seu tempo vindo até aqui. Você foi enganado. Nenhum desses objetos ecoam com a Força.

Sol franziu o cenho. Conseguia ver a oportunidade se esvaindo.

— Tem certeza? Este cálice, ao menos? Pertenceu a um Jedi que acabou com uma guerra civil planetária sem ajuda de ninguém!

A Mãe sorriu com tristeza, como se ele fosse uma criança reclamando da hora de ir para a cama.

— Tenho certeza disso. Não se preocupe, ainda vamos cobrir seus gastos com combustível, conforme o combinado.

— Esperem! Tenho um item que não viram ainda. — Sol levantou a mochila. Havia trazido a joia por impulso, já que era o objeto mais estranho da coleção. — Esta veio de um planeta distante, do outro lado de um redemoinho. Uma maravilha de planeta não mapeado, cheio de vida, governado pela Força.

A Mãe ergueu as sobrancelhas.

— De verdade?

— Sim — respondeu Sol, tirando a joia da mochila. Era de um tamanho grotesco, pesava praticamente o mesmo que um gato tooka com sobrepeso. Grande demais para se tornar uma peça de joalheria, brega demais para ser estilosa. Além do mais, as poucas pessoas a quem tentou vendê-la ficaram enojadas com a coisa, como se fosse algo vil, e não um orbe roxo luminoso.

Mas a Mãe ofegou em voz alta ao vê-la ser revelada das profundezas da mochila.

— Ah, sim. — Ela pegou o objeto como se pesasse muito pouco, e seu rosto ficou extasiado quando ela a aninhou contra o peito. — Ela canta com a Força, viva e maravilhosa! Ah, a Força se deleita com tal libertação. Vamos levá-la, Sol. Por favor, faça seu preço.

Sol piscou de perplexidade, e notou que não queria partir. Ainda não. Algo nessa mulher era bom, verdadeiro e honesto e, apesar de Sol sempre ter desejado ser bom, nunca vira muita utilidade em ser honesto.

— Talvez, em troca, poderia permitir que eu a ajude a localizar outros desses artefatos da Força. Que a ajude a libertar a Força. — A Mãe franziu o cenho, e ele notou que não tinha pedido nada pela pedra estranha. — Por uma pequena taxa de busca, é claro.

Houve uma pausa, durante a qual Sol achou ter passado do limite. Mas então a Mãe sorriu — para ele! Só para ele! — e notou que havia ficado aterrorizado com a ideia de ela dizer não.

— Sol, essa é uma ótima ideia. Será um prazer trabalhar com você.

Sol sorriu. Por todo esse tempo ele esteve procurando por um lugar onde se sentisse querido, e enfim o encontrara, em um planetinha de nada, em um cantinho de nada da galáxia.

UM

Quando o Jedi Padawan Kevmo Zink fora enviado junto à sua Mestra para a Orla Exterior, havia imaginado meses de exploração, vistas bizarras, contrabandistas e ladrões, bares imundos, droides dilapidados, piratas e fazendeiros de umidade, e, talvez, se tivesse sorte, algum tempo em Jedha. Não esperava acabar se encontrando equilibrado precariamente em um skimboard, diante de uma enorme manada de tubarões-de-grama de listras douradas, todos os dezessete mil integrantes em disparada pradaria abaixo, em sua direção.

Mas era *incrível*.

— Kev, saia daí! — Zallah Macri, sua Mestra, berrou da ponta mais afastada desta parte da pradaria. Mal conseguia ouvi-la pelo comunicador, em meio ao retumbar de dezenas de milhares de patas e garras arranhando a grama e levantando uma nuvem de poeira vermelha e brilhante.

Pressionando a parte de trás do skimboard com o calcanhar, Kevmo voou se inclinando para a frente, indo para cima e dando a volta. Seu manto chicoteou o vento quando ele ligou o sabre de luz, dando um belo giro nele ao chegar na ponta dianteira da manada.

Os tubarões-de-grama gritaram, saltando para longe, os da frente espetando as presas retorcidas e trombando nos que vinham atrás, em um efeito dominó violento que fez a manada toda pouco a pouco se virar na direção de Zallah, que faria o próximo giro. Kevmo deu um grito empolgado, sacudindo sobre ela o reluzente sabre de luz amarelo, como uma bandeira de sinalização.

Zallah, uma figura minúscula no próprio skimboard, subiu mais ainda e voou com elegância ao longo da nova dianteira da manada.

Eles estavam nesse jogo havia horas, mantendo a manada em movimento, já que não tinham como fazê-la parar de jeito nenhum. Tubarões-de-grama migravam a cada cinco anos, dezenas de manadas menores se encontravam ao norte para peregrinar até o enorme território de acasalamento que ficava ao sul. Desde o começo do assentamento, que ficava no limite desta pradaria, a migração em massa levava a manada através de um cânion um pouco a oeste, contornando o entreposto com seus cerca de cem cidadãos que aguardavam do outro lado do cume atrás de Kevmo. Este ano, alguma coisa fez a manada mudar de direção, e se os Jedi não a distraíssem, o assentamento seria esmagado.

Felizmente, outro Jedi, Azlin Rell, estava tentando consertar a situação. Só precisava trabalhar um pouco mais rápido.

A atenção de Kevmo estava dividida entre o brilho do sabre de luz azul-claro de Zallah e os tubarões-de-grama logo abaixo do skimboard. Eles tinham seis patas e listras douradas, enormes dentes de triturar e caninos que se retorciam para fora da boca. Não era exatamente o que havia imaginado ao ouvir *tubarão*. Um deles ergueu o focinho e berrou; o chamado ecoou pela manada até Kev não conseguir mais ouvir nem os próprios pensamentos.

À sua direita, o solzinho vermelho estava se pondo, um brilho enevoado se espalhava pelo céu conforme a poeira vermelha levantada pela manada ia baixando. Eles haviam forçado os animais a entrarem duas vezes em um círculo gigante, empurrando-os para o norte antes de a cabeça da manada corrigir o trajeto de volta ao sul novamente. Kevmo estava cansado e não sabia nada a respeito dessa espécie ou mesmo se parariam ao chegar a noite. A escuridão não os ajudaria a impedir a manada de ir ao cânion errado.

— Como estão as coisas, Azlin? — perguntou no comunicador.

— Não sei quanto tempo mais vamos conseguir continuar assim, e se o sol se puser...

— O assentamento já deve ter sido evacuado a essa altura — disse Zallah, a voz rouca.

— Quase terminei — disse Azlin. — Só mais alguns minutos e Cê-Nove vai...

O restante da promessa de Azlin foi cortado quando o skimboard de Kevmo deu pane com um lamento agudo e um jato de fumaça oleosa.

Kev gritou e se jogou para o lado, fazendo a Força irromper para soltar sua bota da tábua. Ele usou a Força para se empurrar com todo o vigor que tinha, lançando seu corpo para longe da manada.

Ele bateu no chão duro, o que arrancou o ar de seus pulmões. Então, rolou para ficar de pé e continuou correndo, segurando com força o sabre de luz. A manada atrás de si era um rugido de passos pesados, grunhidos e guinchos, e Kevmo precisou chegar ao afloramento rochoso no sopé do cume de pedra vermelha. Zallah gritava alguma coisa no comunicador, mas ele não entendia o que era nem tinha como parar para perguntar. Kevmo finalmente alcançou o primeiro rochedo e pulou, agarrando a pedra coberta de líquen. Ele se arrastou para cima e depois se agachou.

A manada mudou de direção, desviando do rochedo e se afastando do cume. Um clarão azul alertou Kev da presença de Zallah. Ela passou por ele no skimboard, o sabre de luz em punho, descendo e depois voltando, assustando os líderes da manada com o sabre. Foi trabalhoso, mas eles se afastaram de novo.

O coração de Kevmo pulsava pelas orelhas, mais alto que a manada ou a rocha que vibrava sob seus pés. Fez uma careta ao sentir a dor no crânio. Agora que estava parado, o quadril e as costelas latejavam com a dor da queda. Aquele skimboard velho e enferrujado! Ao menos tinha durado um bom tempo. Ficaria bem, mas realmente precisava se alimentar. Quando secou o suor da testa, a pele azul-escura de sua mão ficou suja de poeira vermelha molhada. *Ainda por cima* precisava de um banho.

De repente, mesmo sem nenhuma alteração no ar nem na Força, ao menos que se pudesse notar, e sem que Zallah mudasse o que estava fazendo, toda a atitude da manada de tubarões-de-grama pareceu mudar. Não eram mais um enxame tão caótico, e partiram em direção ao cânion ocidental como se cada um deles soubesse para onde deveriam ir.

Kevmo se levantou, esticando os dedos do pé com vontade. Cobriu os olhos com uma das mãos para protegê-los do pôr do sol e tocou o comunicador com a outra.

— Não sei o que você fez, Azlin, mas parece ter surtido efeito.

— Bom saber — respondeu Azlin.

Então, Zallah disse:

— Vou precisar seguir a manada um pouco mais, para ter certeza de que vai continuar funcionando. Azlin, você pode vir pegar o Kevmo? Meu aprendiz perdeu o skimboard.

Kevmo fechou a cara.

— Eu estou bem!

— Estamos indo, Zallah — aceitou Azlin, os dois Jedi ignorando seus protestos.

Ainda demorou um pouco até os dezessete mil tubarões-de-grama passarem, e agora que Kevmo podia se deitar no rochedo para aguardar, apreciava ainda mais a proporção do que tinham feito.

Kevmo era o Padawan de Zallah havia quase dois anos, e tinha passado os quatro últimos meses trabalhando no novo posto avançado Jedi em Porto Haileap em várias missões diferentes. Muitas delas eram exatamente o que havia imaginado: escoltaram dignatários e diplomatas, cuidaram de alguns criminosos e investigaram uma rede de contrabando tentando se meter com os Hutts. Não fazia nem três dias, haviam resgatado uma equipe de prospectores de hiperespaço que havia caído na lua oceânica de Amloch, bem no meio de uma supertempestade. Estava marcado para voltarem para Porto Haileap, mas, antes de saírem do sistema Amloch, Zallah hesitou e decidiu que precisavam passar mais um dia lá. Nada aconteceu em Amloch, mas o atraso acabou fazendo com que estivessem no lugar certo para ouvir a transmissão rápida do chamado de ajuda de Azlin Rell para ir a Tiikae a tempo de desviar a manada para longe do assentamento. Justamente onde a Força queria que estivessem.

Kevmo se esticou, apoiando-se em suas mãos, e abriu um grande sorriso. Ele amava a Força, e amava seu trabalho. O retumbar da manada enchia todo o vale da pradaria, o solzinho vermelho lançava uma luz nebulosa contra as pontas do cume, e o céu adquiriu um belíssimo tom violeta. Estava cansado, faminto e imundo, mas se sentia muito bem. A fronteira era fantástica. Achava que não se importaria de passar o resto da vida lá.

O ronco de um motor o avisou de que a manada realmente estava se afastando, o barulho dos bichos se dissipando, e ele se virou para ver a nave auxiliar de Azlin zumbindo em sua direção. Ficou de pé e abanou os dois braços, rindo. A nave desacelerou e pairou perto do rochedo. O trem de pouso se abaixou chocalhando, e Kevmo pulou para baixo e correu na direção da rampa. Espanou a poeira vermelha do rosto e entrou depressa, chamando:

— Valeu, Azlin! Já embarquei!

A nave se moveu debaixo dele, e Kev se esticou para se equilibrar na antepara. Era uma nave auxiliar padrão, menor do que a nave na qual ele e Zallah trabalhavam — e na qual geralmente dormiam. Mas Kevmo sabia como ir direto à cabine. Quase tropeçou em um droide astromecânico baixinho, com manchas verdes, rolamentos duplos e uma pinça engraçada que saía bem do topo do domo, o que definitivamente não era comum.

— Você deve ser o Cê-Nove — disse Kevmo, fazendo uma leve reverência.

O droide apitou e girou com facilidade no espaço apertado, levando Kevmo pela cabine.

O sol fazia raios vermelhos e brilhantes entrarem pela tela de visualização, iluminando os controles.

Quando Kevmo entrou, o Jedi humano de pele castanha e cabelos curtos e pretos, que só poderia ser Azlin Rell, olhou-o de relance por cima do ombro.

— Obrigado pela ajuda — disse, e logo voltou a prestar atenção nos controles. A nave se inclinou enquanto acelerava. — Zallah me mandou uma mensagem dizendo que nos encontraria no porto onde a nave de vocês está.

Kevmo foi para a cadeira do copiloto, resistindo à vontade de se jogar em uma posição relaxante. Zallah não o deixaria se safar de algo assim, então seria melhor não fazê-la passar vergonha na frente de outro Jedi. Mas Kevmo sorriu.

— Isso foi realmente incrível. Não consigo acreditar no que acabamos de fazer! Como você fez para movê-los?

— Determinamos que eles usam o campo magnético do planeta para escolher a rota migratória, e o campo mudou bastante desde a última migração em massa, fazendo-os passar perto demais do assentamento.

Kevmo se endireitou no assento.

— Você não mudou o campo magnético inteiro do planeta.

Azlin lançou-lhe um olhar, como se estivesse envergonhado.

— Não, claro que não. Cê-Nove me ajudou a reconfigurar um sinalizador de comunicação para enganá-los.

Kevmo riu, animado.

— Enganá-los!

C-9 apitou com um tom tão orgulhoso que Kevmo não precisava ser bom em código binário para entendê-lo. Mas Azlin balançou a cabeça.

— É nosso trabalho — ponderou.

Em vez de bufar, Kevmo só sorriu.

— É — concordou. — Mas, ainda assim, é bem incrível.

— É como um truque que usávamos em Alderaan — disse Azlin. — Impedia que bandos de lethers noturnos voassem contra os prédios mais altos.

Assentindo, Kevmo se inclinou para a frente para dar uma boa olhada nas luzes do assentamento que apareciam ao redor do cume. Ainda não tivera a oportunidade de ver nada neste planeta; isto é, além de dezessete mil tubarões-de-grama e um monte de poeira vermelha.

— Então, qual é a melhor coisa para comer por aqui? — perguntou a Azlin.

Uma hora depois, Kevmo estava aquecido, limpo e acomodado em uma cabine de uma taverna fumacenta com luzes bruxuleantes, comendo um bife de carne vermelha com sementinhas cozidas que estouravam quando ele as mastigava. Azlin comia o mesmo, e Zallah finalmente havia se juntado a eles, depois de ir para a nave auxiliar quando Kevmo terminou de se arrumar. Ela era Soikana, e seus cabelos curtos e brancos estavam penteados para trás depois de tomar uma chuveirada. Zallah era alta e elegante e parecia ter sido entalhada no gelo — da testa alta e traços finos à pele prateada, os olhos lilás e o comportamento calmo e impecável. Mas, ao se sentar, ela deu um sorrisinho para Kevmo, o que ele entendeu como aprovação total, fazendo-o abrir um enorme sorriso para ela.

Desde o início, Kevmo não entendia de forma alguma por que ela o quis como seu Padawan. Ele era sociável e incapaz de ficar quieto, se exaltava, paquerava acidentalmente toda forma de vida que passasse na sua frente e era tátil demais. Zallah não gostava de ser tocada. Kevmo sabia ficar na sua e só melhorava em acalmar sua própria natureza vivaz, mas ele era demais para a maioria das pessoas.

Zallah, é claro, era perfeita para guiá-lo conforme ele aprendia a lidar com a Força — e com as pessoas — com precisão delicada em vez de entusiasmo intenso. E ela sabia disso. Ela disse a ele uma vez, quando o viu com dificuldades para refrear a própria tendência de se jogar na Força, que ela também precisava dele. Disse que Kevmo a lembrava que, às vezes, se render por completo à Força era a coisa certa a se fazer.

Kevmo realmente não se importaria em ser o Padawan dela para sempre.

Zallah sentou-se e pediu ao garçom uma porção do ensopado. Azlin deslizou para ela uma caneca do chá azedo local e ela agradeceu, tomou um gole e disse:

— Depois da refeição, precisamos ir, Kevmo.

— Já?

— Precisam de nós em Hynestia. Alguém roubou um artefato da rainha deles... Já faz cinco dias que a mensagem circula por aí. — Zallah fez uma pausa, deixando óbvio seu desprazer em relação às comunicações decrépitas da fronteira. — Os Hynestianos exigem envolvimento Jedi, e estamos mais perto que Oliviah e Vildar.

Kevmo engoliu um pouco de ensopado e perguntou:

— Por que eles querem a gente? — Não sabia muito sobre Hynestia, exceto que eram muito estabelecidos no próprio mundo e no sistema que os cercava; logo, tinham mais contato com os Jedi e a República do que muitos outros planetas na Orla Exterior com menos acesso a créditos e tecnologia. — Eles só querem forasteiros?

— Aparentemente, o item roubado é um tipo de artefato da Força.

— Ah! — Kevmo quase derrubou a própria caneca.

Zallah tomou um pouco de chá, olhou para ele e ergueu uma sobrancelha, desaprovando aquela reação. Ele se acomodou e olhou de relance para Azlin, que estava fazendo o melhor que podia para não sorrir diante do entusiasmo de Kevmo.

— Azlin — disse Kevmo, inclinando-se na direção do Jedi, que era ligeiramente mais velho que ele. — Você deveria ir conosco.

— Preciso terminar alguns relatórios e reparos aqui, para depois voltar a Jedha e falar com o posto avançado — explicou Azlin, com calma.

Enquanto Kevmo não conseguia imaginar perder a oportunidade de perseguir ladrões para ficar preenchendo relatórios, o que certamente poderia ser feito durante o trajeto, ele supunha que todos eram diferentes... até os Jedi.

— Que pena — falou. — Eu queria saber mais do que você tem feito por aqui nos últimos anos.

Azlin deu de ombros.

— O mesmo que você, imagino.

Kevmo espiou o humano através da luz avermelhada, tentando decidir se ele estava tirando uma com ele de alguma forma — mas não, Azlin parecia sincero. Kevmo assentiu e disse:

— É. O mesmo que eu.

E, então, ergueu a caneca em saudação.

DOIS

Marda Ro fechou os olhos antes de afundar três dedos longos e cinzentos dentro do pote de azul de concha-brikal. Encostou os dedos na testa e espalhou o azul em uma onda suave.

O cheiro do pigmento lembrava um pouco o talco que usavam para dar volume às conchas-brikal esmagadas, e um pouco a doçura do aglutinante. Marda inspirou e sorriu para seu reflexo no espelho levemente enferrujado. Tinha chegado à maioridade há pouco e fora reconhecida como um verdadeiro membro do Caminho da Mão Aberta. Ela finalmente podia usar o símbolo da Força viva triplicado: liberdade, harmonia e clareza. As linhas onduladas azuis preencheram-na com uma sensação de justiça.

Ela ficou de pé, completa e pronta para o dia à frente. Sua célula pessoal era pequena, usada apenas para dormir no tapete e guardar seus poucos pertences: duas túnicas longas e cruas e duas roupas íntimas, uma capa grossa de lã, palitos de cabelo, o pote de azul, uma lima feita de pó-cristal para seus dentes e unhas pontiagudos e uma tigela rasa de água, na qual flutuavam três folhas púrpuras vívidas.

Marda tocou uma das folhas para fazê-las rodopiar e abriu a porta com um leve toque no painel. As sandálias a esperavam na entrada, e ela andou até chegar à aurora avermelhada. Era o fim da primavera neste lado de Dalna, e o céu brilhava violeta conforme o primeiro sol nascia por trás da tríade de vulcões com picos nevados. A célula de Marda era uma entre muitas, aglomeradas como favos de mel na borda sul da comuna do Caminho da Mão Aberta. Da soleira, o prado desaparecia na direção do rio e a luz do sol brilhava contra as folhas vermelho-púrpura das árvores esguias. Os grilos e as rãs cantavam, e as flores lompop estavam começando a abrir ao longo da estrada que levava ao complexo principal, dando seus estalos característicos que lhe deram o nome, quando Marda passou por elas. Já que tinha tempo, Marda percorreu o trajeto mais longo até o jardim central da comuna, aproveitando a beleza relaxante de seu mundo.

Durante a caminhada, Marda pegou do chão algumas pétalas e folhas e uma linda pena cor-de-rosa de marcorvo, levando apenas o que já estava caído. Marda e sua prima tinham chegado ao Caminho quando eram pequenas, e cresceram procurando por comida e outras utilidades, cultivando a terra com o próprio trabalho e aceitando presentes dados por vizinhos na cidade de Ferdan, que ficava perto dali. Esse estilo de vida instilou em Marda o hábito de colecionar qualquer coisa que parecesse útil ou simplesmente bonita. Gostava de ver valor no que os outros descartavam e nos refugos do mundo natural. Tudo servia a um propósito, mesmo que este fosse colocar um sorriso no rosto do Velho Waiden ao ganhar uma pena de presente.

Marda tinha um pequeno buquê quando chegou ao jardim onde vários outros membros do Caminho já estavam reunidos para compartilhar o café da manhã. Ela espalhou as pétalas pela ponta da mesa comprida e colocou a pena nos cabelos pretos e crespos do Velho Waiden. Em troca, o Ancião humano deu a Marda uma tigela de mingau, junto com um sorriso suave. Marda se empoleirou no banco e ficou ouvindo colegas madrugadores discutirem sobre os acólitos que haviam saído para procurar comida antes da aurora, sobre como os devotos mais novos haviam se acomodado e sobre o progresso da construção da grande empreitada da Mãe: uma nave para levar o Caminho por toda a galáxia. A *Olhar Elétrico* estava quase completa, e Marda escondeu seu entusiasmo no que restava de seu mingau. Ela ansiava por entrar na nave e ir com a Mãe e seus acólitos mais próximos, as Crianças, às estrelas. Yana, a prima de Marda, era uma dessas Crianças de sorte. Escolhida dentre o restante dos membros antes mesmo de usar o próprio ícone azul da Força livre, Yana havia servido à Mãe pelos últimos três anos. Ao mesmo tempo, a Mãe escolhera Marda para supervisionar os Pequenos, as verdadeiras crianças dos membros do Caminho, que precisavam aprender o básico da filosofia e das técnicas de agricultura do Caminho — além de ler e escrever. Agora que Marda era adulta, queria se juntar às Crianças e à prima. Levar sua habilidade de ensinar e sua compreensão pura do Caminho da Mão Aberta para converter outras pessoas em toda a Orla Exterior. Agir em prol da Força.

Era o chamado de Marda. Ela sabia. Conseguia *sentir* que era.

— Será bom ver Ferize e seus parceiros de novo — disse Efrik, um dos humanos adultos do círculo externo de acólitos. — Ninguém consegue encontrar raízes-sar da mesma forma que Er Dal.

Marda falou:

— Acredito que os ovos chocarão hoje.

Efrik abriu um grande sorriso, e a expectativa se espalhou pela mesa inteira. Ferize e seus parceiros haviam se isolado na célula-ninho por quase seis semanas.

— Isso é maravilhoso — disse Efrik. — Que dia mais auspicioso; hoje é o dia de descanso de Ferdan, e o Arauto e o Conselho de Anciões sugeriram que convidássemos aqueles recém-chegados da nave de refugiados de Eiram que aterrissaram aqui dois dias atrás, procurando por abrigo.

— Será um ótimo jeito de dar as boas-vindas aos nossos novos irmãos — acrescentou Jezra'lin. Era uma criança Mon Calamari, os olhos bulbosos, que piscavam enquanto falava.

— Precisamos de gente depois deste inverno — disse Mykge, amargo. Sua pele pálida e amarelada estava agarrada aos ossos, e

Marda abaixou o olhar para que ele não notasse como desaprovava sua atitude. Havia sido um inverno difícil para o Caminho, graças a um período terrível de clima congelante após um verão úmido demais. Foram meses de muita fome e muito frio. Mas era assim que se vivia em harmonia com a Força. Era essa a liberdade do Caminho da Mão Aberta. E eram mantidos melhor pela Mãe do que mantinham a si mesmos antes de ela chegar.

— Refugiados não têm muito o que oferecer — Efrik falou para Mykge.

Marda inspirou, fortalecendo-se. Precisava estar disposta a defender o Caminho até mesmo de seus próprios membros se quisesse ser escolhida para trabalhar ao lado da Mãe.

— O que eles têm bastará, se for oferecido livremente.

O silêncio sucedeu suas palavras. Efrik fechou a cara, mas assentiu, e Jezra'lin se inclinou em direção a Marda e disse:

— Posso ir com você ver os ovos chocarem?

— Por favor — assentiu Marda, e acabou seu mingau.

Alguém deu a ideia de colherem as trepadeiras esféricas dos galhos das árvores do rio para pendurá-las no jardim, de modo a deixá-lo mais festivo, em homenagem aos ovos que estavam para chocar e para dar as boas-vindas aos novos refugiados. Enquanto todos ponderavam as melhores decorações e se ainda teriam mel suficiente para fazer guloseimas em forma de tira, Marda lavou sua tigela e a colocou com as outras, beijou o Velho Waiden, que cuidava das panelas comunais, e fez um sinal para Jezra'lin segui-la se ainda quisesse.

Seguiram, então, mais para dentro do complexo, sob seis pinheiros aquáticos arqueados, em direção à entrada das instalações subterrâneas que abrigavam as despensas, células comunais de inverno e células-ninho do Caminho. Jezra'lin tagarelou o tempo inteiro sem dizer praticamente nada, o que Marda achou fofo. Era como um passarinho contente, pulando vários degraus a cada passo de Marda; os movimentos espasmódicos, mas cheios de vida.

O complexo subterrâneo havia sido construído em cavernas naturais aos pés da antiquíssima cadeia de montanhas. De cima, o Caminho da Mão Aberta parecia ser um grupo de uns treze prédios pequenos, além de cinco aglomerados de células pessoais construídas com tijolos feitos do granito local, que era de um rosa-escuro muito vivo. Mas dois dos edifícios escondiam dolinas que haviam sido transformadas em entradas seguras para as cavernas. No século anterior, os primeiros colonos que haviam fundado o Caminho descobriram as cavernas, como se estas fossem um presente da Força — casas quentes e prontinhas para eles. Construíram as paredes das dolinas com o tempo, entalharam pequenos canais na rocha para terem luz e ar e instalaram um sistema de encanamento modesto, deixando o local bastante habitável.

Marda digitou seu código de acesso e, então, desceu com Jezra'lin. O ar subterrâneo estava quente e úmido, e luzes iam se acendendo conforme continuavam.

Ouviram o zumbido da célula-ninho quase de imediato, e Marda sorriu para Jezra'lin: era pelo zumbido que sabia que os ovos chocariam logo. Marda arranhou de leve a porta da célula com suas unhas afiadas. Escutou uma voz do lado de dentro e inclinou a cabeça, num gesto para Jezra'lin abrir a porta. Esta deslizou, mostrando uma pequena fresta, por onde entraram rapidamente para preservar o calor úmido que os Kessarines preferiam para a incubação.

Jezra'lin segurou a mão de Marda enquanto seus olhos se acostumavam com o suave brilho rosa-prateado. A célula-ninho era feita da mesma pedra rosa-escura do restante das cavernas, mas a abóbada era riscada por estriamentos de opala solar que reluziam e cintilavam entre as camadas da pedra. Na superfície, bem em cima, pequenas poças de opala encaravam o céu, e quando o sol nascia, as veias atraíam a luz para iluminar a câmara-ninho. O cascalho fino sussurrava sob suas sandálias, conforme se aproximavam.

Cinco ovos perfeitamente esféricos estavam encostados uns nos outros no centro da caverna, brilhando como pérolas foscas amarelas. Ferize estava agachada ao lado deles, uma mão em um dos ovos e sua cauda desenrolada para envolver os ovos — e seus dois parceiros, ambos menores que Ferize, mas cada um com várias caudas. Um roncava de leve, a cabeça escondida entre dois ovos; o outro acenava para Marda com dedos unidos. Ela levantou as mãos, as palmas para fora, e acenou com a cabeça, saudando-os. Então, cutucou Jezra'lin para fazer o mesmo. Ajoelharam-se ao mesmo tempo ao lado de Ferize.

— Vai ser hoje? — Marda perguntou em voz baixa.

— Em até uma hora — disse a mãe Kessarine.

Marda estendeu a mão para encostar três dedos no ovo mais próximo, tomando cuidado com suas unhas, afiadas como garras. A casca era quente e muito dura. Quando foram postos, os ovos eram mais moles, quase gelatinosos. Marda traçou três linhas onduladas no ovo e murmurou:

— A Força será livre.

As franjas da bochecha de Ferize se afundaram no sorriso de sua espécie, então Marda ofereceu o mesmo aos outros quatro ovos, enquanto Jezra'lin vibrava de empolgação. Quando Marda pôs a mão no último ovo, este balançou sob seu toque.

Os dois parceiros de Ferize sentaram-se, extremamente atentos. Deslizaram para perto, falando com rapidez na própria língua, e o que havia acenado para Marda disse:

— Hora.

Os três Kessarines começaram a zumbir junto com o ronronar ambiente de seus ovos, mas mudaram o tom aqui e ali. Marda apertou as mãos e falou para Jezra'lin:

— Se apresse e vá contar aos Anciões.

Em um pulo, a criança Mon Calamari saiu correndo.

Na névoa da luz rosa-prateada, Marda observou o primeiro ovo eclodir. Os pais zumbiram e arrulharam de forma encorajadora e, antes de o primeiro bebê nascer, outro ovo também começou a rachar. Marda juntou os pedaços de casca e os guardou em um canto da parede da caverna para depois. Seu corpo inteiro vibrava com a emoção do nascimento, como se pudesse sentir a própria Força ficando mais forte com a nova vida.

O suor escorria pela sua coluna quando ela pegou um dos bebês, segurando seu corpinho enrolado com as duas mãos, enquanto Ferize limpava os fluidos das franjas nodosas. Ela se virou para outro ovo, deixando Marda com o bebê. Ele pesava tão pouco, respirando rápido com um pequeno gemido angustiado. Marda beijou-lhe a testa grudenta e riu, empolgada. Os dentinhos se projetavam como presas externas, e ela sabia que logo cairiam, e ficou se perguntando se deveria se preparar para pegá-los. Tinham alguma utilidade? Marda abriu um sorriso grande o suficiente para mostrar os dentes afiados, apesar de os olhos do bebê mal estarem abertos, apertados e com remelas do fluido da eclosão. Ah, ela deveria lavá-lo.

Foi aí que Ferize passou a ela outro bebê, e Marda embalou os dois nos braços enquanto os pais focavam os ovos restantes. Marda sentou-se de pernas cruzadas perto da pia e deixou um pouco de água fria correr na bacia. Acomodou os bebês nas dobras dos joelhos e os lavou com cuidado.

Assim que todos os cinco ovos chocaram, os olhos do primeiro bebê já estavam bem abertos, e ele mastigava a ponta da trança preta e lustrosa de Marda. Um dente de ovo já tinha caído, mas os do segundo bebê continuavam intactos.

— Marda — veio a voz familiar e risonha de sua prima Yana. A menina mais velha se agachou ao lado dela, vestida por completo com a túnica verde e dourada das Crianças, junto com as botas e o blaster preso debaixo do braço. Marda franziu o cenho ao ver a arma.

Foi aí que percebeu que a célula-ninho estava repleta de membros do Caminho. Ao menos trinta deles, abarrotados contra os muros estriados de opala, sorrindo e cuidando da família que acabava de crescer. Ferize e seus parceiros se encostaram nos ombros uns dos outros, as caudas enroladas confortavelmente juntas.

— Ah, todo mundo está aqui — disse Marda. Ela passou um dos bebês para Yana, que fechou a cara, mas aceitou. Marda ficou de pé com o outro bebê nos braços e tocou no ombro da prima. — Onde está seu ícone?

— Eu estava com pressa — justificou Yana, brincando de mostrar os dentes afiados ao bebê, que ela segurava longe do corpo com as duas mãos.

— É assim. — Marda mostrou para ela, mas daí Yana riu e passou o bebê para Jezra'lin, que saltitava ao seu lado.

— Não preciso segurá-los. Há tantos com disposição e vontade. Mas vem cá, Prima, você também precisa ser limpa.

Relutante, Marda levou o bebê que carregava a Ferize. A Kessarine deu uma puxadinha carinhosa na trança de Marda, que deixou a prima arrastá-la para longe da célula-ninho, de volta à luz do dia.

Marda suspirou, contente, enquanto Yana a puxava para atravessar o complexo e ir até os campos.

— Onde? — disse Marda. Yana bufou e apontou para o rio com o queixo.

Elas correram. Yana era mais velha e mais forte, com botas mais robustas, mas Marda era rápida; ela perdeu, de qualquer forma, e Yana ficou esperando na margem para chocar Marda agarrando-a pelos pés e a jogando direto na água.

Gritando, Marda se deixou cair, totalmente vestida, e foi até o fundo lamacento do rio. Ela se espreguiçou, adorando a sensação da correnteza arrastando seu corpo, e desfez a trança. O rio a cercava, e até mesmo quando ela subia, ofegante, ele ficava em sua pele e cabelos, e Marda se deleitava com aquela sensação. Era a vida, era a Força, era a liberdade do Caminho. Tinham cinco vidas novas entre seus membros, e mais refugiados se juntariam a eles; ela sabia que sim.

Após se limpar, Marda torceu os cabelos e a túnica e vestiu-se de novo para escalar para fora do rio e se juntar a Yana na margem. A prima estava encostada em uma árvore, brincando distraidamente com a casca curva que se desprendia do tronco.

— Pronta? — perguntou.

— Preciso passar de novo meu azul — respondeu Marda. — Tem um pouco na minha célula.

Andaram em silêncio. Marda, amigável; Yana, na expectativa. Mas ninguém falou nada até Marda vestir uma túnica nova e oferecer o pote de azul para Yana. Aplicaram-no uma na outra, murmurando:

— A Força será livre.

Marda não conseguia se lembrar de uma época em que não vivera com o Caminho da Mão Aberta, mas suspeitava que Yana sim. Elas eram as únicas Everenis lá, e em todos os lugares que conheciam:

ossos longos e pele cinza brilhante, dentes e unhas afiados e olhos totalmente negros que só refletiam azul-escuro. Uma vez, um homem em Ferdan chamou-as de "mata-planetas", e Yana rosnou para ele, mas Marda não se importou. Os Everenis também faziam parte da Força. As duas eram muito jovens naquela época, antes de Yana encontrar seu lugar entre as Crianças, antes de Marda compreender verdadeiramente a liberdade do Caminho.

Com as ondas de azul combinando em suas testas, ficava ainda mais óbvio que eram da mesma família, apesar de o trabalho e a posição de Yana a terem fortalecido, ao passo que Marda continuava esguia e ossuda pela falta de alimentos substanciosos. Mas condizia com as duas, dando-lhes uma ameaça cortante da qual Yana tirava vantagem sempre que podia, e que Marda atenuava com olhos baixos e modos gentis, até parecer mais delicada.

Voltaram ao jardim do complexo principal para ajudar com as festividades. O silêncio amigável entre as duas continuou até um cargueiro decolar de Ferdan, a cidade vizinha, e atravessar o céu. O barulho do motor assustou um bando de marcorvos, que se espalharam como o arco-íris de um prisma contra o azul profundo do céu.

Yana fez uma pausa para observar o cargueiro desaparecer na atmosfera e disse:

— Vamos partir de novo hoje à noite.

Marda segurou um suspiro.

— Eu quero ir.

— Você não pode — disse Yana, desdenhando. Ela começou a andar de novo. — Não é o seu tipo de trabalho.

— Eu consigo fazer qualquer coisa que você consegue fazer, Yana — insistiu Marda. Sua nuca queimava de empolgação, apesar de os cabelos ainda molhados pesarem sobre ela. — Eu posso alcançar pessoas novas. Eu posso recrutar! Espalhar nossa mensagem. É tudo que quero. Sou boa nisso.

— Orgulhosa — provocou Yana.

— Verdadeira — rebateu Marda. — É importante ter confiança quando representamos o Caminho.

Yana tocou no punho de Marda.

— É só para as Crianças.

— Estou pronta. Posso servir à Mãe... Eu sei que posso. Ela está em tanta harmonia com a Força, com o Caminho, Yana. Eu consigo aprender a ser parte de uma nave, parte das Crianças.

Yana olhou para a prima de soslaio, com algo em sua expressão que Marda não conseguia entender. Era suspeito demais.

— Você sabe o que mais fazemos.

Marda sentiu as bochechas queimarem.

— Libertar artefatos da Força dos que abusam deles.

— Libertar — Yana bufou, se divertindo. — É roubar.

— É necessário para equilibrar a Força, para servir à Força. — Marda ergueu o queixo, teimosa. — A Mãe tem visões e dádivas da Força para que vocês saibam aonde ir, como conseguir os artefatos.

— Eu sei como funciona, Prima.

Marda amaciou a voz.

— Eu aprendo rápido. Você poderia me ensinar.

Yana parou. Ela estudou Marda. Às vezes, Yana fazia algo com sua expressão e seus olhos para que nem mesmo Marda conseguisse lê-la. Marda sabia que Yana acreditava no Caminho e servia à Mãe com diligência, e até gostava das missões fora do planeta. Mas, às vezes, preocupava-se com o que Yana queria para o futuro, se era um caminho diferente do seu.

Finalmente, Yana falou:

— Você pode perguntar, mas ela dirá que não.

Marda fez um muxoxo com seus dentes afiados, determinada.

O pátio do jardim central vibrava com conversas e sinos tilintando, trepadeiras esféricas em todos os tons de verde e azul penduradas em cordas que atravessavam o pátio. Havia bandeirolas e buquês de galhos de sempreazuis, e uma fumaça branca de incenso subia dos quatro cantos. Marda viu Ferize e seus parceiros aconchegados em cobertores e segurando seus novos bebês para que todos pudessem conhecê-los. Havia tigelas de sidra e pequenas torres de doce de mel na mesa longa, e frutas cristalizadas e caixas de doces de massa folhada, certamente vindas da cidade. A maioria das pessoas usava as túnicas simples do Caminho, mas havia outros, recém-chegados e visitantes. Perto da estrada que levava à cidade, dois droides pequenos tocavam cada um a sua própria música, competindo entre si, e Marda quase riu ao vê-los brigando com a percussão.

Mas então ela viu a Mãe.

Ah, ela era tão bela e iluminada, em sua túnica azul toda forrada de prateado e um lenço de cabelo elaborado. Ela sorria e conversava com um punhado de gente da cidade. Eles se inclinavam em sua direção, afetados, como qualquer um ficava quando a Mãe vinha à atenção.

Embora Marda tivesse planejado tomar um gole de sidra e cumprimentar os convidados de honra primeiro, ela sentiu a mesma compulsão e foi direto até a Mãe. A cabeça dela latejava. Este era o momento. Havia sido uma manhã gloriosa, uma manhã com novas esperanças e expansão da Força viva. Auspiciosa, Efrik havia dito, e ah, sim, era mesmo. Marda pensou que talvez também estivesse brilhando de harmonia e vida.

Quando alcançou a Mãe, a Mãe se virou e a viu. Seus cálidos olhos castanhos aumentaram em deleite e, antes de poder falar, Marda caiu de joelhos.

— Mãe — disse, as mãos abertas ao lado do corpo. Ela inclinou o queixo para cima. — Mãe, deixe-me ir junto. Deixe-me ficar ao seu lado, abrir minhas mãos com as suas, espalhar nossa mensagem, não, nossa verdadeira compreensão do Caminho para as pessoas da Orla Exterior. Estou pronta.

A Mãe a estudava, e os que estavam ali perto ficaram quietos, em um silêncio apreensivo. Só a música inconciliável dos droides interrompia a brisa suave e o burburinho da família escolhida de Marda.

A Mãe estendeu sua mão e Marda sorriu. Tocou a têmpora de Marda, contornando as linhas azuis. Acariciou sua bochecha, um gesto amoroso, e Marda se aconchegou naquele toque.

Mas então, com aquele sorriso beatífico, a Mãe disse:

— Não.

TRÊS

Yana Ro se debruçou sobre uma das mesas de comida, um banquete para o Caminho, mas uma ninharia comparada com a abundância que as Crianças desfrutavam regularmente fora do planeta, e mexeu em uma pilha de frutas. Não estava com fome; era só para fazer alguma coisa além de assistir à sua prima passar vergonha mais uma vez.

Mas, apesar da irritação que sentia por saber que Marda não seguiria seu conselho, Yana não conseguia tirar os olhos da prima conforme ela se aproximava da Mãe e caía de joelhos.

— Sua grande tola — sussurrou Yana, sabendo o exato instante no qual a Mãe rejeitara o pedido de Marda de novo. Os ombros dela caíram, ainda que a Mãe estivesse tocando seu rosto. Marda queria tanto ser uma das Crianças, mas, apesar de sua fé obviamente profunda no Caminho e na Mãe, ela era sincera demais para roubar. Mesmo que o roubo fosse justificado.

— Ah, não. Marda está tentando pedir de novo? — disse uma voz conhecida.

Yana olhou por cima do ombro e viu Kor Plouth, filha do Arauto e namorada de Yana de longa data, se aproximar. A Nautolana passou os braços ao redor da cintura de Yana, os tentáculos capilares cutucando a orelha de Yana ao colocar o queixo sobre o ombro dela. Kor inclinou a cabeça e franziu o cenho, os grandes olhos escuros e sem pupilas ficando mais cerrados.

— Você está incomodada.

— Frustrada — esclareceu Yana. Às vezes, ficava irritada com a sensibilidade dos tentáculos de Kor e a habilidade deles em detectar as pequenas mudanças de feromônios que as emoções causavam no corpo de Yana. Mas Kor só se metia porque se importava, então Yana estendeu a mão e afagou um tentáculo afetuosamente. — Marda nunca será uma de nós. E me dói vê-la continuar tentando.

— Você não pode culpá-la por ter objetivos. E objetivos especialmente elevados — disse Kor, enrolando a mão ao redor da garganta de Yana em uma carícia. Yana se derreteu toda bem na hora que Kor se afastou. — Venha. Cincey está preparando o relatório. Você não vai querer se atrasar.

Yana assentiu e olhou uma última vez para Marda, ainda ajoelhada na grama, mas cercada por alguns dos Anciões, que a reconfortavam com toques e palavras suaves, antes de seguir as passadas largas de Kor atravessando a planície.

A maioria das moradias do Caminho ficava na rede de cavernas subterrâneas, habitações econômicas que os Anciões diziam terem sido providenciadas pela Força naturalmente. Mas também havia um punhado de prédios externos dilapidados, bem como ocupações onde ficavam as famílias maiores e as que eram frágeis demais para descer até o subterrâneo. Atrás de tudo isso ficava o domínio de Cincey, um edifício que parecia pouco mais que uma choupana. Mas, na realidade, era o centro nervoso do Caminho, local onde as comunicações eram enviadas e recebidas.

Enviar mensagens a entes queridos que não estavam no Caminho não era proibido, mas era definitivamente desencorajado. O contato com quem não era do grupo poderia macular o Caminho com facilidade. Cincey, da raça humana e que não devia ter mais de vinte anos, de pele escura e risada cortante, cuidava das comunicações, censurando as mensagens quando necessário em nome dos Anciões. Mas um trabalho mais importante que esse era coletar informações. Esses dados facilitavam o trajeto para as Crianças cumprirem seu verdadeiro propósito fora do planeta.

Cincey girou a poltrona repulsora quando Yana e Kor entraram, com um sorriso no rosto.

— Finalmente! Eu estava quase mandando Treze ir atrás de vocês.

Um Mikkiano de pele rosa se empoleirou em uma mesa ali perto, com suas gavinhas capilares ondulando enquanto ouvia a conversa. Ele rodopiou uma faca de arremesso entre os dedos e deu uma risadinha.

— Eu não acredito que vocês duas foram naquela festa de recrutamento.

— Não era só para recrutar. Os Kessarines chocaram. Também há vida nova a ser celebrada — disse Kor, seu olhar escuro desafiando Treze a falar alguma coisa. De todas as Crianças, Kor era a mais dedicada à sua crença nos ensinamentos do Caminho. Sua família devia tudo ao Caminho e, desde que a mãe de Kor, Opari, adoecera, eles ficaram ainda mais devotos. O que era digno de nota, já que o pai de Kor era o Arauto e passava a maior parte do tempo em serviço à Mãe e ao Conselho de Anciões.

Treze achava tudo isso meio bobo e volta e meia dizia que sua família se juntara ao Caminho mais para evitar as próprias dívidas do que qualquer outra coisa. Cincey se juntou por influência da Mãe, porque era melhor do que roubar nos menores escalões de Coruscant. Yana não lembrava da vida antes do Caminho. Ela e Marda haviam sido levadas para Dalna quando crianças após um ataque terrível que matara seus avós e os pais de Yana. O Caminho era tudo que Yana conhecia, mas quando ouvia Marda ou Kor falando sobre como a Força deveria ser livre, o fervor tingindo suas palavras, achava difícil sentir algo além de tédio. A Força era só outra peça da galáxia, nada de especial, até onde ela sabia. Exceto por quão fanáticas as pessoas podiam ficar por conta dela. Mas o Caminho era seu lar — por enquanto. Era o mais próximo de um lar que uma Evereni poderia ter.

Yana podia não se importar com o Caminho, mas amava o trabalho das Crianças. E era difícil não querer impressionar a Mãe. Desde que a Mãe chegara, vários anos antes, com suas visões da Força e sua paixão pela libertação, o Caminho começou a parecer mais seguro. Mais grandioso.

E até mesmo Treze olhava para a Mãe com reverência.

— Então, o que procuramos agora? — perguntou Yana.

Cincey apertou alguns botões e um holo criou vida: um estilete estreito com uma lâmina preta.

— É uma adaga da Força, e a mensagem dizia explicitamente que não podemos desembainhá-la. Aparentemente, há rumores de que ela é maligna ou algo assim, feita para desgarrar alguém da Força viva com um único corte.

— Isso é impossível — disse Kor, afastando-se do holo, horrorizada. — A Força faz parte de nós. Faz parte de tudo.

— Melhor prevenir do que remediar — murmurou Yana, empoleirando-se em um banco alto, enquanto Kor se sentava ao lado de Treze na única mesa da sala. Treze murmurou algo para Kor, e o olhar dela foi até Yana, mas Yana a ignorou. Provavelmente era só mais ração de bantha sobre nunca confiar em uma Evereni. Yana sabia da reputação de sua espécie na galáxia, e já havia falado com Kor sobre isso mais de uma vez. Kor entendia, e nada que Treze falasse poderia distorcer seus sentimentos. Yana achava isso um pouco ingênuo, mas doce. Quase o bastante para se apaixonar.

Ser Evereni significava aprender que confiar é uma fraqueza, uma das lições que Yana sempre levou a sério. Lembrava-se de histórias de como sua família tinha sido massacrada na calada da noite, e estava solta na galáxia havia tempo suficiente para saber que a vida era sobre matar ou morrer. Era um dos motivos pelos quais queria que Marda continuasse em Dalna: permitir que uma delas fosse melhor que o resto de sua gente. Marda confiava e cuidava dos outros; ela nunca precisou aprender a trancafiar seu coração delicado. Desbravar a galáxia a quebraria. Nem todos eram tão gentis quanto o Caminho. Nem todos os lugares tinham alguém como a Mãe.

— Yana, você acha que conseguiria hackear o código? — disse Kor, tirando Yana de seus pensamentos.

Yana piscou e olhou para a holoprojeção no meio da mesa. O estilete havia sido substituído, e ela cerrou os olhos ao ver uma réplica do sistema de segurança.

— Acho que nós vamos ter que descobrir — falou, sem se dar ao trabalho de admitir que não ouvira o que tinha sido dito antes, já que o temperamento de Cincey era meio forte, e Yana não estava a fim de aguentar um de seus surtos de sempre.

Ainda assim, o olhar de soslaio de Cincey confirmou sua certeza de que ela não tinha prestado atenção.

— Tá, só para repassar uma última vez: a adaga está sendo mantida em um compartimento de um depósito em Porto Haileap, em uma coleção de várias outras armas, que podem ou não ser outros artefatos da Força. A mensagem que recebemos de nosso contato dizia que a adaga maligna obscureceu sua visão dos outros itens. A doca e a estação em si são bem novas, mas eles ainda não tiveram tempo de colocar em prática nenhum protocolo de segurança. Vocês começam com o mesmo de sempre. "Juntem-se ao Caminho, protejam a Força, blá-blá-blá." Treze vai ativar o alarme de incêndio aqui, no corredor principal, para distrair os guardas enquanto Yana corta o sistema de segurança para abrir a área protegida. Kor vai pegar os artefatos e, assim que estiverem a salvo, você vai se juntar ao restante das Crianças para tentar recrutar novos membros para o Caminho. Alguma pergunta? — perguntou Cincey, olhando direto para Yana.

— Como vamos chegar lá? — indagou Kor.

Cincey assentiu.

— Treze vai terminar de consertar a matriz que deu pane na *Harmonia* hoje de manhã, e Yana, você já está com o novo registro pronto?

Yana assentiu.

— Eu comecei assim que voltamos da última vez. O Arauto está preocupado com atenção indesejada desde que libertamos o objeto de Hynestia.

O Arauto era o líder original do Caminho, guiando-os segundo os conselhos dos Anciões, apesar de agora todos ouvirem primeiro a palavra da Mãe. Ela era uma profeta, afinal. O pai de Kor era um homem sério e solene, que teve seus tentáculos capilares violentamente raspados por conta de um incidente em sua juventude. Como muitos outros membros do Caminho, ele foi para Dalna ainda muito novo, procurando por um lugar onde fosse aceito e valorizado, apesar de sua deficiência. No início, ele havia resistido ao trabalho das Crianças, mas a compreensão clara que a Mãe tinha da Força e sua óbvia paixão por colecionar artefatos da Força para mantê-los a salvo o convencera. Em vez de simplesmente viver em harmonia com a Força, precisaram agir para criar um melhor equilíbrio na galáxia.

— Foi um ato glorioso — disse Treze com um sorriso melancólico, as gavinhas capilares cor-de-rosa se movendo de leve, ondulando de um jeito hipnotizante. — Entramos e saímos antes de alguém notar. Por que nem todos podem ser perfeitos assim?

— Porque algumas pessoas se esquecem de que nem tudo é uma audição para um holo-show — retrucou Kor, ficando de pé. — Vamos começar. Quanto mais rápido terminarmos, melhor. Não quero perder o Dia da Nomeação dos recém-nascidos. Já foi ruim demais termos perdido a eclosão.

— A Força perdoará a transgressão. Sobretudo quando terminarmos de financiar a construção da *Olhar Elétrico* e pudermos espalhar a palavra do Caminho por toda a galáxia — disse Cincey. — Vocês partem amanhã, mas vai ser uma viagem rápida. Acho bom não perderem a Nomeação. O Arauto não perdoa tanto quanto a Força.

Yana, Kor e Treze saíram do prédio de Cincey e começaram a andar até Ferdan, a cidade vizinha, onde tinham atracado a nave do Caminho. Lá, havia salas onde podiam passar a noite, longe do Caminho, para se preparar melhor para o trabalho que teriam a seguir. Yana sabia que era porque o Arauto queria ofuscar as idas e vindas das Crianças o máximo possível. Mas também era uma oportunidade para eles curtirem um pouco antes de um trabalho grande. Quando chegavam na cidade, podiam tirar as túnicas e se divertir, esquecer as responsabilidades por um glorioso momento antes de o trabalho começar.

Kor enlaçou seu braço ao de Yana, que abriu um grande sorriso ao ver os olhos cerrados de Treze.

— O que vocês dois estavam sussurrando? — disse Yana quando o Mikkiano saiu pisando duro, visivelmente irritado pela demonstração de afeto de Kor.

— Ah, nada. Só a estática de sempre.

Yana assentiu enquanto Kor mudava de assunto para discutir a respeito dos recém-nascidos Kessarines. Mas, em segredo, se perguntava até que ponto Treze deixaria de ser útil.

Porque, assim que isso acontecesse, Yana mostraria a ele como uma Evereni podia ser traiçoeira.

QUATRO

Quando o esquife rompeu a atmosfera de Dalna, Kevmo Zink não conseguiu ficar parado. O calcanhar esquerdo dançando levemente contra o convés metálico era a única forma de canalizar sua energia. O resto dele se concentrava em guiar os controles enquanto pilotava na direção do farol de doca de Ferdan.

Kevmo ainda não conseguia ver a cidade, mas passou por cima dos picos de três vulcões, em direção à floresta roxa e verde aos seus pés. Queria parar e mudar a nave de direção para dar um passeio pela ponta norte deste supercontinente enquanto os sóis vermelhos ardiam. Esquifes davam ótimos giros e o céu estava perfeito. Mas estavam em uma caçada, e Kevmo sabia, por experiência própria, que o argumento de que acrobacias o ajudavam na concentração e no relacionamento com a Força não funcionaria com sua Mestra. E... era melhor assim, provavelmente.

— Kevmo — disse a Jedi Soikana em sua voz mais fria.

Ele parou de mexer a perna e pediu desculpas com um sorriso, sem olhar para ela. Respirando fundo, Kevmo aquietou os pensamentos e acalmou as várias questões da sua consciência tão abrangente.

Checou o ângulo do esquife e acionou o interruptor de comunicação, indicando que se aproximavam do farol. Na Orla Exterior, os menores portos não costumavam ter vigilância, e Ferdan, que não era exceção, contava com apenas um droide cuidando do farol. Não fazia sentido nenhum que o Bastão das Estações Hynestiano tivesse sido contrabandeado para Dalna. Mas lá estavam eles.

A rainha Hynestiana ficara furiosa por ter o bastão roubado e exigiu a ajuda dos Jedi, mas os culpados não haviam deixado nenhuma pista. Entraram e saíram com facilidade surpreendente, considerando a segurança do palácio. O roubo ocorreu durante um período em que muitos grupos diferentes de pessoas visitavam a capital, mais do que o normal, graças a um festival. Kevmo e Zallah passaram horas conferindo as evidências da imigração, procurando por possíveis pistas, e a melhor até o momento era a de um grupo de missionários de Dalna que havia se registrado junto à autoridade portuária por dois dias. E corria um boato de que havia em Dalna um comprador especialmente interessado em artefatos relacionados à Força. O planeta não era uma prioridade para os Jedi porque ninguém tinha se machucado e, até então, não houvera nenhum roubo evidente — pelo menos até onde eles sabiam. Todos tinham direito à Força, contanto que os artefatos fossem adquiridos de forma legal e segura.

Vista de cima, esta parte de Dalna parecia um paraíso agrícola para Kevmo. Vulcões com picos nevados circulavam o vale do rio. Altas árvores vermelhas e verdes ladeavam o rio, derramando-se em uma pradaria extensa que cintilava com grandes depósitos de opala como poças de arco-íris. A cidade de Ferdan não parecia grande coisa, mas Kevmo tinha certeza de que eles deviam ter frutas e pães deliciosos.

O droide que cuidava do farol do porto os reconheceu, e Kevmo guiou o esquife para sua descida final.

Foi uma descida simples e, no instante em que o trem de pouso fez contato, Zallah tirou o cinto de segurança e saiu da cabine. Kevmo fez os procedimentos de desligamento da nave e se juntou a Zallah para pegar suas coisas. Eles ficariam em Ferdan, pois, apesar de não terem sido designados para nenhuma equipe Desbravador da

República, parte de sua missão ainda era fazer aquele trabalho: apresentar-se à população local para aprender o máximo possível sobre suas necessidades e opiniões, ficar de olho em locais para futuros postos avançados do templo e procurar por crianças sensíveis à Força.

A maioria dos planetas que haviam visitado tinha suas próprias populações indígenas sencientes, mas nada do tipo evoluía em Dalna, e a colonização do planeta se dera de forma bem aleatória. Provavelmente graças ao instável cinturão de supervulcões, que dava a volta no planeta. Eles estavam adormecidos fazia mais de um século, contudo, e Ferdan era o coração de um dos vários centros agrários — assim como de um aparente posto avançado de contrabando e mercado aberto. Bem no meio de um enorme caldeirão subterrâneo.

Em seu beliche, Kevmo enfiou a capa na bolsa e amarrou, em forma de clava, suas pesadas tranças pretas na altura da nuca, cuidando para tirar a trancinha de Padawan e deixá-la caída sobre o ombro. Então, ele a puxou, lembrando-se do antigo hábito de quando a colocou, porque a presença daquela trança específica era reconfortante, lembrava-o de que pertencia a um lugar — assim como as brilhantes tatuagens douradas de clã que riscavam suas bochechas azuis.

Então, Kevmo abriu consigo mesmo um grande sorriso, empolgado, e se apressou para ir até Zallah, que o esperava com as mãos cruzadas calmamente atrás das costas. Não olhou para ele, mas quando parou ao seu lado, vibrando de expectativa, havia uma impressão minúscula no canto de seus lábios azuis-gelo. Aprendera a interpretá-la como uma microexpressão divertida.

Ela inclinou a cabeça para o lado, em dúvida, e ele assentiu: estava pronto. Esticou o braço e puxou a alavanca para abrir o esquife.

Chamar de porto aquela faixa de terra rosada onde Kevmo aterrissara o esquife foi muito generoso. Kevmo riu um pouco quando a rampa de embarque chapinhou na lama. Mas o ar tinha um cheiro bom, como o de chuva e flores adstringentes atrás do escapamento. Concentrou-se o mais rápido que pôde e seguiu Zallah rampa abaixo.

A cidade se espalhava em prédios baixos de um ou dois andares, feitos de pedra rosa e madeira pálida e nodosa que claramente fora retirada do rio. Como em muitos assentamentos fronteiriços, era uma combinação improvisada entre construção local e habitação pré-embalada. Para Kevmo, aquilo tudo tinha muito potencial. O povo de lá não tinha muita coisa, mas aproveitava cada oportunidade.

Pararam diante do escritório do porto, e Kevmo preencheu o cadastro obrigatório para estacionar o esquife e pagou a taxa e um pouquinho mais. Não conseguia evitar. Só havia outras duas naves no porto, uma de puxar carregamento e uma nave de lazer dilapidada e obviamente modificada. Ferdan precisava de créditos.

No caminho até a cidade, Kevmo prestava atenção em tudo e Zallah perambulava ao seu lado. As ruas estavam cheias de gente de tudo quanto era canto da galáxia. Kevmo reconheceu muitas espécies — Mon Calamaris, humanos, Chagrianos, uma família de Grans e até mesmo um Wookiee bem longe de casa —, mas várias pessoas ele nunca tinha visto antes. Todos tinham a aparência exaurida de refugiados e fazendeiros rústicos, e não davam muita bola para Kevmo e Zallah, apesar dos mantos Jedi e os sabres de luz pendurados nos cintos. Zallah atraía olhares por sua elegância e seu comportamento frio, mas Kevmo passava despercebido. Eram ameaçadores, como qualquer outro forasteiro. Kev gostava disso — quanto mais perto de Coruscant, mais opiniões a respeito dos Jedi todos tinham, e essas opiniões, fossem elas boas ou ruins, atrapalhavam o trabalho deles.

Em um amplo cruzamento, Zallah parou. Seu olhar a direcionou a uma taverna do outro lado da rua e ao holo tremulante projetado da beirada do primeiro andar, declarando que se alugavam quartos. Kevmo assentiu.

— Vou pegar os quartos e buscar informações no bar — avisou a Mestra. — Vá até aquele mercado para pegar suprimentos e faça o que você faz de melhor.

Kevmo assentiu e deu a ela sua bolsa. Zallah quis dizer fazer amizade com qualquer um que visse pela frente. Até o anoitecer, ele já teria o começo de uma rede de fofoca em Ferdan.

Zallah o estudou por um momento, e então disse:

— Lembre-se da diferença entre confiar em seus sentimentos e expressá-los de forma efusiva.

Uma gargalhada brotou em seu peito, mas ele conseguiu segurá-la e apenas sorrir. A pele branca-azulada ao redor dos olhos de Zallah se apertou — era sua versão de revirar os olhos. Com uma reverência rápida e alegre, Kevmo deu meia-volta e seguiu para o lado oposto da taverna, em direção ao mercado barulhento.

O sol da tarde refletia no metal escuro dos estandes que revestiam a rua do mercado, enquanto comerciantes gritavam em várias línguas, principalmente em Básico Padrão Galáctico. Kevmo passou por frutas vermelhas como rubi e vegetais folhosos cor de laranja, castanhas cristalizadas, galinhas de pasto já depenadas e penduradas pelas patas. Conversou com uma velha Rodiana que cuidava de um estande com escudos solares de uso pessoal, usando seu charme para fazê-la descrever um mapa dos bairros da cidade. Uma família humana cheia de sardas, que vendia purificadores de água e potes de vegetais em conserva, discorreu um pouco sobre a população local, incluindo o mais recente campo de refugiados de Eiram e E'ronoh e a seita vizinha dali, chamada Caminho da Mão Aberta. Eram os mesmos que estiveram em Hynestia, mas Kevmo tentou esconder seu profundo interesse naquele alvo. O mercado pululava de gente de toda a galáxia, esbarrando nele, gritando, rindo, pechinchando — e Kevmo absorvia tudo.

Ele queria parar no meio do mercado, cercado por todo aquele caos e vida, e só se jogar no chão e meditar. A Força pulsava ao seu redor: Kevmo tinha certeza de que poderia vibrar com ela se fechasse os olhos e se deixasse levar. A Força era tão brilhante, como o sol ardendo lá no alto, e irradiava luz e vida.

Kevmo precisou pausar na sombra de uma barraca de suco, só para se lembrar de se centrar. Ele era um ser único, parte da Força viva, mas seu próprio ser. Esse era um daqueles limites que precisavam ser mantidos, era o que o separava dos outros, da terra e do céu e das estrelas. Precisava bloquear a pressão gloriosa da vida ao seu redor, e precisava comprar algo para Zallah e ele jantarem.

Alcançando a Força, ele acolheu seu fluxo cálido, permitindo-se sentir como ela pulsava em seu coração, e então, conforme ela o preenchia, ele reduziu suas conexões de forma cuidadosa e proposital. A Força foi diminuindo de intensidade, estrelas distantes em vez do sol flamejante, e Kevmo sorriu.

Secou o suor da testa, jogou as tranças para trás dos ombros de novo e abriu os olhos.

A primeira coisa que viu foi uma garota linda com trajes simples e crus, cercada de crianças e flores. Seus cabelos pretos e lustrosos estavam torcidos em um nó na altura de seu pescoço cinza-escuro, decorados com florzinhas brancas e amarelas. Três ondas azuis marcavam sua testa, o que o lembrou de suas tatuagens de família. Ela sorriu com doçura ao virar uma das crianças, direcionando-a para oferecer um pequeno buquê das mesmas flores a um passante. Enquanto Kevmo a encarava, a moça o olhou de volta de repente: seus olhos eram totalmente negros, tão negros quanto o espaço, e por um instante jurou ter visto estrelas brilhando dentro deles.

Kevmo nem tentou se impedir de ir em sua direção.

Ela estava parada em meio a um aglomerado de pequeninos: um Rodiano, outro Mikkiano, dois Klatooinianos adoráveis, três humanos, um Gran e um Mon Calamari minúsculo, que literalmente saltitava no lugar. O grupo ocupava uma das mesas enferrujadas no fundo do mercado, que eram de uso comum, vendendo — não, dando — flores. Rosas brancas do rio flutuavam em tigelas com água, e buquês irregulares de flores do prado e starium cor de laranja murchas e penas aleatórias espalhavam-se pela mesa. Tinham uma pequena faixa com palavras em Aurebesh pintadas em um azul vívido: *O Caminho da Mão Aberta. Liberdade, Harmonia, Clareza.*

Oh. Ele tinha ido direto até o grupo.

Kevmo parou a um metro da mesa e sorriu para a garota.

— Oi.

Quando ela afastou o olhar, seus cílios tremeram.

— Olá. — Seu olhar voltou ao dele, como se não conseguisse fazer nada além de olhar para Kevmo.

Uma apresentação estava presa na ponta da língua de Kevmo enquanto ele a estudava, sentindo-se ainda mais cálido do que antes. Entreabriu os lábios, mas a conversa fácil de sempre não saiu. Queria...

De repente, a moça se jogou para a frente para agarrar o punho da criança Rodiana, que, por sua vez, estava tentando alcançar o sabre de luz de Kevmo.

— Hallisara — exclamou, com um certo pânico, enquanto afastava a mão da Rodiana.

Kevmo se inclinou para trás, dando uma risadinha de leve.

— Hallisara, é? — Ele se agachou. — Não é brinquedo, mas olha. — Soltando o sabre, ele o segurou com cuidado com as duas mãos. — Você pode segurar aqui na empunhadura, com cuidado.

As antenas turquesa da pequena Rodiana se contraíram e ela se esticou para encostar a ventosa da ponta do seu dedo no exato lugar que Kevmo indicara. Seus grandes olhos negros se arregalaram ainda mais, e ela disse um "oh" com profunda reverência. Kevmo achava que Rodianos viam um espectro de luz diferente do que Pantoranos, mas não tinha certeza. Para ele, seu sabre de luz era lindo, folheado de vermelho e dourado, de uma liga que refletia o sol tal como um espelho, mas talvez a criança estivesse vendo algo completamente diferente.

— O que é? — perguntou a moça encarregada dos pequeninos.

— Um sabre de luz. — Kevmo levantou o olhar para vê-la. — Uma arma.

O sorriso dela se desfez. Seus profundos olhos escuros eram incríveis até quando ela ficava preocupada. Kevmo ainda conseguia ver a luz neles, e o cinza mais escuro que se alastrava e sombreava suas orelhas levemente arredondadas. Não sabia quem era o povo dela. Era uma espécie completamente nova para ele. E não queria acreditar que a garota era uma ladra. Ficou de pé, mantendo o olhar enquanto voltava a abotoar o sabre ao cinto.

— Meu nome é Kevmo Zink — disse. — Acabei de pousar em Dalna.

A garota piscou de surpresa e alisou a túnica simples com as mãos.

— Sou Marda Ro, do Caminho da Mão Aberta. Estes são nossos Pequenos mais velhos. — Ela mostrou as nove crianças que a cercavam. Um dos humanos se escondeu atrás dela, a Mikkiana torceu duas de suas gavinhas capilares amarelas, os dois Klatooinianos projetaram suas mandíbulas inferiores para mostrar os grandes dentes sem ponta e o restante sorriu para ele.

— Eu gostei das suas tatuagens! — gritou a criança Mon Calamari saltitante, piscando os olhos bulbosos um de cada vez.

Kevmo deu risada.

— Obrigado, jovem. São da minha família de sangue. — Quando foi levado ao Templo, já tinha as tatuagens e, embora honrasse os versos da poesia Pantorana, os Jedi eram sua família. Ele voltou o olhar às ondas azuis na testa de Marda.

Ela levou a mão para cima, como se fosse tocá-las, mas sem fazê-lo.

— Estas ondas são para a Força.

Kevmo se assustou.

— A Força! O Caminho da Mão Aberta tem a ver com a Força? — Isso explicaria por que estavam envolvidos em roubar artefatos relacionados à Força. Isso se estivessem envolvidos.

Marda assentiu devagar, parecendo ou tímida ou hesitante diante do entusiasmo dele.

Lembrando-se do conselho da Mestra, Kevmo se controlou um pouco.

— Eu conheço a Força — falou, gentil.

Nesse momento, a menor das crianças humanas soltou um gritinho quando um petauro-do-mel azul brilhante saltou de seu ombro, onde estava coberto pela juba de cabelo vermelho. O petauro abriu as membranas aladas e planou no ar até aterrissar na cabeça da criança Mon Calamari, que riu, enquanto o rosto do menino humano abandonado se contorcia com a perda.

— Deve ser a minha vez, Simi! — a criança Mon Calamari disse.

O Klatooiniano mais velho ladrou:

— Um presente dado livremente, Simi!

Aquietando as crianças que zombavam da outra, Marda puxou os cachos de Simi de leve para reconfortar o humano que chorava. Ela pediu desculpas com o olhar para Kevmo. Ele quis roçar os nós dos dedos nas maçãs do rosto dela.

Kevmo afastou o olhar abruptamente, um pouco chocado consigo mesmo. Não deveria pensar em coisas assim.

Ele se recompôs ao se lembrar de como precisava tomar cuidado com seus afetos, e de como era suscetível a paixonites e entusiasmo. Precisava passar mais tempo meditando hoje à noite e, talvez, se exaurir treinando sua postura com o sabre de luz. Ainda assim, apesar de tudo isso estar em sua cabeça, Kevmo se arriscou a olhar de volta.

Marda esperou pacientemente, sem vergonha de ele notar que o encarava enquanto ele se recompunha. O ímã de seu olhar continuava tão forte quanto um raio de tração. Kevmo conseguiu abrir um sorriso torto.

Marda retribuiu e pegou uma das rosas do rio de dentro de um balde. A flor pingava sobre a mesa metálica quando ela a entregou para Simi.

— Pode dar o presente ao nosso novo amigo?

Kevmo esperou pacientemente o menino humano engatinhar por debaixo da mesa e aparecer na rua ao seu lado, a rosa protegida por suas mãos em forma de concha. Kevmo se agachou de novo.

— Um presente dado livremente — a voz de Simi era tão baixa que mal foi ouvida no mercado caótico.

Kevmo ergueu a rosa das mãos de Simi com a Força e a fez flutuar no breve espaço entre os dois, até poder pegá-la com a ponta de seu dedo indicador.

Esperando risadas ou até mesmo um aplauso encantado, Kevmo franziu o cenho diante daquele silêncio dramático. Quando se virou, viu todas as crianças de boca aberta e a linda Marda olhando para ele, horrorizada.

— Pare! — ela gritou, e Kevmo ficou tão assustado que a rosa do rio escapou de seus dedos e caiu no chão.

CINCO

O dia de Marda ficou consideravelmente mais leve quando viu o sorriso do garoto Pantorano pela primeira vez. Estava se sentindo melancólica depois de a Mãe rejeitar seu pedido para se juntar às Crianças no dia anterior. Apesar dos novos bebês no ninho de Ferize, do dia encantador e da bagunça agradável dos Pequenos de quem cuidara, não havia conseguido desfazer o nó de decepção enroscado em sua garganta. Decepção e algo pior: a culpa que a carcomia de que nunca seria suficiente, por mais que se esforçasse, por mais que acreditasse, só por ser Evereni. Não sabia por que não confiavam em seu povo. Ninguém queria contar. Como se ela só tivesse que aceitar, do mesmo jeito que aceitava a gravidade e o nascer do sol. Everenis não mereciam representar o Caminho na galáxia. Exceto pelo fato de que Yana podia, então devia ter algo de errado com Marda.

A Mãe, colocando uma mão na bochecha de Marda, encarregara-a outra vez de cuidar dos Pequenos.

— É a você que posso confiar as centelhas de crença em seus jovens corações. Cultive a compreensão deles sobre nosso Caminho, Marda Ro, aqui, em nosso lar. Este lar que compartilhamos deve continuar sendo verdadeiro, e você é a cuidadora dele. Aceitará fazer isso por mim?

Marda assentiu e abaixou os olhos para evitar as lágrimas ardentes. A Mãe era o verdadeiro avatar da Força, existindo em perfeita harmonia, clareza e liberdade com ela. Se ela queria, Marda deveria fazê-lo.

— Eu aceito — sussurrou, e era verdade; é que a galáxia era tão grande, tão incrível. Sabia que podia se expandir para caber nela.

Devia ter algo errado com Marda, já que não conseguia se contentar com esse propósito que recebera livremente. Marda tentou enterrar a incerteza sob sorrisos suaves e mãos mais suaves ainda, conforme guiava os Pequenos na busca por beleza ao longo do rio e pelos campos. Presentes de Dalna em suas mãos, colhidos e preparados para se tornarem presentes de suas mãos àqueles que vagavam por Ferdan.

Haviam se acomodado na mesa disponível do mercado, a que Grandfer Aurin — da espécie Umbarane que vendia partes usadas de droides — costumava guardar para eles. Não queria se juntar ao Caminho, mas gostava de como Marda pregava sobre viver com e para a Força. Eff, a mais jovem dos irmãos Klatooinianos, amava Grandfer Aurin e ficou em seu colo durante a primeira hora da entrega dos presentes. As outras crianças brincavam, amarravam buquês e acenavam alegremente para os transeuntes, discutindo só de vez em quando, e Marda convidava todos à mesa, oferecendo em troca a sua fé. Jerid, um menino humano de pele marrom, o mais velho dos Pequenos que estavam com Marda, pegava no pé de Utalir, que só tinha nove anos, dizendo que seus tentáculos capilares amarelos-sol eram mais bonitos que as flores, e se perguntava o que o Caminho receberia em troca se Utalir se oferecesse como um presente dado livremente. Marda achou necessário separá-los, soltando de seu quadril a irmã mais nova de Jerid, Vemian, que gostava de se esconder ali e de imitar tudo que Marda fazia. Enquanto isso, Tromak se escondia debaixo da mesa, jogando pedrinhas no quadrado, Jezra'lin não parava de saltitar, e Hallisara, Simi e Ferali não paravam de competir pelo afeto do petauro-do-mel que estava agarrado a Simi havia semanas, aproveitando-se da boa vontade do menino em dividir o próprio mingau.

Mas o petauro-do-mel era um bom presságio, o mesmo azul brilhante da tinta de concha-brikal por comer as larvas dos artrópodes.

A bagunça dos Pequenos distraiu Marda da pior parte de sua melancolia, mas esta se agarrava a ela mesmo naquele mercado cheio, onde se sentia a única pessoa do planeta inteiro que não tinha permissão para partir.

Então, o garoto Pantorano. Ele chamou sua atenção de forma repentina e infalível: alto e atraente em um manto em camadas, feito de forma simples, em cores não tão diferentes das suas, com elaboradas tranças pretas, pele azul e cálida, um sorriso que mostrava dentes sem ponta e bonitas marcas douradas em seu rosto.

Quando seus olhares se encontraram, ele foi direto até ela, como se já a conhecesse.

O estômago de Marda deu um pulo.

Ele parou diante da mesa, com um sorriso enorme para as crianças, mas sem tirar os olhos amarelos e brilhantes dela por muito tempo. Sua pele era quase do mesmo tom de azul da concha-brikal, o dourado era vívido. Ela queria tocar as marcas, descobrir se elas se desfaziam ou se eram indeléveis, ou talvez só florescessem em sua pele naturalmente. Como pequenos caminhos de sementes solares.

Então ele falou, e ela falou também, e ele era de outro planeta. É claro; todos eram. Mas ele tinha acabado de chegar, das estrelas, e Marda ansiava por algo que não sabia o que era. O menino Pantorano — Kevmo — era bom com os Pequenos. Gostava deles. E ele conhecia a Força. Foi o que ele disse. *Eu conheço a Força.*

Ofegante, Marda achou que era por isso que a Mãe tinha dito não tantas e tantas vezes a ela: este momento, este garoto. Para que Marda estivesse lá naquele dia. Ela sentiu a certeza borbulhar como se fosse rir.

Isso foi antes.

Então, ele abusou da Força.

— Pare! — gritou Marda, estendendo a mão. Ela agarrou Vemian, que ainda a segurava pelo quadril, e afastou o rosto da menina humana, como se pudesse proteger todos eles do que Kevmo havia feito.

— Marda — disse ele, a rosa do rio caindo no chão empoeirado, o presente dado livremente jogado aos pés deles.

Tremendo, Marda ergueu o queixo e tentou ser feroz.

— Você não conhece a Força.

De olhos arregalados, ele olhou para sua boca, e então lambeu o lábio inferior. Marda sabia o que havia acontecido: ele vira seus dentes afiados; sabia que ela era Evereni e partiria.

Era melhor assim. Kevmo Zink usou a Força para uma brincadeira! As consequências de desequilibrar a Força do jeito que fizera poderia levar seres vivos à morte! E ele fez aquilo para brincar com uma criança. Marda engoliu a dor e deixou a indignação crescer. Ela andava no Caminho da Mão Aberta. Ela explicaria.

— A Força não é uma ferramenta. É só ela mesma. Vida. Luz. Tudo que nos conecta. Mas nunca uma ferramenta.

Kevmo se aproximou, a expressão séria.

— Ela pode ser. Nós usamos a Força se pudermos, a usamos para melhorar a galáxia para todos.

— Como pode saber se está melhorando a galáxia quando não consegue prever os efeitos de tocar a Força? — Marda lutou para parecer calma, mais pelos Pequenos, que prestavam muita atenção, os olhos arregalados, as antenas atentas.

— Meu treinamento é bastante extenso — explicou Kevmo. — É claro que sei os efeitos de usá-la. — De repente, todas as flores se ergueram da mesa para flutuar delicadamente entre eles. — É algo preciso, sobretudo nesta escala. Ninguém está em perigo. — A voz dele era suave e convincente.

Mas Marda encarou as pétalas rosa e amarelas que tremiam diante dela.

— Por favor — sussurrou.

— Isto é um presente — ele continuou, girando as flores devagar, em uma espiral suave, uma galáxia arco-íris. — Você acredita em presentes dados livremente. Foi o que disse?

— Aham! — guinchou Jezra'lin, tapando a boca larga com as mãos.

Marda apertou a mão, formando um punho cerrado. Tinha mais gente olhando para eles, inclusive Grandfer Aurin.

Kevmo continuou:

— Ser capaz de usar a Força desta maneira é uma dádiva. Ela flui através de mim, é parte de mim, e usá-la assim é como usar minhas mãos ou meus ouvidos ou minha voz.

Ela não conseguia evitar espiar sua boca quando ele falava. Ela se concentrou ali ao repetir:

— Por favor. — As flores caíram. Marda fechou os olhos, aliviada por um momento. — Você pode até saber o que está fazendo, mas como pode prever as consequências na Força? Usá-la aqui, para nada além de uma brincadeira? Para... para me impressionar?

O menino fechou a cara.

Marda continuou pressionando.

— Este incidente altera a Força, a modifica em ondas, puxando, direcionando, e todas essas mudanças alteram outras coisas pela galáxia. Quem pode dizer que os seus truques aqui não geraram ondas que resultarão em algo perigoso onde você não consegue ver?

— Não é assim que a Força funciona — ele insistiu.

— É, sim. — Marda quase mostrou os dentes. — Ela não existe para ser controlada.

— Os Jedi não...

Marda arquejou.

— Você é um Jedi?

Kevmo pausou, os lábios entreabertos, e assentiu lentamente.

— Você *realmente* controla a Força! Procura-a para forçá-la a fazer sua vontade! Eu ouvi falar dos Jedi. — Que estúpida era por sentir como se seu coração estivesse se partindo. Havia Jedi em Jedha, e ela ouvira tantas histórias daquele mundo grandioso, dos jeitos diferentes dos sacerdotes, andarilhos e bruxas que se juntavam no templo. Os Jedi vinham dos Mundos do Núcleo, com seus hábitos que eram opostos aos do Caminho.

— Isso não é verdade. — Kevmo se inclinou na direção de Marda com um sentimento de urgência, colocando as mãos na mesa. — Nós não estamos impondo nossos desejos à Força! Mas...

— Vocês a usam. A Força deve ser livre, Kevmo Zink. Nós devemos viver em harmonia com ela. Como parte dela. Não para usá-la. — Marda fez um muxoxo de leve, para não ranger os dentes, para não chorar. Ela deveria ter sabido que ele era um Jedi desde o instante em que ele chamou sua arma de sabre de luz. Mas ela sempre havia evitado pensar a respeito deles, e sabia tão pouco.

Kevmo olhou para ela com algo que parecia anseio, e Marda parou. O abismo entre eles era vasto, mesmo tendo sentido algo tão correto e bom quando o conhecera, apenas alguns momentos antes.

Finalmente, o Jedi falou:

— A Força é quente e luminosa. É a vida. E usá-la... — Ele olhou de relance para a faixa do Caminho, pintada à mão por Marda e Er Dal e o Velho Waiden anos antes. Kevmo virou as mãos, fazendo o azul mais pálido das palmas encarar o sol. — Usá-la é algo bom. Como tomar banho de sol.

O buraco no estômago de Marda se abriu, porque ele soava como ela quando implorava para ir com as Crianças para o espaço. Balançou a cabeça.

— Entreguem as flores, crianças — disse, virando-se para a pequena Simi. — Ferali e Utalir, dobrem a faixa, por favor. Vamos embora daqui.

Os Pequenos pegaram as flores rapidamente e correram pela via para entregá-las aos vendedores e artistas de rua que conheciam, uma bênção final antes de irem embora. Marda sabia que estava fugindo. Ela coletou a tina de fichas e créditos e moedas que haviam recebido e a guardou em uma bolsa pequena, passando-a aos cuidados de Tromak. Não queria olhar de novo para Kevmo.

Até ela se virar para partir e ele dizer:

— Marda Ro.

Ela parou e olhou deliberadamente para ele por cima do ombro.

— Vou vê-la de novo? — perguntou, o olhar determinado.

Tudo em Marda queria prometer que sim, só mais uma vez, deixá-lo com um último presente dado livremente: esperança. Mas era melhor assim. Disse "não" e conduziu os Pequenos à sua frente, sem olhar para trás.

Precisou morder a ponta da língua para conseguir. O gosto pungente do sangue a colocou firmemente de volta ao próprio corpo.

Só precisou do tempo até saírem do mercado, os Pequenos em fila enquanto andavam, de mãos dadas, para Jezra'lin soltar:

— Minhe irmane mais velhe era sensível à Força! Me pergunto se conseguia fazer isso com as flores. Eu torcia para que eu também fosse.

— Eu não — disse Jerid. — É mais fácil seguir o Caminho se não puder sentir a tentação de tocar a Força. É o que minha mãe dizia.

— Aquela arma era incrível! — exclamou Hallisara. — Bonita, também. Eu fico imaginando o que ela faz.

— O que é um Jedi? — Utalir perguntou baixinho, puxando a manga de Marda com dedos bem amarelos.

Marda parou. Jerid aproveitou para falar:

— Guerreiros! Ouvi dizer que lutam contra monstros.

— Monstros! — estrilou Simi, assustando o petauro-do-mel, que mais uma vez se escondera nos cabelos vermelhos do menino.

A coisa estava saindo do controle.

— Chega — Marda exclamou com força, encarando a fileira de Pequenos. — Venham por aqui, quero mostrar algo importante.

Eles saltitaram, alegres, enquanto se realinhavam.

Marda os guiou para fora de Ferdan, como se fossem ao complexo, mas mudou de direção para ir ao sul, à pedreira e ao canteiro de obras, onde muitas partes da *Olhar Elétrico* — as partes exclusivas do Caminho da Mão Aberta, não droides ou hiperespaço ou escudos — estavam sendo construídas. Membros do Caminho usavam grandes fornalhas para aquecer vários tipos de metal, feitos para os moldes gigantes no fim do terreno. Vapor e fumaça se erguiam no céu azul, e o *tim-tim* dos martelos parecia o som de sinos. Droides pisavam de lá para cá, puxando o granito rosa cintilante da pedreira, que outros quebravam. Havia pilhas de ardósia preta e fina esperando ser lascada em cacos para o vasto chão de mosaico do saguão do templo na *Olhar Elétrico*. Em breve, tudo seria levado a bordo da nave e colocado no lugar, e Marda poderia visitá-la e pintar suas paredes com ondas do azul das conchas-brikal.

Era difícil ver a forma da nave em meio a pilhas de pedra e pessoas suadas, enquanto a nave propriamente dita estava em órbita. Às vezes, o sol brilhava no ângulo certo e reluzia no casco, e, vista desde o planeta, parecia uma estrela, como qualquer outra nave. Mas aquela não era uma nave qualquer, de forma alguma.

— Pequenos — disse Marda, levando-os até um quarteto de esteios de liga metálica encostados em um morro. — Sabem o que estamos construindo?

— A *Olhar Elétrico* — respondeu Jezra'lin, pulando na ponta dos pés.

— É o nome dela. Mas sabem o que é? — Marda se abaixou para se sentar de pernas cruzadas e chamou os Pequenos para se juntarem ao redor dela.

— Uma nave.

— Um templo!

— Um santuário!

As respostas se sobrepunham em um caos entusiasmado, e Marda sorriu. A atenção deles a animava, ajudando a acalmar o tremor nas mãos depois do encontro com Kevmo Zink.

— Correto — assentiu. — Todas essas coisas. A Mãe teve uma visão dessa nave grandiosa, um lugar belo e vasto, grande o suficiente para cada membro do Caminho e muitos mais. Poderemos aumentar nossa família nas estrelas, levar a nós mesmos para onde quisermos, para onde a Força precisar de nós para compartilhar nossa clareza com outros seres.

— Clareza — falou Vemian, bem baixinho, encarando Marda com os olhos verde-mar cheios de reverência. De repente, Marda percebeu que ficava assim quando falava com a Mãe, como se a Mãe nunca fizesse nada de errado e como se todas as palavras que saíssem de seus lábios fossem palavras da própria Força. Notar que Vemian a via daquela forma fez com que Marda se sentisse mais alta, mais forte, mas também um pouco assustada.

— Clareza — disse Marda. — E liberdade e harmonia com a Força. Este é o Caminho da Mão Aberta. A Força está em todo lugar, em todas as coisas, queimando nas partículas do universo, e não devemos tocá-la. Não estamos acima das outras criaturas ou coisas. Não estamos acima da Força. Nós *somos* ela, se tivermos sorte.

Ferali, o mais velho dos irmãos Klatooinianos, franziu o cenho, os grandes bulbos de sua testa sombreando os olhos.

— É por isso que o Jedi não deveria ter movido as flores.

Marda assentiu, solene.

— Ele tirou da Força. Roubou. Abusou. Isso por si só é errado, compreendem? Nós não tiramos. Nós só ficamos com as nossas mãos abertas.

Os Pequenos viraram lentamente as palmas das mãos para cima, em direção ao céu.

— Quando você está aberto, presentes dados livremente virão até você, enquanto estiver vivo. Contanto que a Força flua através de você.

Simi colocou sua mãozinha branca sobre a mão cinza de Marda. Ela a apertou. O petauro-do-mel pulou de seu pescoço e aterrissou no joelho de Hallisara. A Rodiana abriu um grande sorriso.

— Obrigada — disse. — Pelo presente de sua amizade.

— Também serei sua amiga — disse Eff, a irmã mais nova de Ferali, bajulando o pequeno e adorável petauro azul.

— Eu também — concordou Tromak, seus três olhos piscando rapidamente.

Marda sorriu de leve. Ela os guiou pelo resto de suas perguntas enquanto membros do Caminho trabalhavam, barulhentos, o futuro santuário da *Olhar Elétrico* cercando-os em um ninho confortável. Ainda assim, Marda não conseguia parar de pensar no menino Jedi que estendeu as mãos para ela, e no quanto ela quisera estender as próprias mãos em troca.

SEIS

— Ei, que nave bacana.

Kor gesticulou para o esquife, a alguns metros de distância, e Yana assentiu. Estavam partindo mais tarde do que o planejado, já que Treze precisou se desenroscar de uma lindíssima pessoa humana antes de partirem, e Yana estava de mau humor pelo atraso. Mas, mesmo aborrecida, precisava concordar com Kor. Era a única nave nas docas além da *Harmonia* e, para falar a verdade, todas as naves pareciam bacanas perto da nave auxiliar surrada do Caminho, com aquelas manchas azuis desleixadas. O Caminho não estava tão pobre quanto no passado, mas ainda tentavam não chamar muita atenção.

— Nós devíamos pegar uma assim quando comprarmos a nossa — Kor falou para Yana, abaixando a voz e se aconchegando mais perto para Treze não ouvir. Yana afagou um dos tentáculos capilares de Kor e assentiu.

— Preciso aprender a pilotar primeiro — disse, e Kor riu.

— Se Treze consegue, você definitivamente consegue também.

Yana embarcou na *Harmonia* com Treze e Kor logo atrás. Todos usavam os mantos do Caminho, mas por debaixo ainda vestiam as roupas de trabalho, Treze com suas facas e Yana com o equipamento de corte. Precisariam agir rápido assim que chegassem a Porto Haileap. O novo posto avançado dos Jedi era um problema, e não teriam tempo para se trocar.

O cheiro da nave atingiu Yana assim que seu pé deixou a rampa de embarque e adentrou o interior: incenso lompop. Como tinham o costume de queimá-lo o tempo todo, a lembrança mais forte que qualquer um teria da nave auxiliar do Caminho seria aquele odor.

Conforme abarrotavam a cabine apertada, Kor colocou a mão na bochecha de Yana com afeto, antes de virar os enormes olhos aquosos para Cincey.

— Quanto tempo vai demorar para chegarmos a Porto Haileap?

— A Mãe me deu uma rota que não foi mapeada, então só algumas horas — disse, com empolgação. — Apertem os cintos e relaxem. Voltaremos a tempo para a nomeação.

— A Mãe está tendo visões de caminhos do hiperespaço agora? — Treze desdenhou, as curtas gavinhas capilares do Mikkiano ondulando.

— Ela pode ter feito uma troca. — Kor ignorou o sarcasmo de Treze. — Eu estava com a minha mãe nas cavernas e vi a Mãe cumprimentar um humano que parecia um daqueles prospectores.

Yana não disse nada, mas concordava com Treze, a Mãe parecia ter adquirido os trajetos de forma suspeita. O que ela estava trocando, ou comprando, sem contar a ninguém? Mas Yana também nunca parava de se preocupar, porque, se parasse, coisas ruins aconteciam. Ela se sentou em uma das cabines perto dos controles para ver Cincey pilotar a nave.

— Você checou o posto avançado dos Jedi? — Yana perguntou a Cincey assim que saltaram para o hiperespaço. Não era supersticiosa, mas nunca gostava de falar a respeito dos detalhes de um trabalho até estarem a caminho, e, em algum momento, Treze e Kor tinham começado a seguir seu exemplo.

— Sim, parece que eles partiram para alguma missão, mas ninguém sabe o que pode ser, então está limpo para você. Você só vai lidar com as forças de segurança de sempre, o que vai ser fácil para você — disse Cincey. Yana gostou do elogio, mesmo que não demonstrasse.

Yana deixou sua mente divagar conforme o azul do hiperespaço rodopiava do lado de fora dos vidros imundos, e, quando saíram com uma sacudida, algumas horas depois, ela foi a primeira a ficar de pé. Kor também levantou e começou a executar seus cantos, uma série de exercícios que ela fazia para manter o corpo mais flexível. Kor era anormalmente acrobática, uma dádiva da Força que os salvara em mais de uma ocasião.

O propósito de Treze era um pouco menos elegante, e ele também começou a se preparar, fazendo malabarismos com as facas de arremesso e conferindo seus fios. Yana torcia um pouco para ele errar e cortar algo importante, mas isso nunca acontecia. Os olhares intensos que ele continuava lançando para Kor enquanto ela se alongava e se movia faziam Yana desejar os poderes da Força dos Jedi. Ela adoraria pegar uma das facas de arremesso no ar e jogá-la na direção dos olhos de Treze.

Aterrissaram pouco tempo depois de sair do hiperespaço, e a empolgação de Yana por estar fora da nave crescia exponencialmente à medida que voavam por árvores imponentes, com cascas retorcidas. *Árvores marmóreas*, Yana pensou, e ajustou as vestes. Quando Cincey abriu a porta e estendeu a rampa de embarque, Kor pegou uma tigela de tinta de concha-brikal e desenhou cuidadosamente as linhas onduladas na testa de Yana, depois fez as próprias e passou a tigela para um Treze ligeiramente aflito. Yana sorriu para o garoto, mostrando os dentes. Era bom ele saber seu lugar.

— Vocês só têm duas horas se quiserem voltar a tempo para a nomeação — disse Cincey. — Então, sejam rápidos.

As Crianças assentiram, foram até a rampa de embarque e desembarcaram.

Porto Haileap não tinha o mesmo cheiro de Dalna, mas o aroma pungente das árvores marmóreas e o cheiro fecundo da floresta mais próxima eram uma mudança bem-vinda em relação ao incenso pesado da *Harmonia*. Chegaram na metade do dia, mas ainda havia trânsito até o terminal principal. Yana reajustou as vestes enquanto olhava para o seu entorno.

As árvores eram altas, mas havia uma grande variedade de flores pequenas acomodadas entre e nas raízes. Kor foi colhê-las de imediato, pegando ramos enormes que usariam como "presentes dados livremente", uma das partes essenciais da tática de recrutamento do Caminho. Presentear transeuntes aleatórios com flores ou rochas brilhantes e interessantes enquanto os faziam ouvir a doutrina da Força verdadeiramente livre. Yana achava tolice — quem queria um punhado de flores? —, mas precisava admitir que também era incrivelmente eficaz. Atraía gente tão bem que as Crianças usavam isso como distração durante suas missões.

Assim que Kor conseguiu uma boa quantidade de flores, começaram a entrar no terminal principal de Porto Haileap. As vitrines das lojas não eram grande coisa; o posto avançado não passava de um local para aterrissar naves e dar uma volta. Porto Haileap tinha uma única hospedaria, uma única taverna perto da doca, com um droide garçom novinho em folha, e um gabinete do governo que supervisionava o local.

— Por que eles trariam algo de valor para cá? — perguntou Treze, e Yana deu de ombros.

— Boa pergunta. Talvez a informação estivesse errada?

— Cincey nunca errou antes. Além do mais, a Mãe saberia se a viagem não valesse a pena e teria discordado. A Força flui através dela. Ela teria visto algo — insistiu Kor, e Yana riu.

— Talvez a Força tenha achado irrelevante nos mandarem para um lugar com o incrível total de cinco pessoas. — A estratégia não funcionaria, porque não tinha como eles atraírem uma multidão.

Treze fechou a cara e pegou as flores de Kor.

— Ainda tem como dar certo. Façam o mesmo que eu.

Yana e Kor trocaram olhares, deram de ombros e seguiram Treze até o escritório da capitania das docas, o único edifício com aparência oficial do porto inteiro. Yana ficava irritada de ver Treze tentando liderar a *sua* equipe, mas também queria ver o que ele estava tramando. As curtas gavinhas capilares do Mikkiano fizeram e desfizeram um nó, como costumava acontecer quando ele pensava em algo particularmente desagradável. O que será que o garoto tinha em mente?

A porta do escritório da capitania se abriu com um assovio silencioso, e o homem humano, sentado à escrivaninha, olhou para cima quando eles entraram, um olhar severo distorcendo suas feições pálidas.

— Posso ajudá-los?

— Não — Treze respondeu, os passos tão leves que ele praticamente flutuou para dentro do escritório. Sua voz era suave como pelagem de jaran, e ele deu um sorriso gentil. — Mas nós podemos ajudá-lo, meu amigo.

O capitão ficou de pé, as mãos nos quadris. Era um homem atarracado, de cabelos castanhos e ralos, que mostravam a pele do topo de sua cabeça. Ele olhou de relance para Kor e Treze, irritado, mas, ao ver Yana, mal pôde esconder o medo.

— Olha, eu não tenho tempo para essa bobagem. Do que vocês precisam?

— Nós estávamos nos perguntando se poderíamos fazer uma estação de presentes em sua via principal — respondeu Treze, enlaçando o braço no do capitão e conduzindo-o pela porta. — Posso mostrar o local em que estamos pensando? Sabemos que primeiro precisamos da sua permissão. A não ser que tenha mais alguém com quem eu possa conversar?

— Eu sou o único que trabalha aqui — disse o homem, e Yana sentiu pena daquele pobre pastor de banthas. Sobretudo quando a expressão de Treze se iluminou.

— Bem, então deixe eu mostrar o lugar em que estávamos pensando.

A porta deslizou para se abrir e logo se fechou, e Yana e Kor ficaram onde estavam. O escritório da capitania estava enfiado em uma esquina afastada. Um erro, de fato.

— Vamos acabar com isso antes que o Treze volte se vangloriando. — Yana não tinha desejo algum de ouvir o Mikkiano se gabar de como humanos morriam facilmente.

Yana pegou o pequeno equipamento que gostava de usar para cortar fechaduras — uma placa que resgatou de uma das linhas novas de astromecânicos, depois de um trabalho particularmente desagradável em Klynan. Só havia uma porta interna no escritório, e ela a abriu com facilidade. Quando a fechadura se soltou, Treze retornou, limpando o sangue vermelho de suas mãos na barra da túnica.

— Você o matou? — sibilou Kor, agitada, os olhos se cerrando ao ver a túnica suja de Treze.

O Mikkiano deu de ombros.

— Aquele sangue foi derramado pelo Caminho. Não acho que a Mãe se importará.

— Isso é assassinato, Treze. — A voz de Kor era grave. — Não é para isso que estamos aqui. Não é assim que se vive em harmonia com a Força.

Yana tentou ignorá-los e ignorar o próprio desgosto ao ver Treze tomar medidas tão drásticas. Não era o assassinato em si que a incomodava, mas o fato de Treze ser tão imprevisível.

— Vocês podem deixar isso para depois? Estou me concentrando.

Kor colocou uma mão sólida em seu ombro e Treze se apoiou na parede, casualmente.

— Como está indo?

— Acabei — respondeu Yana, afastando-se da porta para Treze ir adiante, as facas de arremesso em mãos. Kor o seguiu, e Yana ficou na retaguarda, selando a porta atrás deles para que não tivessem nenhuma surpresa indesejada. Do outro lado da porta havia uma antessala pequena, e depois um armazém que parecia guardar gaiolas de carga confiscada. Os contêineres estavam marcados com números, e não com descrições do conteúdo de cada um, e Kor suspirou.

— Não é tão direto ao ponto quanto eu gostaria — disse ela, cerrando os olhos ao ver as etiquetas. As estantes eram altas, tinham ao menos dez metros, e não havia nenhuma escada ou droide de carga à vista.

— Deve ter um arquivo-mestre aqui com os conteúdos e as datas em que eles foram confiscados — disse Yana, tirando as vestes e usando-as para limpar a tinta do rosto. Treze fez o mesmo. Kor pareceu aflita por um momento antes de copiá-los, colocando as vestes em uma pilha que pegariam ao ir embora.

Yana foi até o único terminal de dados da sala e o ligou. Ela estava prestes a colocar seu equipamento de corte na máquina quando Treze pegou um objeto estranho.

— O capitão tinha isso pendurado no pescoço. Será que destrava o terminal?

Yana pegou o pequeno objeto metálico e o inseriu na parte da frente do terminal de dados. Entrava perfeitamente, destravando o sistema. Apareceram linhas e linhas de opções, cada uma delas com um item e data.

— Isso é estranho — disse Kor, os olhos negros aquosos repletos de preocupação. — Por que a República deixaria uma carga tão preciosa aqui sem nenhum guarda?

— Talvez eles confiem que a Força se defenderá sozinha — aventou Treze com um sorriso maldoso, voltando a fazer malabares com as facas.

— Faz mais sentido que não tenham a mínima ideia do que é. De qualquer forma, acho que encontrei o artefato — disse Yana, enquanto checava os registros. — Contêiner cinco-oito-quatro-três. Está marcado como "arma rara" e o local de origem é "ruínas de Moraband". Onde fica isso?

— Não sei, não quero saber. — Treze deu de ombros, andando até as estantes. — Kor, eu acho que é aquilo lá em cima. Você consegue alcançar?

Kor não disse nada, só olhou de relance para as estantes antes de correr e saltar na parede oposta. Ela ricocheteou na parede, saltando até as estantes. Ela alcançou a estante que ficava alguns metros abaixo de seu objetivo e a escalou rapidamente pela lateral, um feito que tanto Yana quanto Treze teriam achado impossível. Foi uma sequência impressionante, e quando Kor se ergueu para subir na estante e se empoleirar perto de um contêiner de carga, o estômago de Yana deu um pulo. Se Kor caísse daquela altura, ficaria gravemente ferida. Yana odiava pensar nessas coisas, mas era esse tipo de momento que dificultava trabalhar com sua namorada em missões tão perigosas. Não havia acontecido nada de ruim, mas Yana era Evereni. Mesmo em meio à segurança do Caminho da Mão Aberta, ela ouvira tantas histórias sobre as coisas terríveis que poderiam acontecer quando as coisas finalmente estivessem indo bem. Era difícil esquecer, sobretudo quando assistia à garota que amava escalar uma torre de estantes.

— Peguei — disse Kor, segurando uma caixa bem menor do que Yana esperava. O contêiner era de plastoide cinza-escuro e tinha um mecanismo de trava curioso na parte da frente.

— Por que tem uma célula de energia na caixa? — perguntou Yana, reconhecendo o botão ao lado do mecanismo de trava. Esse tipo de aparelho geralmente era reservado para itens que emitiam um nível baixo de energia, como baterias e outros componentes elétricos. Não um artefato da Força.

— Não faço a mínima ideia, mas não é pesado. Yana, você pode pegar? — perguntou Kor.

— Eu pego — disse Treze, guardando as facas rapidamente. Ao ver o questionamento no olhar de Kor, Yana acenou brevemente com a cabeça. Deixe o menino se sentir útil.

Treze pegou a caixa jogada por Kor, que desceu em saltos, pendurou-se na estante mais alta, arqueou o corpo e deu um mortal para trás, aterrissando num suave agachamento. Assim que ela voltou a estar a salvo, na altura do chão, Yana deletou tudo relacionado à busca, deslogou-se do terminal de dados e desligou tudo. Ficou com a chave digital, porém. Era propriedade da República, mas isso só significava que poderia ser útil. Quem sabe quais tipos de código de segurança ela conseguiria tirar do aparelho?

Pegaram seus trajes e saíram do escritório da capitania para voltar à *Harmonia*. Yana ficou uma pilha de nervos o caminho inteiro, mas não tiveram nenhum problema. Ninguém prestou muita atenção neles e, se pareciam estranhos com o pequeno contêiner de carga e um amontoado de vestes, ninguém comentou nada.

Assim que chegaram à *Harmonia*, Cincey não perdeu tempo e os colocou em órbita, de volta. Ninguém falou nada até entrarem no hiperespaço, quando Cincey saiu da cabine para se juntar a eles na área de estar.

— E então? — perguntou.

Treze havia deixado a caixa no meio do chão, e todos deram de ombros.

— É só isso.

Cincey suspirou alto.

— Vocês a abriram?

— Não — respondeu Yana.

— Então, como sabem que é o que estamos procurando?

— Era o único item registrado como sendo de uma ruína e como arma — disse Yana. — Quer que eu abra?

— Não — disse Cincey. — Deveríamos dar essa honra à Mãe.

Kor sentou-se no colo de Yana, apoiando a cabeça cheia de tentáculos no ombro da Evereni.

— Tem algo estranho nessa caixa. Eu só... — A voz de Kor morreu, mas Yana conseguia sentir a tensão em seu corpo. — Eu não gosto dessa coisa. Seja lá o que for.

Yana estava acostumada com isso. Kor tinha um pouco de sensibilidade à Força e, se não fosse parte do Caminho, poderia ter se tornado uma Jedi. Mas o pai não quis mandá-la do Caminho para Ferdan, como costumavam fazer quando descobriam que crianças do Caminho tinham alguma sensibilidade à Força. Os artefatos que eles libertavam geralmente deixavam Kor inquieta, mas a expressão no rosto dela era aflita. Isso era novidade.

— Você está bem? — perguntou Yana, e Kor respondeu passando os braços em volta de Yana e escondendo o rosto no vão onde o pescoço encontrava o ombro.

— Mal posso esperar para viajar pela galáxia contigo — comentou Kor, as palavras abafadas pelo fato de que seus lábios pressionavam a garganta de Yana.

— Eu também — disse Yana, passando os braços em volta de Kor. Elas ficaram assim por muito tempo, e Yana disse a si mesma que a inquietação em sua barriga era só o pavor existencial Evereni de sempre e que não tinha nada a ver com a caixa ali perto.

SETE

Kevmo encontrou a Mestra Zallah com facilidade, já que ela estava conversando com a proprietária da hospedaria quando ele entrou. A pele branca-azulada contrastava fortemente com a pele fúcsia da Theelin com quem falava, e ela se virou quando Kevmo entrou com sacolas de provisões em ambas as mãos.

— Jara, este é meu aprendiz, Kevmo Zink. Ele ficará no quarto contíguo.

Os cabelos da Theelin tinham amplas mechas prateadas, e Kevmo ficou com a impressão de que ela era mais velha pela forma com que se movia. Ele sorriu.

— Um grande prazer, Senhora Jara.

— Humpf. Um galanteador — resmungou a idosa, a careta aumentando com o cumprimento entusiástico de Kevmo. — Este é um estabelecimento de respeito — acrescentou, e Kevmo se endireitou um pouco.

— É claro. — Kevmo olhou para Mestra Zallah para pedir ajuda. Ele costumava fazer aliados sem nenhuma dificuldade, mas essa idosa não parecia querer saber dele. Será que ela também temia os Jedi?

— Nós deveríamos descansar — disse Mestra Zallah, salvando Kevmo de pensar no que mais dizer. — Obrigada, Senhora Jara, por toda sua ajuda. Encontrarei os anciões da cidade amanhã. — Ela fez uma reverência respeitosa para a mulher, e Kevmo quis bater na própria cabeça. Por que não havia pensado nisso?

O rosto de Jara se abriu em um sorriso encantado.

— Imagine. De forma alguma. E se quiser que eu a acompanhe, ficarei feliz em fazê-lo. Ah, a refeição noturna será servida assim que os sóis se puserem, então não demorem. Ninguém gosta de hóspedes atrasados.

— É claro — disse Zallah antes de se voltar ao turboelevador no fundo da sala. Kevmo tentou fazer uma reverência para a mulher quando passou por ela, mas a careta voltou, mais marcada do que antes. Então, ele abaixou a cabeça e se apressou para alcançar sua Mestra.

Zallah não disse nada até apontar para os quartos.

— Peguei quartos contíguos — disse, e a porta deslizou para o lado. Kevmo entrou em uma pequena área de estar e deixou os pacotes na mesa. — Seu quarto é o da direita, apesar de ela ter assegurado que todos os quartos são praticamente iguais.

A mobília do lugar era simples, mas limpa, sem nenhum sinal de insetos ou pó. Era uma raridade ver acomodações tão agradáveis na fronteira, e o ânimo de Kevmo deu uma melhoradinha. Talvez Dalna não se resumisse a garotas de olhos escuros que achavam que os Jedi abusavam da Força.

Zallah franziu o cenho para Kevmo.

— Aconteceu alguma coisa no mercado?

— Ah. — Kevmo percebeu que havia sido controlado pelas emoções mais uma vez. — Sim. Tentei fazer amigos, como disse para eu fazer, mas deu horrivelmente errado.

Zallah suspirou.

— Me conte.

Kevmo fez um relato rápido dos detalhes de sua interação com o Caminho da Mão Aberta: as ideias deles sobre a Força, o fato de Marda acreditar que o uso da Força em Dalna a danificaria em outro canto da galáxia, de alguma forma.

— Isso não é verdade, é? — perguntou Kevmo, duvidando de si mesmo de repente. — A Ordem saberia se a Força pudesse, sei lá, ser ferida pelo uso excessivo?

O olhar que Zallah lançou para Kevmo era gélido até para ela mesma.

— É claro que não funciona assim. Os Jedi servem e comungam com a Força há milênios. Se fosse o caso, haveria aconselhamentos para mitigar os danos.

Kevmo assentiu. Sabia disso, mas Marda estava tão convencida que ele começou a duvidar de coisas que sabia havia anos.

— Acho que a magoei — admitiu, a vergonha voltando mais uma vez à memória.

— Aquela garota e seu grupo são um bando de fanáticos. — Zallah foi até as sacolas que Kevmo trouxera e começou a desempacotá-las. — A Senhora Jara me disse que a seita deles mora fora da cidade, em seu próprio complexo.

— É mesmo? As ideias deles pareciam bem boas. Só a parte de não usar a Força que foi estranha — disse Kevmo, pensando em Marda e seus olhos negros feito breu.

— Suponho que as ideias dos Sith também parecem boas, de modo geral. — A voz de Zallah era monótona. — Jara foi bastante inflexível de que há algo estranho no Caminho da Mão Aberta, apesar de não ser nada específico, como suspeitar que roubam itens da Força.

Kevmo desabou na cadeira ao lado.

— Me sinto mal por assustá-los, porém. Foi um truque tão simples, achei que as crianças iam gostar.

— Usar a Força para brincar com crianças, Kev? — Zallah suspirou de leve, um gesto dramático para ela. — Ser um Jedi não é só diversão.

— Pareceu razoável no momento, para conhecê-los melhor — justificou, defendendo-se, apesar do resultado.

— Não dá para dialogar com fanáticos — explicou Zallah. — A seita segue um tipo de líder, uma profeta, pelo que a Senhora Jara falou. Deveríamos ser cautelosos com qualquer um que diga tal coisa, sobretudo porque estão possivelmente envolvidos no roubo de Hynestia. — Ela acabou de desfazer as sacolas. — Não havia nenhum fruto de durga no mercado? Jara disse que tem uma variedade particularmente deliciosa que cresce aqui em Dalna. Menor e mais fácil de aproveitar.

— Ah, eu não vi. Suponho que posso voltar ao mercado amanhã e ver se tem.

— De qualquer forma — Zallah voltou sua atenção total para Kevmo —, há o que ganharmos ao aprender como o Caminho pensa. É bom que converse com aqueles que veem a Força de uma forma diferente. Como Jedi, descobrirá que muitos acreditam em ideias a nosso respeito que vão contra a nossa verdade, e vice-versa. Esse poderia ser um aprendizado valioso, se deixar que seja.

— Espere, então eu deveria procurar Marda e pedir desculpas? — perguntou Kevmo. Não estava feliz com o jeito que as coisas tinham ficado, mas também não queria se exceder.

Zallah abriu um sorriso frio antes de pegar um enrolado da pilha e um potinho de queijo doce.

— Acredito que a Força providenciará a resposta, se meditar.

Kevmo grunhiu. Gostava de meditar, só achava difícil ficar parado por longos períodos. Mas Zallah tinha razão. A Força sempre tinha as respostas, era só uma questão de elas serem compreendidas ou não por Kevmo.

— Certifique-se de se lavar antes da janta. Tenho a impressão de que a Senhora Jara não tolera falta de higiene. E, já que ela parece ser uma grande conhecedora do que acontece por aqui, gostaria de tê-la como aliada — disse Zallah. — Ah, e ela mencionou que alguém da República também está se hospedando aqui. Um investigador ou algo do tipo. Precisamos tomar cuidado até sabermos quem é e o que faz em Dalna.

Com isso, ela pegou a comida e foi para o quarto.

Kevmo suspirou e pegou uma das maçãs solares da pilha de comida, levitando-a acima da mão antes de pegá-la e dar-lhe uma mordida. Por mais que ficasse feliz ao usar a Força, agora também se lembrava do horror de Marda.

Quem teria imaginado que seria tão difícil fazer amizade com uma pessoa que também conhecia a Força?

OITO

Assim que os dois sóis começaram a afundar atrás do horizonte, teve início a cerimônia de nomeação. Uma característica singular da atmosfera de Dalna causava um clarão rosa-escuro durante os últimos raios, espalhando-se em filamentos fogosos sobre toda a abóbada celeste. Os depósitos de opala solar que salpicavam o vale do rio reagiam, cintilando nas mesmas cores vívidas.

O terreno para rituais do Caminho da Mão Aberta havia sido escolhido pela prevalência de opala solar, que membros do Caminho coletavam há gerações, depositando-a em linhas onduladas da Força na parte oeste do terreno, onde os pores dos sóis pegavam melhor.

Marda e a comunidade estavam prontas quando as ondas se iluminaram. O Caminho encarava o poente, as mãos abertas, dando as boas-vindas à dádiva da beleza.

— O espírito de Dalna se junta a nós — disse a Mãe, em sua bela voz, erguendo as mãos ao céu.

— Com o espírito de Dalna, vivemos com a Força — os adeptos disseram em uníssono —, em clareza, harmonia e liberdade.

A Mãe repetiu:

— Clareza, harmonia e liberdade.

Inspiraram três vezes lentamente, ao mesmo tempo, como comunidade.

Então, o segundo sol se pôs por completo, e o rosa brilhante desapareceu do céu.

Levou mais tempo para as poças duras de opala solar se apagarem, como se estivessem agarradas à luz.

A Mãe se virou. Ela sorriu para todos. Sua presença era brilhante, Marda pensou, absorvendo cada instante que podia. A Mãe passava grande parte do seu tempo na *Olhar Elétrico* ultimamente, apesar de a nave não ser muito mais do que um esqueleto sem vida. Do espaço, comungava com a Força em sua grande câmara vazia, sem as distrações da gravidade ou da luz do sol ou do frio. Quando recebia uma visão, ela podia comunicá-la com facilidade ao planeta.

Mas, naquela noite, ela estava lá para presidir a nomeação dos cinco filhotes de Ferize.

A Mãe assentiu, e os seis Anciões do Caminho acenderam as tochas. Vestiam imaculados mantos cinza, soltos e flutuantes, com bainhas em azul-profundo. O fogo laranja iluminava a tinta azul grossa que cobria a metade superior dos rostos dos Anciões: estavam tão próximos da Força que meras ondas não bastavam.

O restante do Caminho aguardava em círculos concêntricos, dos Anciões do lado de fora aos menores Pequenos do lado de dentro. Marda estava com os Pequenos, apesar de estar pintada com as ondas azuis da concha-brikal e vestir a túnica e o manto cinza-escuros, porque era plenamente iniciada.

Ferize e seus parceiros, Er Dal e Fel Ix, foram à frente com os cinco bebês que compartilhavam. Aproximaram-se em sentido solar ao redor do círculo de adeptos, os três vestindo túnicas soltas em branco e verde, características de quem acabara de ter filhos.

Naquele momento, Marda se virou para ver uma comoção perto da entrada do terreno cerimonial: Yana e Kor, parando de forma abrupta e uma fazendo a outra ficar em silêncio. Tinham conseguido chegar a tempo. Marda sorriu e acenou para a prima. Yana assentiu de volta antes de se apoiar na namorada.

Marda pensou em Kevmo Zink, em como quis tocar suas tatuagens, e se afastou da prima. Torcia para que as Crianças tivessem trazido algo seguro de volta, seja lá o que fosse, e que os Jedi ficassem longe dali. Mas precisava contar para alguém que havia falado com um Jedi, ali, em Dalna.

A cerimônia de nomeação foi simples: Ferize, Er Dal e Fel Ix colocaram cada uma das crianças nas mãos da Mãe, dizendo a ela os nomes de cada uma, e a Mãe colocou uma pequena curva azul nos rostos das crianças enquanto declarava seus nomes para o Caminho. O nome era o segundo dos presentes dados livremente pelos pais. O primeiro era a própria vida, é claro.

Marda ouviu, repetiu os nomes com a congregação, precisou sussurrar uma bronca para Jerid e Simi uma única vez e aproveitou a companhia de sua família. Algum dia, Marda estaria nas estrelas, espalhando a palavra do Caminho, ou lá com os Pequenos, e todos os cinco Kessarines seriam seus novos alunos. A família havia crescido. A harmonia com a Força havia crescido.

No fim, Marda se sentiu cálida mais uma vez, em paz com seu lugar.

A Mãe completou o ritual cantando uma música comum da história do Caminho. Ela o fez sem acompanhamento, e sua voz se ergueu em uma ascensão suave. Marda fechou os olhos e ouviu a letra, que descrevia a chegada de Sachar Rold a Dalna, onde fundou o Caminho da Mão Aberta em um planeta intocado pela guerra ou pela dor — afastado de seu antigo sacerdócio a partir da visão de uma luz azul vívida. Era uma história reconfortante para Marda, pois sabia duas coisas a respeito de seu povo, os Everenis: eram detestados na galáxia por motivos desconhecidos, e não tinham mais um lar só deles. Sachar Rold havia vindo de uma ordem chamada Guardiões dos Whills, mas a deixou quando sua crença entrou em conflito com o modo de viver dos Whills. Foi rejeitado por eles e buscou refúgio na Força. Tudo isso o levou a Dalna, onde Marda e sua prima também acabaram.

Assim como a Mãe — vinda de um dos Mundos do Núcleo, fazia tantos anos que Marda mal conseguia se lembrar. A Mãe chegara lá como refugiada, assim como o restante do Caminho, aceitara o presente das boas-vindas dado por eles e lentamente aprendera como viviam. Até ter uma visão — assim como Sachar Rold — de uma luz azul. Mas a Mãe viu a luz na forma de um mensageiro, um ser criado de Força pura, que a ensinou a compartilhar vida e se tornar uma com a Força, tanto que o jardim da Mãe floresceu de um dia para o outro. Sua harmonia com a Força era tão pura que escorria dela, alcançando qualquer ser que estivesse em sua abençoada presença. Por essa e por outras visões, era capaz de liderar e guiar o Caminho, apesar de não se qualificar como Anciã. Todos ouviam quando ela falava, dos Pequenos mais jovens aos Anciões mais secos e encarquilhados.

A canção da Mãe terminou com um trinado esperançoso, e todos os presentes disseram, em tom alto e animado:

— A Força será livre!

Ouviram-se aplausos e risadas, e a Mãe ajudou Ferize e seus parceiros a levar os recém-nascidos de volta ao jardim central para uma refeição simples no fim da tarde. Marda reuniu seus Pequenos, e eles foram atrás dela, chegando antes da maioria da congregação para servir a comida das panelas comunais junto com o Velho Waiden.

A luz do fogo e as trepadeiras azul-esverdeadas brilhantes davam ao jardim um ar sobrenatural e pacífico conforme as estrelas apareciam lá em cima, e Marda sorriu ao servir a comida para sua grande família. Ela levou uma bandeja com tigelas até o ninho onde a família de Ferize havia se acomodado junto à Mãe, Vemian e Utalir ajudando com as bebidas. Abaixaram as cabeças educadamente e deram a água doce e a sopa para a Mãe e os novos pais. Então, Ferize pediu para Marda ficar com eles.

Deliciada, aceitou, mandando os Pequenos ficarem com o Velho Waiden.

Ela enrolou as pernas debaixo de si e tomou um gole de sopa em silêncio, ansiosa para ouvir a conversa entre a Mãe e Ferize. Elas discutiam do que os bebês de Ferize precisariam e como o Caminho poderia ajudá-la. A Mãe falou em pedir alguns suplementos de proteína especiais para Regnar Pulip, um de seus generosos patrocinadores, e Ferize sorriu, dizendo:

— Aceitaremos qualquer presente que a Força providenciar.

Em uma pausa durante a conversa, Marda se inclinou para Fel Ix e os dois bebês enrolados em suas pernas cruzadas. Seus olhos se arregalavam e eles moviam as franjas das bochechas em pequenas contrações, como se estivessem aprendendo a maneira correta de agir.

— É incomum que a ninhada inteira seja só de meninos?

Fel Ix balançou a cabeça. Seu dedo escamado tocou a testa de um dos filhos.

— Dois destes cinco provavelmente se tornarão portadores de ovos quando amadurecerem; isto é, meninas. É a porcentagem habitual.

— Ah! — Marda sorriu e deixou a sopa de lado. — Eu não sabia.

— A Base Galáctica é desastrada para os Kessarines, mas nós não nos consideramos meninos ou meninas.

— Você poderia me dizer quais serão os dois mais prováveis?

Fel Ix fez que não, e Ferize se inclinou para Marda:

— Isso é determinado por uma combinação entre a vontade da Força e a vontade da criança.

— Que maravilha — murmurou Marda. Perguntou-se o que os Jedi pensariam sobre isso. Será que levariam em consideração que usar a Força podia mudar o futuro de um bebezinho assim? Como alguém podia agir conscientemente tirando algo dos outros? Aquilo fez o estômago de Marda doer, e foi bom que tivesse parado de tomar a sopa.

— Marda? — indagou a Mãe.

Olhou para cima, os lábios se abrindo em surpresa ao ouvir seu nome na língua da Mãe.

— Está se sentindo bem? — A Mãe a encarou com seus olhos castanhos penetrantes, com um jeito estático e sério.

— Sim, Mãe. — Marda se apressou a ficar de joelhos e apoiar neles as palmas das mãos abertas. — Fiquei pensando sobre suas palavras e meu lugar junto aos Pequenos. É uma tarefa séria concedida a mim, confiando o futuro do Caminho em minhas mãos. Só fico preocupada a respeito da galáxia maior e a influência que ela traz.

— Influências externas, hmm. — A Mãe sorriu. — Talvez sua prima possa aconselhá-la sobre tais coisas, agora que voltou com as Crianças.

Marda olhou de relance para Yana, que ria junto de Kor, as duas sentadas com um grupo de adeptos de todas as idades. Jerid, um humano de onze anos, encarava Yana com uma paixonite evidente, e a Rodiana Hallisara estava apoiada na perna de Kor, os dedinhos com ventosas batucando a bota da Nautolana. Pareciam estar se comportando bem o suficiente. O pai de Kor, o Arauto, estava sentado com eles, a cabeça nua, sem os típicos tentáculos Nautolanos. Eles haviam sido tosquiados quando ele era novo, o que deixou cicatrizes raivosas. Mas, com a pintura azul dos Anciões e as vestes cinzentas, tinha uma aura austera e serena. Não parecia gostar de Marda, talvez por algum motivo relacionado ao seu povo, ou talvez apenas porque sua filha era íntima de Yana, mas Marda esperava que, um dia, pudessem trabalhar juntos até alcançar a harmonia. O Arauto falava pelos Anciões e era o amigo de confiança da Mãe, o segundo membro do Caminho que melhor entendia a vontade da Força. Perguntou-se onde estaria Opari, sua esposa — a mãe de Kor ficava doente com frequência, apesar de, ultimamente, com a ajuda das visões da Mãe e dos presentes em créditos de amigos como Regnar Pulip, Opari estar se sentindo melhor.

Repassando as palavras da Mãe em sua cabeça, Marda abriu a boca para confessar sobre Kevmo, o Jedi. Mas lá, naquele momento pacífico com os Kessarines, não quis trazer à tona nenhum assunto tenso.

— Vou falar com Yana. — Marda ficou de pé e fez uma reverência para a Mãe e os Kessarines. — A Força será livre.

Eles responderam:

— A Força será livre.

Então, a Mãe falou:

— E, Marda, faça o favor de dizer a Yana que a verei em minha sala de audições logo mais, para saber o que as Crianças conseguiram hoje em sua travessia.

Marda fez outra reverência, com as duas mãos abertas viradas para cima, como se fosse pegar as estrelas.

Atravessou o jardim repleto de gente, os olhos baixos, mas sorria para quem abria as mãos para ela. Marda roçou os dedos nas palmas. Quando estava na metade do caminho, Yana ergueu o rosto e abriu-lhe um grande sorriso, mostrando os dentes afiados. Yana saiu do grupo com um beijo no canto da boca de Kor, para a decepção evidente de Jerid.

— Ele gosta de você — sussurrou Marda quando Yana chegou. As duas juntaram as palmas das mãos.

Yana olhou para trás e piscou para o Pequeno, mas depois bateu o ombro no de Marda.

— Não faz meu tipo.

— Peludo demais? — Marda fez troça.

A prima riu e a arrastou até as sombras.

— Tome — disse, oferecendo uma garrafinha.

— É de fora do planeta? — Marda perguntou, abrindo a tampa para cheirar o conteúdo. Era floral e um tanto ácido. Ela tomou um golinho.

— É! Mas não faz muita diferença em mim, então provavelmente também não vai fazer em você. — Yana sacudiu a cabeça zombando, fingindo pena.

Marda devolveu a garrafa, gostando de como o vinho formigava sua língua. Juntas, se encostaram em um dos prédios e observaram as luzes tremulantes sobre a comunidade da qual faziam parte. Marda ergueu os olhos, seguindo as centelhas até elas se misturarem às estrelas. Não notou que havia suspirado até Yana falar:

— Você realmente quer ir lá em cima, hein?

— Sim.

— Não acho que você ia gostar de ser uma das Crianças, Marda — disse Yana, algo grave em seu tom fazendo Marda tirar os olhos do céu e levá-los aos grandes olhos negros da prima. Yana segurou uma de suas mãos. — Não é uma aventura. É perigoso.

— Eu também sou Evereni — insistiu Marda.

Yana bufou.

— Não me esqueci disso.

— Eu consigo.

— As pessoas vão decepcioná-la.

— O que as Crianças fazem... o que você faz... é importante. — Marda apertou os dedos de Yana. — Libertar a Força. Espalhar o Caminho. As pessoas lá fora, elas não só compreendem errado o Caminho e a Força, elas abusam ativamente da Força.

— É o que quero dizer. As pessoas não vão fazer o que você quer que elas façam, mesmo se você for para lá. Nós enfrentamos muita gente ruim. E pessoas perfeitamente boas, que só querem ser deixadas em paz.

— Mas elas também estão trazendo sua falta de compreensão para cá. Seus hábitos. — Marda franziu o cenho. O formigamento do vinho desapareceu de sua língua e ela a passou por seus dentes afiados. — E eles podem ser convincentes... e charmosos.

— Charmosos? Quem é charmoso?

Marda afastou o olhar, olhando para a festa. A Mãe continuava perto do ninho Kessarine, cercada de outras pessoas: os Anciões com metade do rosto pintado de azul e alguns outros devotos e crianças. Enquanto falava, a Mãe cintilava sob a luz do fogo e da atenção, as mãos se movendo lenta e graciosamente ao invocar detalhes da história que estava contando.

— Yana, a Mãe quer ver você na sala de audições para saber sobre seus resultados de hoje.

— Sim, tudo bem, mas Marda... — Yana a segurou pelo queixo e fez ela se virar — ... quem é charmoso?

— Eu conheci um Jedi hoje — admitiu Marda, feliz por não ter nenhum sintoma externo que expressasse o revirar de seu estômago.

— Um o quê? Em Dalna? — A coluna de Yana se endireitou. Sua mão caiu.

— Em Ferdan. Eu levei os Pequenos para entregar flores e ele estava... estava lá, e eu não sabia que ele era Jedi, no começo. — Marda cerrou os punhos. — Eu só...

— Gostou dele — murmurou Yana. — Você nunca gostou de ninguém antes.

— Eu gosto de você! Eu gosto de todo mundo do...

— Aham, sim, claro.

Marda bufou um pouquinho.

— Ele é um Jedi. Ele usou a Força bem na minha frente. Foi terrível, e... — Ela se interrompeu.

— E?

A recordação das flores coloridas rodopiando no ar, a empolgação no rosto dos Pequenos, o grande sorriso de Kevmo Zink, tudo se retorceu, e Marda disse:

— Belo.

Yana sorriu, maldosa.

— Mas isso não importa, não; isso é pior ainda — insistiu Marda.

— Por quê?

— Porque foi belo... Ou seja, tentador. Detesto que ele tenha usado a Força de forma tão simples, para... ele estava flertando comigo. Que forma fácil de abusar da Força, de arrancar sua liberdade. — O coração de Marda latejava. Ela piscou várias vezes para aliviar a secura inquietante de seus olhos.

— Escute, Marda. — Yana deu um passo e se virou para encará-la. — Você sabe o que eles estão fazendo aqui?

Marda balançou a cabeça. Ficou feliz que Yana a estivesse levando a sério, e não só tirando sarro de sua paixonite.

— Os Jedi não vão a lugar algum sem motivo. Deve haver algum. — Yana franziu o cenho. Ela abriu a boca para falar, mas parou, olhando por cima do ombro de Marda em direção a Kor. — Pode ser uma patrulha de rotina, como aqueles grupos Desbravador. Mas se não for... bem, temos que saber.

— Por quê? Nós não deveríamos ter nada a ver com eles. Precisamos ficar longe deles, sobretudo se estiverem aqui por alguma de suas... aquisições. Eles não concordarão que é melhor coletar artefatos da Força para mantê-los em segurança.

Yana fechou a cara.

— Nós pegamos algo muito valioso recentemente. Mas eu não sei como eles podem ter nos rastreado até aqui. Não deixamos nenhuma pista, e somos apenas uma religião inocente da Força.

— Precisamos manter distância. Mas a Mãe saberá se eles forem perigosos.

— Eu contarei a ela.

— A Força já deve ter contado — disse Marda, aliviada de repente. É claro que a Mãe já sabia, graças à sua comunhão com a Força. A Mãe já sabia a respeito de Kevmo Zink. A Força a avisaria. Se ela não disse nada, talvez não houvesse motivo para se preocupar.

Mas Yana balançou a cabeça.

— Pelo que sei, os Jedi vão aonde eles acham que a Força quer que eles estejam.

O estômago agitado de Marda congelou.

— Você acha que a Força os trouxe até aqui. Até nós?

— A vontade da Força não influencia tudo?

Marda assentiu lentamente.

— Quando o vi pela primeira vez, eu achei... — Marda fechou a cara de leve, mas se forçou a falar, olhando para as botas da prima. — Achei que o havia conhecido por algum motivo. Que era a vontade da Força, e que foi por isso que a Mãe não permitiu que eu me juntasse às Crianças. Para que eu estivesse aqui e pudesse conhecê-lo. Foi tolice — sussurrou. — Pensar que a Força...

— Não foi tolice — rosnou Yana.

O silêncio se fez entre elas, difuso, por conta das conversas e risadas dos membros do Caminho no jardim tomado pela noite. Marda pensou no sorriso de Kevmo, em como ele fora direto até ela, como se já se conhecessem. Queria que Yana estivesse certa.

— Ele também gostou de você, não gostou? — perguntou Yana. — Ele estava flertando, é isso? Você deveria convidá-lo para vir aqui.

Marda olhou para cima bruscamente.

— Quê?

— Mostre o Caminho da Mão Aberta ao Jedi.

A sinceridade endurecida na expressão da prima convenceu Marda a respirar fundo e pensar. Mostrar o Caminho ao Jedi — apresentá-lo à comuna e seu modo de vida. Sim. Convencer um Jedi seria um feito incrível. Imagine só as ramificações para o Caminho e o tanto de novos integrantes que eles poderiam trazer para o grupo! A empolgação começou a substituir a ansiedade conforme Marda imaginava.

Yana se deu conta e assentiu, encorajando-a.

— Vou chamar Kor e me encontrar com a Mãe. Mas você deveria convidá-lo. Convidá-los? Eles provavelmente querem saber mais a respeito do Caminho, de qualquer forma, então seria melhor se fôssemos nós a tomar a atitude. Quer jeito melhor de convencê-los de que somos inofensivos? Eles nunca encontrarão a coleção da Mãe.

Marda sorriu.

— Farei isso.

— Ótimo. E, Marda. — Yana pegou sua mão mais uma vez. — Tudo bem gostar do rapaz. Mas não deve confiar nele. Tome cuidado.

— Sei disso. Contará sobre ele para a Mãe? E sobre o meu convite?

— Sim, também contarei para o Arauto.

Marda assentiu e sua prima se afastou.

Por um momento, Marda ficou parada, presa ao chão. Estava escuro, já havia anoitecido, mas ela se sentia aquecida e preparada. Se esperasse, talvez não fosse mais.

Marda se apressou até os portões da comunidade antes de mudar de ideia. A ânsia era uma coisa boa; isso suavizaria a oferta que faria aos Jedi.

A noite estava limpa e a estrada que levava à cidade estava escura, exceto pela luz das estrelas e o brilho intenso e sedoso da lua nascente. Marda não perdeu tempo procurando folhas ou penas caídas e, determinada, foi em direção ao brilho de Ferdan. Se trouxesse um Jedi para o Caminho, a Mãe teria que reconhecer suas contribuições como mensageira competente, como alguém que tinha condições de se aventurar pela galáxia em uma travessia por conta própria. Mesmo que não pudesse ajudar com as *libertações*, talvez conquistasse um lugar na *Olhar Elétrico* quando a nave finalmente ficasse pronta.

E, apesar de Marda não querer pensar muito nisso, sabia que a ideia específica de Kevmo Zink se juntar ao Caminho era atraente. Não porque se tratava de um Jedi que precisava mudar sua relação com a Força pelo bem da galáxia, mas porque imaginava como ele seria fantástico no Caminho, dando um uso melhor para aquele sorriso.

E queria vê-lo outra vez.

Quando chegou às aforas da cidade, Marda empurrou os cabelos para trás da orelha e alisou as vestes cinzentas — eram um pouco melhores do que as que usara na cidade horas antes, em homenagem à cerimônia de nomeação, mas não eram bonitas. Não importava. A única coisa que importava era a vontade da Força e sua harmonia com ela.

A cidade ainda estava iluminada e acordada, apesar de ser noite. Metade do mercado continuava aberto para quem não havia conseguido chegar até a tarde, as barracas animadas e, de certo modo, ainda mais convidativas, com luzes pastel, algumas delas tocando músicas metálicas. Só havia dois lugares em Ferdan que ofereciam quartos para hospedagem, e Marda foi primeiro ao que ficava mais próximo do espaçoporto. Precisou passar pelo mercado e pela praça principal, tão iluminados que parecia dia. A estalagem era de uma velha Theelin que o Caminho costumava evitar e vice-versa. Marda chegou ao prédio de dois andares, as janelas brilhando com uma suave luz azul, e tocou na tela para chamar os funcionários.

Por um instante, ninguém respondeu, e Marda resistiu à vontade de tocar o alerta de novo.

De repente, a porta se abriu com um rangido, e Jara, a Theelin, fez cara feia para Marda. Seus cabelos com mechas prateadas estavam puxados para trás dos chifres pelas laterais do rosto, e o cheiro de molho de carne pairava na calidez do lado de dentro. Jara colocou as mãos nos quadris.

— O que o Caminho quer comigo?

Marda abriu as mãos, as palmas para cima, e fez uma reverência.

— Gostaria de falar com Kevmo Zink, dos Jedi.

Jara bufou.

— Sabia. Ele está na refeição noturna — a velha falou como se Marda estivesse interrompendo um evento diplomático vital.

Abaixou o olhar e respondeu baixinho:

— Só vai levar um momento, por favor.

— Tudo bem. Entre.

Marda seguiu a Theelin, atravessando uma sala de espera e chegando à sala de jantar, onde havia uma mesa longa e bancos polidos. Um lustre flutuante balançava e girava com uma luz forte e alegre.

— Marda! — Kevmo se levantou do banco tão rápido que bateu as coxas na mesa, chacoalhando tudo em cima dela.

A mulher alta ao lado dele parecia feita de gelo, mas usava vestes semelhantes e o observou rapidamente antes de voltar seu olhar calmo para Marda. Havia outros dois hóspedes na sala: um humano de ombros largos e pele pálida, com óculos de proteção no topo da cabeça, e um humano de pele marrom e traços comuns. Foi só uma olhadela, durante a qual Marda não notou mais nada.

Antes de um dos dois conseguir voltar a falar, Marda ergueu as palmas de novo e manteve os olhos na mesa. Eles comiam gelatina de peixe-bar com um molho branco e ralo.

— Estou aqui em nome do Caminho da Mão Aberta para convidar o Jedi Kevmo Zink a visitar nosso complexo enquanto estiver aqui em Dalna.

O silêncio continuou por um momento e Marda quis erguer o rosto, mas não conseguiu arriscar.

— Marda — disse Kevmo timidamente, antes de ser interrompido por uma nova voz.

— Nós aceitamos.

Marda olhou para cima. A gélida Jedi Soikana sorriu para ela. Não parecia em nada o sorriso de Kevmo, mas era reconfortante e pacífico, e Marda parou de se sentir intimidada pela Jedi mais velha.

— Ótimo — ofegou, e então fugiu de lá sem olhar para Kevmo.

NOVE

Yana se esforçou para esconder do rosto a tensão que pulsava em seu corpo inteiro. Jedi. Em Dalna. Yana era Evereni. Ela não acreditava em coincidências.

Os Jedi eram um problema.

Yana sorria e reverenciava rapidamente os outros membros do Caminho pelos quais passava enquanto procurava por Kor. Treze sequer tentou fingir que se importava com a nomeação; em vez disso, sumiu com sua garrafa de vinho de fruto de gnostra e uma das novas iniciadas vindas de Eiram, uma garota humana de pele pálida que parecia dar risadinhas de tudo que Treze fazia. Ótimo. Yana preferia que ele estivesse ocupado. A atenção que ele dirigia a Kor tinha ficado óbvia demais, e isso era ruim. Ele era bom no trabalho e engenhoso. Não queria matar o Mikkiano por tentar roubar o que era seu.

Mas mataria.

Kor viu Yana se aproximando e se separou das crianças mais novas, rindo, dando boa noite e enlaçando seu braço no de Yana. Ela sorria para todos que passavam, mas seus dedos afundavam no punho de Yana, em uma tentativa de se acalmar.

— O que houve? — perguntou Kor em voz baixa.

— Marda me disse que temos Jedi aqui em Dalna.

— Isso não é bom — falou Kor.

— Não — concordou Yana. — Precisamos contar à Mãe sobre os Jedi, agora.

— Ela foi com meus pais para a sala de audições. Tem novos remédios para a minha mãe.

— Que bom. — Era a vez de Yana acalmar Kor, e ela pegou sua mão para apertá-la de leve. — Nós podemos falar para eles juntas. Somos uma equipe, certo? Eles todos precisam se acostumar com isso.

— Eu sei — disse Kor, as palavras saindo rápido. — Quero que meus pais gostem de você. Que gostem de nós. Precisam gostar, para que confiem que podemos ir embora juntas, algum dia.

— Você ainda quer ir? — Yana tentou não deixar sua vontade aparecer na voz.

Kor fez as duas pararem. No escuro, a Nautolana intimidava um pouco, mas era uma força reconfortante. Yana não queria se permitir ficar confortável com ninguém além de Kor. Kor se aproximou e a beijou de leve.

— Vou sentir falta deste lugar. Odiei perder o nascimento, e podíamos ter perdido a cerimônia de nomeação se as coisas não tivessem ido tão bem hoje. A Força deve ser livre, e eu também quero ser. Iremos aonde quisermos, e continuaremos sendo parte do Caminho. Vamos cruzar a galáxia com a Força.

Continuaram a andar. Yana não disse mais nada, mas as palavras de Kor perturbaram algo em seu âmago. Quando deixassem Dalna, como falavam havia meses, seria para sempre. Ao menos era o que Yana imaginava. Sem Caminho. Sem Força. Como Kor aceitaria isso?

Yana não levantou a questão porque chegaram à moradia da Mãe. Um dia, aquela havia sido uma casinha de campo, seu lar ao chegar ao Caminho, construído por um Weequay que morrera de síndrome consumptiva um tempo antes. Mas, depois de sua visão, foi construído um túnel que ia da casa ao sistema de cavernas embaixo das terras do Caminho, e agora a casinha de campo não era nada além de uma entrada glorificada.

Dois dos serviçais do Arauto, um humano musculoso chamado Qwerb e um Wookiee tão musculoso quanto chamado Jukkyuk, guardavam a porta. Eles fizeram meias-reverências para Yana e Kor antes de abrirem a porta da casa de campo e o que um dia foi a sala de estar, a escadaria que levava à sala de audições da Mãe do outro lado do cômodo.

Yana e Kor desceram em silêncio, o ar ficando mais quente enquanto andavam. Vozes vindas de baixo ecoavam até elas, ininteligíveis, ricocheteando no corredor estreito de pedra. Quando chegaram ao corredor, as vozes se tornaram identificáveis, mas as palavras continuavam abafadas. Yana tocou o braço de Kor e, quando a Nautolana ergueu o cenho, em dúvida, Yana apontou para um cantinho perto da entrada da sala de audições, um que conheciam bem.

Descobriram o canto quando tinham escapado para ficar sozinhas. Não era muito fácil encontrar privacidade no Caminho da Mão Aberta, já que tudo era feito de forma comunal. Yana pressionou Kor contra a alcova, levando as mãos para cima para segurar a mandíbula da Nautolana, e a beijou com força. Era tão bom sentir e tocar assim. Deixou uma das mãos deslizar para cima e enroscou os dedos na base de um dos tentáculos capilares de Kor, que estremeceu.

O som inconfundível de alguém limpando a garganta foi ouvido, e Yana se assustou. O Arauto olhou para elas de cima, com uma expressão confusa no rosto:

— Eis-me aqui, pensando que vocês eram adultas — disse, a voz grave —, não crianças procurando qualquer oportunidade para dar uma escapulida.

Yana abriu um sorriso cheio de dentes para o Nautolano mais velho, e Kor baixou a cabeça pela recriminação. O Arauto só enfiou as mãos nas dobras do manto e foi seguido por Kor e Yana pelo restante do caminho que levava à sala de audições da Mãe.

A sala era uma das melhores cavernas. Seca e quente, tinha cheiro de terra e lompop seco, as flores silvestres aromáticas da superfície do planeta. As estalactites e estalagmites estavam incrustadas em depósitos naturais de opala solar, então refletiam a luz em um brilho azul.

Carpetes grossos e almofadas fofas no chão, em tons de cinza e azul, tornavam o espaço convidativo e reconfortante. A Mãe estava sentada em uma das almofadas com a mãe de Kor, Opari, que acomodara a cabeça no joelho da Mãe. A Mãe alisava a pele verde-clara da testa de Opari com uma das mãos, os tentáculos da Nautolana recolhidos sobre um dos ombros. Seu peito subia e descia suavemente.

Apesar de Opari não ser mãe de Yana, era bom vê-la se recuperando. Ela só podia sair da água salgada de seu tanque terapêutico por curtos períodos. E, mesmo quando ela ficava fora do tanque, ela mal estava lá, a mente danificada pela síndrome consumptiva, que a atingira de repente, alguns anos antes. Ver Opari ficando doente foi o motivo pelo qual Kor falou sobre partir, a princípio. Ela achava que seria possível encontrar a cura para a doença de sua mãe, uma que o Caminho não havia procurado por acharem que a Força interviria. Em Dalna, tudo que tinham para Opari eram chás e meditação. Até que, no ano anterior, a Mãe teve uma visão da Força, a respeito de um tratamento em particular — um que a fez convencer o melhor benfeitor deles, Ragnar Pulip, a pagar. Ela disse que a Força queria que Opari fosse curada.

O lado desconfiado de Yana se preocupava que a Mãe — talvez até mesmo a própria Força — só quisesse garantir o apoio do Arauto. Mas, ainda assim, Opari estava muito melhor, então, no fim, talvez não importasse.

— Mãe — o Arauto entoou, com uma reverência. A Mãe abriu um lindo sorriso. Foi aí que Yana notou que a outra mão da Mãe, a que não estava na testa de Opari, estava apoiada em um tipo de pedra preciosa redonda e estranha. Redonda, cintilante e de um roxo esquisito.

Kor observou a joia com um vislumbre, de cenho franzido. Mas ela obviamente afastou o olhar e se ajoelhou ao lado de sua mãe.

— Mamãe — disse, pegando a mão de Opari.

— Obrigada pelo seu esforço, Yana Ro e Kor — disse a Mãe. — A adaga que libertaram está guardada em segurança com os outros artefatos.

— Você a abriu? — perguntou Yana.

— Um pouco. E, então, recarregamos a célula de energia para contê-la o máximo possível.

Yana assentiu.

— Ótimo, porque tenho péssimas notícias.

Todos os olhos se voltaram para ela. Os olhos escuros da Mãe se arregalaram, mas sua expressão continuava aberta. Ela acariciou a joia grande e redonda, despreocupada.

— Fale, minha filha.

Yana limpou a garganta.

— Há Jedi em Dalna.

Kor assentiu e o Arauto cruzou os braços, as notícias acabando com sua compostura.

— Quantos?

— Um jovem com sua mestra, pelo que Marda me disse.

A Mãe fechou os olhos.

— Vi uma nave chegando, no dia após os ovos Kessarines eclodirem. Mas era uma entre muitas visões, e até a Força revelar sua vontade, há pouco que eu possa compartilhar.

— O outro esquife na plataforma das docas deve ser deles. Aquele bonito — disse Kor. — Então, eles chegaram a Dalna antes de pegarmos o artefato de Porto Haileap.

— Eles podem não estar aqui por nossa causa. — O olhar da Mãe foi até o orbe violeta e brilhante ao lado de seu joelho. — Mas deveríamos manter nossa atenção neles.

— A Força nos mostrará o que precisamos saber — disse o Arauto.

— Marda disse que o menino estava fazendo truques no mercado — explicou Yana.

— Ah — exclamou a Mãe. — Então, a Força ficará desequilibrada.

De seu lugar nas almofadas, Opari se virou lentamente. Ela respirou fundo, sem nenhum ruído audível nos pulmões.

Kor sorriu e apertou a mão de sua mãe.

— Deveríamos mandar alguém a Ferdan para seguir os Jedi. — As mãos do Arauto se apertaram em punhos, e uma expressão feroz contorceu seu rosto. Mas ele se agachou atrás da esposa e a ajudou a se sentar.

A Mãe soltou Opari e ergueu o orbe estranho em seu colo. Ele parecia pesado, e a Mãe o colocou com muito cuidado.

Yana notou que os olhos de Kor também estavam sendo atraídos pelo orbe.

— Falei para Marda convidá-los a virem aqui.

O Arauto sibilou, surpreso.

— Por que você faria algo tão tolo como convidá-los para que venham à nossa casa?

— Porque qual seria um jeito melhor de descobrir seu verdadeiro propósito aqui do que mostrar a eles que não temos nada a esconder? — explicou Yana. — Se pudermos mostrar a eles que não somos nada além de seguidores pacíficos da Força, eles nos deixarão em paz.

— Yana tem razão — disse a Mãe, finalmente afastando o olhar do orbe. — Quando mostrarmos a eles que somos guardiões pacíficos da Força, eles voltarão a seja lá o que os trouxe até Dalna em primeiro lugar. Não temos nada a esconder.

O Arauto assentiu de forma brusca, concordando, e Opari falou:

— Werth. — A expressão do Arauto ficou mais suave, e Yana decidiu que era um bom momento para ir embora. Fez uma meia-reverência e se virou para partir, com Kor a meio passo atrás.

— Você sentiu isso? — murmurou Kor, sua mão agarrando o braço de Yana quando chegaram à passagem fora da sala de audições.

— Senti o quê? — perguntou Yana. A postura inteira de Kor estava tensa. — Você está bem?

— Não, a joia, a da Mãe — disse Kor com um arrepio. Ela pôs os braços para trás e juntou os tentáculos capilares, apertando-os como se estivesse receosa de que fossem encostar em algo ou alguém. — Tem algo estranho naquilo, Yana. Algo... errado.

Yana e Kor nunca tinham falado abertamente sobre a habilidade de Kor sentir coisas. Assim como sua habilidade acrobática inerente, essa era só mais uma característica que Yana aceitara como verdade. Era sempre Kor que conseguia sentir se um artefato estava escondido, como havia acontecido com o Bastão das Estações de Hynestia. Havia uma tesouraria cheia de artefatos, mas foi Kor que soube qual deles estavam procurando, o que estava mais fortemente conectado à Força.

Yana nunca havia considerado que, talvez, sua namorada estivesse mais conectada à Força do que deixava transparecer, mas agora, com a preocupação aparente em seu rosto largo, Yana soube que devia ser verdade.

— É diferente da caixa da adaga? Você também não gostou daquilo.

— Sim. É... Não sei explicar... — A voz de Kor sumiu, e ela segurou o braço de Yana, puxando-a em direção à saída. Não disse nada, mas seus vários olhares por cima do ombro deixaram claro que não queria que a Mãe ou o Arauto ouvissem o que ela tinha a dizer.

Só quando saíram da caverna e deixaram os guardas do Arauto para trás que ela finalmente falou.

— Tem algo naquela joia que está... faminto. Não gosto disso, Yana. Ela não pertence a este lugar. Não quero que mamãe fique perto dela.

Yana não disse nada, mas assentiu para Kor e acariciou o ponto sensível na nuca da Nautolana, onde os tentáculos capilares encontravam a cabeça.

— Tenho certeza de que tudo ficará bem. — Kor se aproximou do toque com um tom de alívio. — Por que você não fica hoje à noite, só até se sentir melhor?

— Pode ser — ela concordou. — Obrigada.

Yana não falou nada enquanto caminhavam até seus aposentos. Também não havia gostado da joia.

Mas a Mãe — a profeta da Força — estava claramente encantada com ela. Yana se perguntou quão ruins as coisas ficariam.

DEZ

Sol bebericou água de grãos fermentados e fingiu estar bêbado. Não era difícil. Ele era um dos dois humanos da taverna, então só uma pessoa notaria a mentira. Ainda assim, quando Sol atuava, ele se entregava ao papel, então jogou desleixadamente um par de dados de dez lados no tabuleiro de rykestra diante dele.

— Ah, que droga — exclamou Sol quando o crupiê varreu os créditos no mapa de apostas, junto com os dados.

— Que azar — disse um Talpini atarracado, a boca grande demais virada para baixo, apesar da alegria em sua voz. Estava de pé em um caixote vazio para ver a área de jogo e precisou acenar para que alguém passasse os dados para ele, os braços curtos demais para alcançar o outro lado da mesa. Ele coçou a barba branca no rosto coriáceo, segurou os dados e os rolou na mão. — É quase impossível tirar um nascer-do-sol nesse jogo.

— Num foi tão ruim assim — Sol fingiu embargar as palavras. — Podia ter sido um nascer-da-lua. Onde tá aquele robô garçom?

— Acho que você já bebeu demais, amigão — interveio o único outro humano na sala, um homem vestindo o uniforme de administrador da República, com um aplique no ombro, um hexágono cortado ao meio por uma linha em zigue-zague. *Desbravador*, pensou Sol, estudando o aplique. Estava esperando pelo homem, um oficial do baixo clero do governo conhecido como Alonso San Tekka. Havia histórias de que os San Tekka eram os melhores Desbravadores que a República já tivera, mas não era por isso que Sol o aguardava. O homem também era parte de uma equipe que, segundo os rumores, havia acabado de traçar uma rota muito lucrativa que levava a um planeta nas fronteiras do Espaço Selvagem, um local que os rumores de Hon-Tallos diziam ser o paraíso absoluto.

Havia gente que pagaria bem por um mapa que levasse ao paraíso. Sol conhecia grande parte dessas pessoas. E devia dinheiro ao restante delas. Mas, mais do que isso, queria se certificar de que a rota não levava ao *seu* paraíso, o que traçou para si mesmo.

— Tô bem. — Sol fechou um olho para ver o homem, ainda fingindo estar inebriado. — Obrect, é você?

— Que tal eu comprar um refrigerante para você e colocá-lo pra dormir, meu chapa — o San Tekka disse. Sol nunca tinha interagido muito com os San Tekka, mas o homem definitivamente tinha a aparência típica da família: pele castanha, cabelos escuros e uma cara de poucos amigos que dizia não gostar de perder tempo com inconveniências. Os San Tekka eram um grupo sofrido, que podiam ser tanto oficiais do governo quanto empreiteiros independentes, mas Sol ainda preferia lidar com eles do que com seus rivais, os Graf. Aqueles embustes podiam tanto dar uma facada no meio das suas costelas quanto vender uma rota navegável.

— Eu gosto de refri. — Sol apoiou todo o seu peso em Alonso, forçando o homem mais baixo a se equilibrar.

— Ótimo. Vamos sair daqui — falou Alonso, acompanhando Sol para fora da taverna. Subiram uma escadaria entalhada e chegaram ao ar fresco noturno. A capital de Hon-Tallos não era muito mais do que as lojinhas e tavernas ao lado das docas, mas uma cidade feita de tendas havia brotado nos arredores. Refugiados de Eiram e E'ronoh e da guerra entre os dois planetas haviam aparecido em todos os mundos daquele lado da Orla Exterior, e em Hon-Tallos, mais do que em qualquer outro. Cada espaço aberto havia sido tomado pelas moradias temporárias, e trabalhadores humanitários da República distribuíam pacotes com ração de combate para os transeuntes. Ninguém notou quando o oficial da República e o bêbado que o acompanhava saíram pela entrada esfumaçada da taverna.

Assim que se afastaram um pouco, Alonso pressionou um disco de dados na palma de Sol.

— Esperto.

— Negação plausível — disse Sol. — Você está preocupado que possam rastrear o vazamento e cheguem até você, mas ninguém vai suspeitar que um bêbado seja o comprador da informação.

Um grupo de gente de aparência simplória se aproximou deles, mendigando em um misto de línguas. Alonso os afastou com destreza para longe do grupo, descendo um beco lateral e voltando para as docas. Mendigos haviam virado algo comum, e, pela expressão no rosto de Alonso, ele não tinha intenção de se desfazer de um único crédito, muito menos de ouvir as desgraças de ninguém.

— Achei que você fosse um prospector — disse Alonso, depois de o beco levá-los às docas, bem ao lado de uma nave de lazer decrépita, a mesma que Sol usara para ir até Hon-Tallos. A *Scupper* tinha um nome humilde e, assim como Sol, era fácil de subestimar. Ninguém esperava que um humano pálido, rotundo e desgrenhado, vestindo um macacão barato, passasse de um simples mecânico. E ninguém esperava que uma velharia como sua nave fosse tão bem-customizada.

— Eu faço uma porção de coisas. — Sol tropeçou enquanto subia na nave. — E o restante?

— As joias? — Alonso soltou Sol e cruzou os braços. — Todas se perderam em trânsito.

— Estava com medo de que você fosse dizer isso. — Sol suspirou, pegando o blaster de onde estava escondido, na parte inferior das costas. Alonso levantou as mãos, rendendo-se ao ver a arma.

— Espera, nós podemos conversar — começou, mas era tarde demais. Sol apertou o gatilho, atirando no meio do peito de Alonso. O blaster deixou uma marca profunda e chamuscada no material da camisa do San Tekka quando ele caiu no chão. — Dê-zê, preciso de uma limpeza.

O droide saiu rolando da galé quando Sol abriu o terminal de dados enfiado em uma das paredes, escondido atrás de uma obra de arte de mau gosto, de uma Twi'lek seminua, pendurada em uma moto deslizadora. Sol checou o disco de dados, o coração batendo rápido enquanto media a rota que memorizara. O caminho através do Véu era complicado, mas as coordenadas não. Essa era uma rota direta até um planeta da Orla Exterior, não as voltas e os zigue-zagues que Sol estava esperando.

Seu caminho continuava o mesmo. Sorriu e guardou o disco de dados em um de seus cofres. Ainda podia ganhar créditos com tal informação. Talvez até mesmo dos Graf, malditos eram aqueles corações traiçoeiros.

DZ-23 arrastou o corpo de Alonso até o compartimento de carga. Sol abriria as portas assim que saíssem do espaço aéreo de Hon-Tallos, deixando o corpo de Alonso para as estrelas. Não era por isso que os San Tekka eram conhecidos? O clã amava as estrelas mais do que tudo, e Sol não era um monstro. Ele havia até mesmo aceitado a necessidade de Alonso de fazer tudo em segredo, fingindo estar bêbado e perdendo créditos na mesa de rykestra para que não suspeitassem que o homem vendia rotas de hiperespaço não documentadas. Na verdade, Sol era praticamente um filantropo. Havia dado ao homem uma morte fácil, sem suspeitas ou medos. Havia formas muito piores de partir.

Assim que DZ-23 retirou o corpo, Sol foi até a cabine e acionou os motores, não sem antes enviar uma mensagem rápida para a Mãe.

— Cuidei de meus assuntos. Indo falar com um velho amigo a respeito de sua prima perdida em Jedha. Nos vemos em breve.

Sol desligou o canal e respirou fundo. Elecia ficaria tão empolgada quando ele descobrisse onde exatamente guardavam o Bastão da Aurora em Jedha. Sol passou um momento imaginando como seria entregar a ela o bastão, o jeito que seu rosto se iluminaria quando contasse como conseguira o artefato. Talvez assim ela visse como ele podia ser importante para ela.

Ela só precisava dar a ele uma chance.

ONZE

Kevmo acordou cedo demais para fazer qualquer coisa além de meditar. Então, sentou-se na escuridão de seu quarto, as pernas cruzadas e um fino travesseiro abraçado contra a barriga, e se livrou das barreiras que impediam sua consciência da Força. Sabia que era incomum: a maioria dos Jedi buscava a Força, mas Kevmo precisava fazer o oposto e se fechar para ela quando não precisava dela imediatamente.

A Força pairou dentro dele, iluminada e poderosa, e Kevmo se concentrou em regular o fluxo. Sua conexão com a Força era forte, mas irregular, propensa a explosões, se ele não tomasse cuidado. Respirando lenta e profundamente, praticou o ato de perceber seus sentimentos e estendê-los em fluxos mais finos para mesclá-los à Força. A excitação pontiaguda que o despertou, ele a expandiu até virar expectativa, que foi diminuindo aos poucos até se transformar em prontidão. O calor da Força se movia com sua pulsação, e ele usou a respiração para reduzir ambas, até seu corpo inteiro se sentir iluminado e formigando de leve. Kevmo afundou mais, a percepção de si se estendendo para além das emoções até mal se lembrar do próprio nome, atado apenas ao mínimo de consciência de que precisava para reagir à porta de seu quarto deslizando com um murmúrio.

Abriu os olhos devagar, sem perceber perigo.

A Mestra Zallah estava lá com apenas uma camada de seus trajes, o sabre de luz quase solto na mão. Não precisou dizer nada, e Kevmo abriu um grande sorriso, pulando para ficar de pé. Ela ergueu uma das sobrancelhas, e ele respirou fundo para manter o equilíbrio que havia encontrado. Seu sorriso ficou mais suave e foi pegar a túnica, as botas e o sabre de luz.

Ainda formigando e cálido da Força, ele seguiu sua Mestra ao jardim nos fundos da estalagem da Senhora Jara. O céu do começo da manhã iluminava fileiras de vegetais que cresciam em pequenas caixas e vasos deitados com flores derramadas posicionados perigosamente na sombra. Um pequeno droide com seis pernas espichadas perambulava entre as fileiras, borrifando água nas folhas. Havia um pequeno gramado com espaço só para treinar, se tivessem cuidado. Kevmo se alongou com Zallah, deixando sua percepção se expandir até a grama verde-azulada e o céu cada vez mais iluminado. Seria um dia lindo, e eles visitariam o Caminho da Mão Aberta, e ele veria Marda de novo, talvez não a assustaria, talvez até mesmo colocaria um sorriso naqueles lábios bonitos.

O sibilo do sabre de luz de Mestra Zallah foi o único aviso de Kevmo: ele se jogou para o lado, rolou e ficou de pé com o próprio sabre aceso, que criava uma luz amarela e brilhante em seu campo de visão, um raio de sol. Seus batimentos dispararam, mas ele riu ao bloquear o ataque de Zallah. O sabre de luz azul cintilava contra o dele, e ela o encarou com um olhar calmo. Ela estivera esperando-o se distrair para atacar. Kevmo deu de ombros com pesar e foi para trás, a tempo do movimento seguinte de Zallah.

Lutaram em movimentos rígidos no pequeno quintal, e Kevmo não conseguia se concentrar em mais nada. Zallah era rápida e controlada, ele mal conseguia segui-la, sendo bem melhor em ataques poderosos, que dependessem de entusiasmo e percepção do espaço. Treinar era uma das únicas coisas que aplacavam Kevmo um pouco, deixando-o menos um sol e mais uma única chama pura. Se seu corpo não precisasse de coisas como descanso e combustível, talvez pudesse ter batalhado assim para sempre.

Zallah o desafiava intensamente, usando a Força para desequilibrá-lo, para fazer com que tropeçasse, pequenos truques que ele nunca diria que ela seria capaz de fazer, mas aprendera que a Mestra os considerava ferramentas tão importantes quanto o sabre em si.

Finalmente, ela pediu uma pausa. Os sóis apareciam por cima do muro do jardim, e ela desligou o sabre de luz com o polegar. Kevmo a seguiu de imediato e fez uma reverência. Ofegava, suado e solto.

— Vá se lavar; se for lento o suficiente, talvez possamos sair assim que terminar — ordenou, a expressão fria, mas a voz suave o suficiente para soar irônica.

Kevmo correu para se aprontar.

Ele não foi lento o suficiente, e, mesmo após um café da manhã farto, que consistia em um mingau de grãos escuros com ovos locais de gema rosa, enquanto gentilmente chegava a um beco sem saída de flerte com a Senhora Jara, Kevmo ainda teve que esperar apoiado na porta da frente até que fosse uma hora apropriada para responderem ao convite. Mestra Zallah apertou a pele ao redor dos gélidos olhos lavanda e os rolou de novo ao encontrá-lo brincando com um droide de correspondência, que havia entrado com um pacote para a Senhora Jara. Kevmo o convenceu a brincar de um jogo de memória que adorava fazer com droides, porque a maioria deles não tinha nenhum senso de humor.

Ao ver a expressão de Mestra Zallah, Kevmo deixou o droide ir embora, agradecendo e dizendo "é um bom treinamento", antes de entrar para entregar o pacote de dados que o droide de correspondência trouxera para a Senhora Jara.

Então, saíram, atravessando a cidade em direção ao terreno do Caminho da Mão Aberta.

— Me diga por que está empolgado — pediu a Mestra Zallah, após vários minutos de silêncio agradável.

— Estou com uma sensação boa — respondeu de imediato.

— Não a respeito do Caminho da Mão Aberta.

Kevmo fez careta, mas só porque sabia que estava muito fácil de descobrir.

— Sobre Marda.

Zallah cantarolou com a boca fechada, cética.

Naquele dia, Ferdan estava agitada de novo, mas os Jedi passaram pelo mercado sem parar e saíram da cidade pela entrada sul. A estrada asfaltada se tornou batida à medida que seguiam em direção ao vale do rio. O sol iluminava as árvores púrpuras, e havia um zumbido distante que Kevmo imaginou vir de algum tipo de grilo do mato. Perguntou-se se passaria tempo suficiente em Dalna para aprender o nome das espécies selvagens de lá.

— Kev.

Olhou de relance para Mestra Zallah, que andava graciosamente, as mãos atrás das costas.

— Mestra.

— Por que estamos aqui?

— O Bastão das Estações de Hynestia.

— E por que *nós* estamos aqui?

A ênfase fez Kevmo perceber que ela se referia aos Jedi de modo geral, o que estavam fazendo na Orla Exterior.

— Para explorar e fazer conexões. Para nos apresentar aos outros, para que saibam quem somos, o que representamos, e que podem nos chamar se precisarem de ajuda.

Zallah cantarolou de novo, dessa vez em leve aprovação.

— É bom conhecer outro grupo da Força; bem, não de usuários da Força, mas de pessoas que respeitam a Força, que se organizam em torno dela. Sejam eles ladrões ou não.

— Parece um motivo para considerar toda a comunidade. Para tentar compreender seu propósito e sua unidade. Descobrir como eles funcionam como um todo — matutou Zallah.

— Não focar um indivíduo — disse Kevmo, entendendo o que ela queria que entendesse.

Mestra Zallah tocou-lhe o ombro brevemente. Ele não se aproximou, como teria gostado de fazer.

— Suas emoções são fortes, assim como sua conexão com a Força — disse Zallah. — É bom usar seus sentimentos, permitir que eles o guiem através e ao lado da Força. Mas não deve permitir que seus sentimentos o usem.

— Eu sei. — E ele sabia mesmo. Achava que estava melhorando.

— Hoje, Kev, deve manter seus sentidos abertos. Use seus sentimentos e seus dons como achar melhor, mas vamos evitar usar a Força ativamente, a não ser que seja necessário. Eles podem ter pessoas sensíveis a ela. A Senhora Jara parece acreditar que sim. Contudo, não é apenas possível, mas provável, que alguém do Caminho da Mão Aberta saiba onde o Bastão das Estações se encontra. Se for o caso, eu gostaria não só de saber onde ele está, mas por que está aqui.

— Certo. Se eles roubaram, qual foi o motivo? E serão eles que estão por trás dos boatos sobre um comprador de artefatos relacionados à Força neste planeta?

— Será que roubaram mais alguma coisa? O que estão planejando? — acrescentou Zallah.

Kevmo assentiu. Foi bom ter meditado naquela manhã e já estar se sentindo em equilíbrio consigo mesmo e com a Força. Assim, seria mais fácil ser discreto. A não ser que algo o perturbasse.

Claro, quando viu Marda esperando por eles do lado de fora dos limites do complexo do Caminho, Kevmo notou que seria muito mais difícil do que o normal se manter equilibrado. Ela estava parada, uma coluna esguia de cinza e azul contra os tons vívidos de rosa, roxo e verde dos campos de Dalna, que se espalhavam para longe dos portões do complexo. Embora metade de seus cabelos pretos estivesse afastada de seu rosto sereno, as pontas flutuavam com a brisa, pintadas no mesmo tom de azul das três ondas em sua testa. Kevmo pensou que ela era linda, e quis passar os dedos nos fios elegantes de seus cabelos ou segurar sua mão.

Estava em apuros.

Engolindo a onda de emoção, respirou com cuidado pelo nariz, lembrando a si mesmo que era um Jedi, que estava lá para poder conhecer todos do Caminho e recuperar um artefato da Força roubado. Poderia se importar sem se apegar. Tinha que ser simples.

— Marda — disse, incapaz de manter o calor fora de sua voz. Parou quando Mestra Zallah parou, e fizeram uma reverência juntos.

Marda devolveu o gesto, com as palmas das mãos viradas para cima.

— A Força será livre — murmurou. Então, com os olhos negros estrelados em Zallah, prosseguiu. — Bem-vindos ao Caminho da Mão Aberta.

— Obrigada, Marda Ro — disse Mestra Zallah. — Ficamos felizes e honrados em sermos recebidos por outros filhos da Força.

Marda pareceu relaxar de leve ao ouvir as palavras de Zallah, e finalmente olhou para Kevmo. Não sorriu, mas Kevmo, sim.

— Esta é a Cavaleira Jedi Zallah Macri, minha Mestra.

Marda piscou de surpresa.

— Sua... ah, você ainda é um aprendiz?

Kevmo bufou de leve e, apesar de Zallah não reagir, sabia que ela estava se divertindo.

— Sou. — E então, acrescentou, ousado: — Não me importaria se pudesse trabalhar com a Mestra Zallah para sempre.

Por um momento, os lábios de Marda se abriram, mas ela não disse nada. Virou-se abruptamente e apontou para o portão aberto.

— Por aqui, por favor. Vou mostrar o complexo e apresentá-los a alguns de nossos Anciões.

Mestra Zallah fez um gesto para Kevmo passar na frente dela, o que o deixou junto de Marda. Ele foi mais rápido para andar ao seu lado. Marda o espiava com o canto do olho, por mais tempo do que Kevmo teria esperado, e ele sorriu.

— Nós estamos aqui... o Caminho está aqui... há mais de cem anos — explicou aos dois. — Começamos como uma única pessoa, viramos uma família, e a certa altura nos tornamos uma comunidade. Somos autossustentáveis, apesar de, por vezes, fazermos comércio com Ferdan e aceitarmos presentes.

— Presentes dados livremente — disse Kevmo.

— Exato. — Marda os levou pelo perímetro. Os limites do complexo estavam demarcados por sinais metálicos aqui e ali, colocados em rochas pequenas e rosadas. Nada que afastasse os outros, era só para delinear os limites do território. Kevmo achava difícil de acreditar que tivessem alguma intenção ruim, ou que fossem responsáveis por roubar itens valiosos como o Bastão das Estações de pessoas poderosas, se não tinham segurança alguma. Mas talvez fosse isso que queriam que estranhos acreditassem.

Conforme Marda os guiava por campos de folhas verdes e o que pareciam ser arbustos híbridos de fruto bink, ela explicou que cultivavam pouco, só o que não podiam colher, e que dependiam das próprias mãos e da vontade da Força. Era verdade: apesar das várias pessoas de túnicas cinza cuidando das fileiras de vegetação, não havia nenhum droide irrigatório visível ou qualquer tecnologia que fosse mais sofisticada que uma enxada.

— Por que não usam ferramentas melhores, como droides, ou talvez adubo? — perguntou Kevmo.

Marda sorriu um pouco.

— Temos um pouco de adubo; natural e colhido de nossas chabras-de-musgo. Mas droides e tecnologias assim interferem em nossa harmonia com a Força.

— De que maneira?

— Qualquer tecnologia desconectada da vida é desconectada da Força. Quando necessário, claro, não a rejeitamos; naves para transporte, purificadores, máquinas que fazem o que nós não conseguimos... Mas, quando não é necessário, ao cultivar, por exemplo, não há motivos para usá-las.

— Mesmo que deixem sua vida melhor?

— Melhor ou mais fácil? — Marda o desafiou.

Kevmo piscou de surpresa.

— Suponho que mais fácil — disse, olhando de soslaio para Mestra Zallah, que assentiu para indicar que não se importou com aquela concessão.

O sorriso de Marda aumentou. Ela continuou, levando-os ao rio e à colmeia de células que abrigava membros do Caminho. Eram pequenas, mas isso não surpreendeu Kevmo. Ela explicou como as células haviam sido construídas, e também sobre os diferentes níveis de filiação das pessoas da comunidade, dos Pequenos ao Conselho de Anciões e seu líder, o Arauto. Ela explicou que havia mais câmaras subterrâneas, mas não os convidou a conhecê-las. Estas eram para membros do Caminho, sobretudo recém-nascidos e idosos, que poderiam se beneficiar com a regulação de temperatura. Quando Marda mencionou que a Mãe falava que as cavernas eram presentes da Força e de Dalna para o Caminho, Mestra Zallah falou pela primeira vez.

— A Mãe? — perguntou Zallah, fria.

A expressão de Marda ganhou um tom reverente.

— A Mãe veio até nós alguns anos atrás, uma simples refugiada, até ser revelado que sua relação com a Força é tão harmoniosa, tão límpida, que tem visões de sua vontade, e seu jardim... — Marda pausou para respirar, como se mal pudesse acreditar. — Seu jardim floresceu da noite para o dia, cheio de frutas e flores, o suficiente para servir uma refeição a todos no Caminho.

— Uma profeta — disse Zallah.

— Sim. Sua visão revitalizou o Caminho em anos mais recentes, e a direção... — Marda pausou de novo, desta vez parecendo se conter, como se não tivesse certeza se deveria continuar.

Kevmo e Mestra Zallah aguardaram, e Kevmo estendeu a mão para encostar os nós dos dedos suavemente no dorso da mão dela. Só para encorajá-la. Marda olhou para a mão, e depois para ele.

— Somos mais ativos do que costumávamos ser, guiados pela Mãe.

— Em que sentido?

— Alcance. — Marda tornou a andar. — A Mãe envia suas Crianças para mundos diferentes, para o outro lado da Orla, para compartilhar o Caminho da Mão Aberta, convidando as pessoas a se juntarem a nós. Tiveram sucesso em trazer benfeitores. Deixem-me mostrar a vocês.

Marda os guiou para longe do aglomerado de prédios até os arredores do complexo. Conforme andavam, Kevmo abria os sentidos cuidadosamente. Durante todo o passeio ele ficara atento à Força, mas reprimido quando estava perto dos outros, como os fazendeiros e alguns membros do Caminho pelos quais haviam passado, perto das células habitacionais. Manteve em mente a precaução de Zallah de que alguns membros poderiam ser sensíveis à Força. Parecia que essa tal de Mãe devia sê-lo. Kevmo não sentiu nada de estranho — era só uma grande fazenda, e Marda estava sendo absolutamente sincera, pelo que Kevmo podia perceber. Sincera e passional a respeito de seu lar. Fazia Kevmo ficar com ainda mais vontade de continuar conversando com ela, e ansiava compartilhar sua própria paixão pela Força, apesar de saber que ela discordava veementemente dos seus métodos. Queria saber o motivo. O que exatamente a fazia — fazia o Caminho — acreditar que manipular a Força causava danos?

Chegaram ao que parecia ser uma pequena pedreira, com tubos de pó de plastoide e moldes enormes, como se fossem para um templo. Marda se virou para encará-los com um sorriso orgulhoso.

— Isto é parte da *Olhar Elétrico*, a grande nave da Mãe, que será o lar do Caminho nas estrelas quando ficar completa. O que acontecerá em breve.

Nada disso pareciam partes de uma nave, na opinião de Kevmo, mas ele sorriu.

— Parece que será única.

— Um santuário para a Força se movendo pelo espaço — disse Marda.

— Um santuário — repetiu Zallah, indo até um dos pilares arqueados. — Para a Força. Quer dizer para usuários da Força? Para artefatos?

Kevmo lançou um olhar rápido para sua Mestra. Ela estudava Marda, que falou:

— Para o Caminho. Temos alguns artefatos, suponho que podem ser chamados assim. Nos níveis subterrâneos, onde não podem ferir ninguém. E haverá um cofre na nave. Itens com uma forte conexão com a Força são tentadores para as pessoas usarem, e perturbam a harmonia e clareza da Força, sem mencionar sua liberdade. E a Força deve ser livre.

— Esta nave foi ideia da Mãe? — perguntou Mestra Zallah.

— É a vontade da Força. Mas a Mãe explicou a todos nós, e todos os Anciões acharam maravilhoso. E os benfeitores têm sido generosos. As Crianças vão aumentar tanto seu alcance.

— Você irá com elas? — perguntou Kevmo, torcendo para distrair Marda das perguntas sensíveis de Zallah.

Os lábios dela se abriram e ele conseguiu ver as pontas dos dentes afiados. Ela olhou para baixo e falou, tímida:

— Eu gostaria, mas não tenho certeza. Meu trabalho é em Dalna, com os Pequenos.

Kevmo a estudou, incapaz de afastar o olhar.

— Eles pareciam te adorar, ontem. — Era um risco lembrá-la do dia anterior, quando partiram de forma tão abrupta. Mas ele manteve a voz gentil, sentindo-se bastante cálido com a coisa toda, e parou perto dela. Mas Mestra Zallah disse:

— Gostaria muito de conhecer sua Mãe.

Marda se afastou de Kevmo.

— Hoje, a Mãe está comungando com a Força em sua caverna privada. Mas o Arauto e vários de nossos Anciões nos aguardam no jardim comunal com ponche-de-povo. Estão convidados a falar com eles.

— Muito bem — disse Zallah. — Por favor, leve-nos até lá.

DOZE

Marda evitava olhar muitas vezes para Kevmo Zink enquanto mostrava o Caminho para ele e sua Mestra. A atenção dele continuava nela, que se sentia empolgada e constrangida por isso.

Depois de levá-los ao jardim comunal, onde o Arauto aguardava junto do Velho Waiden e de Aris Ade, uma humana que era Anciã, mas com as costas ainda retas, de pele castanha e cabelos brancos feito a neve, a Cavaleira Jedi fez uma reverência aos Anciões de rosto azul e sugeriu que, talvez, os jovens seguissem o passeio e os adultos fossem sentar-se na sombra.

Marda não achou que a Jedi Zallah Macri precisasse se sentar na sombra — ela não podia ser muito mais velha que a Mãe e era uma guerreira —, mas Kevmo abriu um sorriso entusiasmado e a Anciã Aris os conduziu.

— O que mais você gostaria de ver? — perguntou.

Kevmo cantarolou, pensativo, e então sorriu para ela.

— Qual é o seu lugar favorito?

De imediato, pensou na célula-ninho. Ele provavelmente iria gostar do bebê Kessarine, mas não podia levá-lo até lá. Seu segundo lugar favorito, porém — lá ela poderia levá-lo.

— Por aqui — disse, guiando-o até o rio.

O sol a esquentava conforme andavam e, uma vez ou outra, o dorso de sua mão roçava na dele. Da primeira vez que uma flor lompop estourou enquanto passavam, Kevmo se assustou, então gargalhou e se abaixou para inspecionar as pequenas pétalas cor-de-rosa. Ela observou sua óbvia curiosidade e explicou que o barulho tinha a ver com a umidade do ar acumulada. Ele sorriu para ela, os olhos brilhantes. Marda quis tocar nas tatuagens em suas bochechas.

— Venha — disse, sem hesitar, e continuou pelo caminho estreito. Ela não deveria se permitir relaxar perto de alguém com uma tendência tão grande a abusar da Força.

Kevmo correu atrás dela. Marda tentou não se sentir mal. Depois de um momento, ele perguntou:

— Há quanto tempo está aqui?

Considerou desencorajá-lo falando sobre o Caminho em si e Sachar Rold, mas já havia contado a ele sobre isso e, além do mais, não havia motivo além de seus nervos para ser cruel.

— Desde que eu era muito nova. Não me lembro de nada antes de Dalna e do Caminho. Minha prima Yana se lembra um pouco, e diz que algo horrível aconteceu com nossa família. Mas não fomos abandonadas aqui. Foi a vontade da Força.

— Sinto muito que tenha sido horrível, porém — disse Kevmo. — Mesmo que não se lembre.

— É comum para os Everenis — disse, só para também tirar isso da frente.

— Everenis — ele falou lentamente. Sem nenhum tipo de inflexão. — É o seu povo?

Marda assentiu, o olhar erguido para além dos salgueiros vermelho-arroxeados na beira do rio, em direção ao trio de vulcões à distância.

— Há tanta gente aqui, na Orla Exterior — disse Kevmo. — Não sei nada sobre muitos deles. Mas gostaria de saber.

— Você nunca ouviu falar dos Everenis?

Ele deu de ombros. Várias tranças pretas escorregaram por seus ombros e caíram pelas costas.

— Gostaria de ter ouvido, se forem todos tão bonitos.

Marda engasgou ao ouvir um flerte tão descarado, e Kevmo estremeceu um pouco, rindo de si mesmo.

— Desculpe.

Hesitante, Marda sorriu de volta. Mas não o bastante para mostrar os dentes. Precisava se lembrar de que ele era perigoso, por mais que ele paquerasse e que ela gostasse dele, por mais que fosse fácil estar ao seu lado. Ele era um Jedi, e ele abusara da Força. Marda sentiu o sorriso desaparecer.

O de Kevmo também sumiu.

— Também perdi minha família de sangue antes de poder formar muitas lembranças deles. Foi algum tipo de acidente, e tive que me virar sozinho por um tempo; só me lembro de sentir frio e que a luz tremulava como se estivesse na água. Mas então a vontade da Força me levou aos Jedi.

Marda sabia o que ele estava fazendo. Igualar suas histórias — ele foi salvo pelos Jedi, ela foi salva pelo Caminho. Mesmo percebendo, ela não se importou. Era reconfortante. Depois de um momento de silêncio no qual se observaram e Marda se perguntou se estavam pensando exatamente na mesma coisa, ela se virou para o outro lado.

Perto do rio, ela saiu do caminho para entrar em um trigal azul que chegava até os seus joelhos, as sementes barbadas sussurrando contra sua túnica. Kevmo se meteu atrás dela, e algumas das sementes ficaram presas às bordas marrons e douradas de suas vestes. Ela o guiou contornando um afloramento de rochedos de granito até chegarem à árvore da aurora. O tronco branco e delgado arqueava para cima, e os galhos escorriam em um círculo, longos e exuberantes, com florzinhas carmim. A terra que o cercava estava coberta de pétalas vermelhas que rodopiavam com a brisa.

— Uau — exclamou Kevmo. — Quantas flores.

— Todas caem ao meio-dia e voltam a brotar ao anoitecer. Quando o dia nasce, uma nova leva de flores cresce nos galhos. Todos os dias da primavera e do verão. — Marda pisou na faixa vermelha. Ela se abaixou e pegou algumas flores, algumas inteiras, outras com uma única pétala. Elas flutuaram para fora de suas mãos, caindo entre seus dedos. — A árvore dá tanto de si, todos os dias. Tanto de sua energia é colocada em nada além disto. Se as flores não forem coletadas ou comidas, elas apodrecem rapidamente. É daí que vem o cheiro adocicado. As flores foram feitas para serem levadas, usadas, comidas... aproveitadas.

— Este é o seu lugar favorito — murmurou Kevmo, agachando-se ao lado dela. — Entendi. Você é tão generosa quanto, sabia?

Marda riu, suave.

— Não sou, não.

— Você dá e dá; eu vi. Presentes dados livremente.

— É o Caminho.

— Pois eu acho que é você — respondeu. Os galhos carmim balançaram ao redor dele, e o sol rajado projetava uma luz vermelha brilhante entre eles.

Marda não conseguiu evitar: estendeu o braço e colocou dois dedos nas linhas douradas da tatuagem dele, na bochecha direita. Sua pele era quente.

Kevmo parou. Seus olhos brilhantes a perfuraram, e Marda se sentiu tão exposta. Ela havia se entregado quando o tocou.

Com cuidado, ela trouxe a mão de volta. Kevmo a alcançou, porém, tomando-a.

— Consigo sentir a Força aqui — disse ele. — É forte. A Força é forte neste planeta. Talvez seja pelo Caminho, talvez seja natural. Eu... eu me pergunto se você acha que a Força se entrega a mim, e talvez queira que eu a use.

Marda não tirou sua mão da dele, mas baixou o olhar até as pétalas caídas.

— Eu... eu não consigo imaginar. Mesmo se usá-la pelos melhores motivos, ainda haverá consequências. Salve alguém aqui, e quem sabe o que pode causar em outro lugar.

Os dedos dele apertaram os dela.

— A Força não é um jogo de soma zero. É muito mais do que isso.

— É, sim — sussurrou Marda.

— Fico feliz de concordarmos em algo — disse Kevmo, a provocação voltando à voz.

Mas Marda estava triste e frustrada.

— Se você pudesse se afastar de sua necessidade de manipular a Força, se pudesse remover essa ideia egoísta de que ela quer ser usada, então você poderia ser de fato capaz de compreender como a Força pode ser muito mais do que isso.

Kevmo a soltou e ficou de pé, como se precisasse se mover para falar.

— Mas a Força não é meramente algo que existe. Ela não foi feita para ser ignorada. O sol é quente, não é? A luz do sol? É como se ela estivesse por todo lado, no ar, e essa luz cria vida: aqui em Dalna, o planeta precisa de seus sóis. Toda a vida precisa. Não só para aproveitar seu calor, mas para usá-la, para transformar energia e torná-la vida. As plantas usam a luz solar, mas a luz solar não é ferida.

— As flores não se esticam para roubar energia da luz solar e, assim, privar outras flores dessa luz — contra-argumentou Marda, sabendo que a metáfora estava saindo do controle, mas já não era boa desde o início. Ela ficou de pé e o encarou.

Kevmo fez careta e puxou a trancinha logo abaixo da orelha.

— Não é possível privar alguém da Força, não dessa maneira. Se eu a trouxer, ela não será removida de outro lugar. A única forma de ser arrancado da Força é fazer isso por conta própria.

— Certamente há vazios da Força. Se há lugares como Dalna que têm a vivacidade da Força, deve haver lugares onde ela não é encontrada. Se a Força pode ser embutida em algo, o oposto também deve ser verdade.

Apesar de ele querer discordar, muito claramente, Marda viu que ele não podia. Ficou feliz que ele não mentiria para ela, mesmo se pudesse reforçar seu argumento. Ela se aproximou de novo, suavizando a expressão.

Kevmo deixou que ela segurasse sua mão de novo.

— Eu acho que a Força é ativa, porém — disse ele. — Tão ativa que afeta todos nós e toda a vida no universo, sensíveis a ela ou não. Ela dá, sim, de muitas maneiras.

— Sim.

— E o Caminho enfatiza a vida em harmonia com a Força. — Seu polegar deslizou pelos nós dos dedos de Marda, que tentou lutar contra um arrepio. Estavam tão perto um do outro.

— Sim.

— Como você vive em harmonia com alguma coisa se não tem uma relação com ela? A harmonia não é o equilíbrio? Dar e receber?

— Sem tomar. Só dar — respondeu ela de imediato. — Dar e dar: você me dá um sorriso, eu o devolvo. Nós não tiramos nada um do outro, mas estamos em harmonia.

— Você se daria bem argumentando no Templo Jedi — resmungou ele. Foi bonitinho.

— Discordo — objetou. — Não gosto de discutir.

— Você é incrivelmente boa no assunto para alguém que não gosta de argumentar.

— Talvez eu não me importe... quando é com você — terminou, sem ar, impressionada com a própria ousadia.

Os dedos de Kevmo apertaram os dela. Desta vez, quando sorriu, foi lento e gentil. Marda não hesitou ao devolver o sorriso. Ela estava conseguindo alcançá-lo; sabia disso.

— Eu deveria levá-lo de volta — disse em voz baixa, apesar de não querer estourar a brilhante bolha vermelha que haviam criado sob a árvore da aurora. — Você deve estar pronto para o almoço.

— Seria bom comer alguma coisa, sim — ele concordou, a alegria voltando a fluir em sua expressão.

Juntos, retornaram pela estrada até chegar ao complexo. Conforme se aproximavam dos primeiros prédios, Kevmo disse:

— Você mencionou antes que você, que o Caminho, tem artefatos da Força. Sabe se as Crianças procuram por eles, nas viagens que fazem fora do planeta?

Marda franziu o cenho para tentar disfarçar sua surpresa diante da pergunta direta. Não queria mentir; isso era outra forma de tomar.

— Por que elas fariam isso? Só poderíamos aceitar um artefato que fosse dado livremente — disse, com cuidado —, e, se tal artefato tivesse que estar conosco, se a Força assim tivesse desejado, então ele encontraria seu caminho para chegar até aqui. — Marda sabia que as Crianças *estavam* roubando os artefatos, e nunca se sentiu confortável com a ideia, mas era o desejo da Força. A Mãe havia visto. Não estavam tomando da própria Força, afinal. Só das pessoas que a usariam.

— Encontraria seu caminho... — Kevmo fez uma expressão que Marda não conseguiu ler. — E, se você conseguisse um, não o daria a mais ninguém.

— Não se fosse parte da Força. Nós o manteríamos seguro, impediríamos que fosse usado... e que causasse danos. — Marda parou. Era hora de partir para a ofensiva. Tirou a mão da dele. — É por isso que estão aqui? Acham que temos algo que querem.

Kevmo fechou a cara.

— É parte do motivo, não o único motivo real, Marda. — Ele falou o nome dela com um certo desespero. Ela queria mostrar os dentes, as unhas afiadas. — Estamos procurando por algo que foi roubado de...

— Roubado! — exclamou Marda. Ela se afastou. — Nós não roubamos nada. Nós não tomamos, Kevmo.

Ela se virou, nauseada.

— Eu sei. — Ele mostrou as mãos, quase parodiando o gesto das palmas abertas do Caminho.

Marda torceu os lábios de leve e sentiu o ar fresco nos dentes.

— Marda. Espere. Desculpe. Estou aqui porque queria aprender mais sobre o Caminho, eu prometo. E eu queria te ver. O resto é... o meu trabalho. Eu sirvo à Força através dos Jedi. Você entende isso, não entende?

Engolindo o fluxo de raiva — e culpa —, Marda encarou o rosto dele, que implorava. Assentiu uma vez. É claro que se permitira acreditar que convencê-lo seria tão fácil quanto uma caminhada e uma discussão.

— Se vocês não estão com o artefato que procuramos...

— Nós não estamos — disse, com uma falsidade tão cortante que seus dentes doeram.

Kevmo assentiu.

— Então, continuaremos procurando. Nós... não ficaremos muito tempo em Dalna.

O pensamento causou-lhe uma dor súbita, que fez com que segurasse a mão dele mais uma vez. Entrelaçaram os dedos. O coração de Marda disparou. Nas palmas das mãos, onde as duas peles se encontravam, ela quase conseguia sentir o calor, um peso verdadeiro, como a luz solar da qual ele falava. Não queria soltá-lo. Nunca. Esse sentimento era tão avassalador que não poderia ser nada além da Força, certamente.

Ela não conseguia falar nada, porém, então Marda o puxou para que fosse junto dela. Ele também continuou silencioso, o que era pouco característico.

No jardim comunal, os Anciões e a Cavaleira Jedi continuavam na sombra do celeiro de armazenamento, bebericando ponche-de--povo. Marda serviu um pouco para Kevmo e ela, e ele contou à sua Mestra sobre a árvore da aurora, enquanto os Anciões assentiam em aprovação. Então, o Arauto se levantou, precisando ir para outro lugar, e os Jedi se despediram.

Marda e a Anciã Aris Ade os levaram até a saída.

— Agradecemos a hospitalidade. — Zallah Macri fez uma breve reverência para Aris. — Estamos gratos por termos aprendido mais sobre o Caminho da Mão Aberta.

— Assim como nós, que ficamos felizes de saber mais sobre outros amigos da Força — disse Aris Ade em sua voz rangente, mas forte.

— Marda — Kevmo disse, gentil, e fez uma reverência. Ela abriu e virou para cima as palmas das mãos e devolveu a reverência, sem quebrar o contato visual. Seus lábios se abriram, mas ela não soube o que dizer.

Relutante, Kevmo se afastou com sua Mestra. Eles trocaram um olhar, mas não falaram nada até estarem distantes demais para que Marda pudesse ouvi-los.

Em vez de se mover, Aris Ade disse:

— Você está indo bem, Marda-chi. — Ela acrescentou o diminutivo de seu planeta natal. — Está ficando forte e capaz.

— Gostaria de ser tão confiante quanto a Mãe é com os outros, um dia — disse Marda. Ela precisava se livrar dessa culpa. Não devia nada a Kevmo, e devia tudo à Mãe e ao Caminho. O que as Crianças faziam era correto; era praticamente sagrado. A Força devia ser livre.

Aris cantarolou com um certo desagrado na voz, que fez Marda observá-la atentamente.

— Você deveria desejar mais que isso.

— Mais? — Marda franziu o cenho. — A Mãe...

A Anciã colocou um braço ao redor dos ombros de Marda.

— Você é boa, Marda Ro. Tenha isso em mente.

Parecia que a Anciã estava sugerindo que a Mãe não era boa. O que a Cavaleira Jedi poderia ter dito para semear tais dúvidas? A barriga de Marda parecia estar em chamas. Ela encarou o longo trajeto que levava a Ferdan, furiosa por querer que eles voltassem, por ela ainda sentir o fantasma do toque de Kevmo em sua pele.

— Os Jedi — começou, inflamada.

— São interessantes, não acha? — A Anciã Aris matutou, sem se preocupar com a jornada emocional de Marda.

— Eu... sim. — As unhas de Marda queriam afundar em algo grosso. Controlou a vontade, respirando fundo.

— Nós melhoramos ao lidar com eles. Nossa crença se fortalece quando ouvimos e desafiamos outros crentes.

Marda assentiu. Yana e a Mãe haviam encorajado a situação. Ela sempre teria que manter os segredos do Caminho, afinal, fosse lá ou na galáxia, com as Crianças.

— Eles não me fazem sentir harmoniosa — confessou. Mesmo que Aris Ade tivesse dúvidas, ela ainda era uma Anciã do Caminho.

Aris riu e apertou Marda.

— Uma canção pode ser estranha e, ainda assim, ter harmonia. Às vezes, a clareza é cortante.

— Uma canção?

— Gosto de pensar na Força assim: sendo livre, clara e harmoniosa como uma canção. E há muitas, muitas formas de criar uma harmonia, e nenhuma é inerentemente melhor do que as outras; exceto se for feita pelas circunstâncias.

Nuvens se acumulavam a noroeste, e Marda encarou a escuridão delas, sentindo-se esfriar e relaxar ao fazê-lo. Uma chuva noturna ajudaria os frutos bink e a alface em camadas a crescerem.

— Nós vivemos em harmonia com a Força ao viver assim. — Não foi um argumento, foi mais uma pergunta.

— Sim. — O tom de Aris Ade era firme. — Mas se abra para o que a harmonia pode significar, Marda-chi. Sua relação com a Força pode ser um dueto.

Um sorriso por um sorriso, Marda pensou. *Uma nota por uma nota.* Lentamente, assentiu e sussurrou:

— Dado livremente.

— A Força dá visão à Mãe — a Anciã falou, suave. Antes de Marda poder responder, ela continuou. — Eu me pergunto, o que será que a Mãe dá à Força?

A boca de Marda se abriu.

Aris Ade a encarou e segurou suas bochechas com as palmas das mãos. A pele da idosa humana era seca, áspera, de tanto trabalhar.

— O que você dá à Força, Marda Ro?

Marda não conseguia falar. Mal conseguia respirar. Ela não sabia. Ela ensinava os Pequenos sobre presentes dados livremente, mas não sabia o que dava à Força. A terra poderia se abrir sob seus pés, e ela não seria capaz de se mover sob o peso de tamanha compreensão. Conseguiu dizer:

— Eu não sei.

E a Anciã sorriu.

— Descubra por si mesma, e então poderá estar ao lado da Mãe. Ou talvez até à frente dela.

TREZE

Yana acordou cedo e foi a uma audiência com a Mãe, debaixo das nuvens de tempestade que se formavam, antes mesmo de comer. Depois da visita dos Jedi no dia anterior, de Treze matar o capitão da doca e dos sentimentos de Kor por aquele orbe estranho, Yana percebeu que finalmente era chegada a hora de planejar sua fuga de verdade. Não tinha dúvidas de que dias ruins se aproximavam. E não eram apenas suas inclinações Everenis.

Yana observara os Jedi chegarem e partirem do esconderijo favorito dela, na parte mais alta de uma árvore torinda, a casca preta e as folhas franjadas azul-esverdeadas cobrindo-a bem. Era seu lugar preferido para escapar, e fazia tanto tempo que enterrara as unhas pela primeira vez na casca macia e que se erguera para ficar na curva do galho mais alto. Quando pequena, gostava de se esconder na árvore para evitar as tarefas. Agora, visitava a árvore quando precisava de tempo para ficar sozinha e pensar, algo difícil no Caminho da Mão Aberta.

Mas também fora uma forma de ficar de olho nos Jedi durante sua visita. A árvore era alta a ponto de Yana ver cada canto do terreno do Caminho, então sabia que Marda havia levado o garoto Jedi até a árvore da aurora, o que a deixou sem saber o que pensar. Yana sempre achou que sua prima seria suficientemente inteligente para não entregar o próprio coração a um Jedi, mas parecia que a esperança tinha sido em vão. De qualquer forma, Yana só conseguia pensar que um coração partido talvez fosse bom para Marda. Ela era tão frágil, um alvo fácil para os muitos perigos que existiam na galáxia. Ela era Evereni; precisava aprender a ser forte. Antes tarde do que nunca.

No entanto, depois de os Jedi partirem, o mais novo dos dois olhando demais para trás, Yana percebeu que o fim do Caminho poderia chegar a qualquer momento. A Mãe tinha vários artefatos "reivindicados" na antecâmara de sua sala de audições, e um Jedi só precisaria chegar perto para senti-los. Pelo menos era o que Yana presumia. Ela não entendia de fato como a Força funcionava, nem se importava em entender. Havia um poder que todo mundo na galáxia respeitava: créditos. E ela reivindicaria sua parte e sairia de Dalna enquanto ainda fosse uma opção. E levaria Kor consigo.

Um ruído leve ecoou ao seu redor e começou a chover, o céu derramando água em Yana conforme ela andava. Mas não havia o que fazer. Naquela época do ano, as chuvas costumavam durar dias, às vezes semanas. Esta inundação era mais pesada do que as que vira antes, mas só levou um instante para solidificar sua determinação antes de aumentar o passo, concentrada em sua tarefa.

Yana poderia ter esperado pela sua audiência com a Mãe, mas queria uma oportunidade de falar com a mulher sem ninguém mais presente. Kor estaria na meditação matutina nas cavernas mais profundas, suando e alongando em uma antessala aquecida por águas termais. Os Anciões juravam que tais empreendimentos ajudavam a limpar o corpo das impurezas e a se conectar mais profundamente com a Força, mas Yana não gostava do calor nem de suor, e sua conexão com a Força ia bem do jeito que estava, então aquele era o momento mais oportuno para procurar a Mãe.

A chuva era tão turbulenta, o vento açoitando as árvores e jogando gotas para os lados, que os serviçais do Arauto estavam dentro da antessala que levava à moradia subterrânea da Mãe. Quando Yana entrou, encharcada, eles apontaram para uma pequena sala ao lado, com túnicas adicionais. Yana trocou rapidamente a roupa molhada por uma seca.

Uma coisa boa do Caminho era que nunca se mostrava um problema encontrar algo para vestir. Todo mundo usava praticamente a mesma coisa.

Yana torceu os cabelos antes de se trocar, soltando os trajes molhados em uma pilha de outras roupas. Perguntou-se quem mais teria vindo ver a Mãe a essa hora. Eram os trajes comuns do Caminho, então não era um Ancião. Por um instante, Yana ficou preocupada de Kor ter tido a mesma ideia que ela, ou seja, declarar que o próximo trabalho seria o último e anunciar a data em que iriam embora do Caminho. Kor e Yana haviam passado os últimos cinco anos falando sobre partir, já que quinze anos era a idade da escolha no Caminho. Yana soubera mesmo naquele então que queria sair de Dalna e viajar pelas estrelas, mas levou mais tempo até convencer Kor.

Yana estava quase chegando à sala de audições da Mãe quando ouviu vozes, ambas familiares. Yana se apressou e ficou chocada ao ver Marda absorta em sua conversa com a Mãe.

— Yana! — disse a Mãe, com um sorriso gentil. Ela estava sentada mais uma vez entre as almofadas, uma gansa lunar em seu ninho, e a joia estranha e de aparência pesada, acomodada em seu colo. Por um momento, aquela coisa pareceu pulsar com uma luz violeta serena, mas quando Yana piscou, o orbe continuava igual. — Fico feliz que tenha conseguido vir, mesmo com essa chuva torrencial. Marda estava me contando sobre a visita dos Jedi ontem. Parece que a gentileza dela pode ter mudado a opinião do mais jovem.

Marda estava sentada diante da Mãe em uma pilha parecida de almofadas, apesar de não serem tão boas quanto as da Mãe. Suas bochechas cinzentas estavam mais escuras do que de costume, e ela abaixou a cabeça ao ouvir o elogio da Mãe.

— Não mudado a opinião, Mãe, mas aberto os olhos. Ele parece aberto a aprender mais sobre nossos ensinamentos e parece compreender o quanto concordamos sobre a importância da Força.

— Você realmente acha que vai mudar a opinião de um Jedi a respeito da Força? — perguntou Yana, a situação inteira deixando-a irritada. Por que a Mãe estava incentivando isto? Ela realmente achava que Marda convenceria um Jedi de que o Caminho tinha uma opinião melhor sobre as coisas? Marda podia ser ingênua assim, mas a Mãe certamente não era. Será que ser uma profeta da Força tornava alguém delirante?

— Se tem uma pessoa que consegue, essa pessoa é sua prima — disse a Mãe, com outro sorriso gentil para Marda. — E não se trata apenas de mudar a opinião do Jedi, mas de Marda aprender sobre os muitos caminhos da Força, mesmo que nosso Caminho seja o correto. Além do mais, é uma prática excelente para Marda, já que ela quer se juntar às Crianças. Não acha, Yana?

A expressão constrangida de Marda se tornou esperança ao ouvir as palavras da Mãe, e ela direcionou a força de todo aquele anseio para Yana.

— Talvez você possa me dar algumas dicas — disse. — Já que você e Kor vão espalhar a mensagem do Caminho com tanta frequência.

A boca de Yana ficou seca de repente, e então deu de ombros. Se ela fosse partir e Marda fosse ficar, Marda poderia melhorar seu proselitismo. Yana sentou-se em outra pilha de almofadas para conseguir mais alguns momentos para pensar antes de se virar para a prima.

— O que importa é a persistência — disse, finalmente. Um sorriso puxou os cantos de sua boca para cima, porque ela mesma soava como uma profeta. Mas era a verdade. Era preciso persistência para ser uma das Crianças, para ter uma taxa de sucesso de cem por cento em libertações de artefatos da Força. E conseguir um monte de créditos por baixo dos panos.

— Persistência... — Marda assentiu. — Talvez eu deva visitar os Jedi em sua hospedagem imediatamente.

— Está chovendo horrores — apontou Yana.

— Ir até lá na chuva reforçará a dedicação de Marda — observou a Mãe. — É uma ideia encantadora. Acredito que há algumas samambaias sussurrantes que pode levar junto. São ótimas para ajudar na meditação.

— Um presente dado livremente — murmurou Marda com um aceno de leve e um meio-sorriso. — Sim, é o que farei. Obrigada, Mãe. Yana.

Yana não disse nada quando Marda saiu, mas ela rondou a Mãe assim que os passos de sua prima pararam de ecoar.

— Por que você faria isso com ela?

— Faria o quê? — perguntou a Mãe, acariciando a joia em seu colo distraidamente.

— Falar para ela procurar os Jedi? Sugerir que, um dia, ela pode fazer parte das Crianças? — Yana bufou. — Você sabe que ela não tem nenhuma aptidão para o que fazemos.

— Assim que a *Olhar Elétrico* estiver completa, nós todos iremos para as estrelas — explicou a Mãe, a voz aveludada. — Então, não menti para ela. Falei a verdade. Ninguém ama o Caminho e seus muitos presentes mais do que Marda. Se há alguém que pode mudar a cabeça daquele Padawan, esse alguém é ela.

Yana franziu o cenho.

— Padawan?

— Um aprendiz de Jedi — disse a Mãe com um suspiro. — Chega de Jedi. Você não veio aqui para me avisar sobre eles de novo, veio? Como pode ver, o assunto está sendo muito bem cuidado.

Yana não tinha certeza se concordava, mas não teve a chance de responder antes de serem interrompidas.

— Ah, já fez seu desjejum? — disse a Mãe, mudando de assunto quando um dos Anciões entrou com uma bandeja de chá evergrass e pãezinhos doces recém-saídos do forno.

— Estou bem — respondeu Yana, mesmo com o estômago roncando. Ela percebeu que estava resistindo a qualquer gentileza adicional vinda da Mãe. Não sabia explicar o porquê, exatamente; não era como se a Mãe agisse de forma suspeita, além de tanta confiança na Força. Ela havia deixado o Caminho mais forte e significativo, sem dúvidas. Marda ficaria bem quando Yana partisse. A Mãe tomaria conta dela. Ela tomaria conta de todos eles.

A Mãe serviu chá para as duas enquanto tagarelava empolgada sobre o progresso da construção da *Olhar Elétrico*. Yana precisava admitir que parecia que a nave ficaria incrível. O tom e a excitação evidente da Mãe ninaram Yana, fazendo-a pensar brevemente que talvez fosse melhor ficar lá e esperar para viajar pela galáxia na *Olhar Elétrico*. Mas não — Yana tomou uma golada enorme de chá. Este lugar nunca seria um lar para Yana.

— Mãe, você certamente sabe que não estou aqui para conversar sobre coisas banais.

A Mãe ergueu as sobrancelhas para Yana.

— É claro. Eu só estava lhe dando tempo para reunir sua determinação.

Yana ignorou o tom zombeteiro da Mãe, apertando os dentes. Inspirou fundo e expirou.

— Eu já tinha dito antes que só ajudaria o Caminho até estar pronta para partir.

— E você acha que chegou o momento.

— Sim — sibilou Yana. — Os Jedi devem saber que estamos pegando artefatos relacionados à Força.

— Ah, os Jedi mais uma vez.

— Eles estão aqui por nossa causa, Mãe. Por que mais estariam em Dalna? — E quantas decodificadoras Everenis existiam na galáxia? Yana era inteligente o bastante para saber que, entre ela, Treze e Kor, era dela que se lembrariam mais facilmente. Ninguém jamais se esquecia de um Evereni depois de vê-lo.

Se os Jedi estivessem farejando artefatos da Força, Dalna não era mais um lugar seguro para ela.

— Zallah Macri, a Jedi que veio até nós, falou que os Jedi estão pensando em fazer um posto avançado em Dalna. — A Mãe bebericou delicadamente o chá. — Acha que é mentira?

— Sim — disse Yana. — Na melhor das hipóteses, é uma meia-verdade. A presença deles aqui é uma coincidência grande demais. Sobretudo porque há planetas muito maiores sem postos avançados. Dalna parece que deveria estar em último lugar na lista deles.

— Talvez. — A Mãe deixou a xícara de lado antes de erguer o orbe de seu colo e deixá-lo em uma almofada próxima, maior e mais ornamentada do que qualquer outra na sala de audições. Era desconcertante ver como ela adorava aquela coisa, como se fosse seu bicho de estimação favorito e não uma joia ostentosa. — Mas, Yana, a Força há de prover. Ela nos protegerá. Se os Jedi forem uma ameaça, eu saberei.

Havia uma luz nos olhos da Mãe, um fervor de confiança contra o qual Yana não conseguia argumentar. Ela se aproximou, querendo, também, acreditar nela. Mas, no fim das contas, nunca acreditaria.

Quase desejou ter a capacidade de fé de Marda. Yana fez uma reverência com a cabeça, reconhecendo as palavras da Mãe.

— Yana — disse a Mãe. Ela estendeu o braço e encostou as pontas dos dedos na bochecha de Yana. — Considerarei seu aviso. Aprecio a sua preocupação com sua família. — O jeito que ela falava incluía o Caminho inteiro na palavra *família*. — Gostaria que reconsiderasse sua partida. E falasse de novo com Kor. Não é um bom momento para ela abandonar Opari, a pobrezinha.

— A Força será livre — disse Yana —, e eu também.

A Mãe a olhou por um longo momento. O brilho do orbe esquisito que ela não conseguia parar de acariciar fazia sua pele marrom cintilar, linda. E também fazia Yana cintilar, como se fosse algo estranho e incomum. Talvez por isso a Mãe o adorasse tanto. Ela e o orbe eram similares.

Yana cerrou a mandíbula e manteve sua resolução.

— Deixe-me ir.

— Mais um trabalho — a Mãe falou, leve. O começo de uma negociação. — Em breve. Mas, primeiro, precisa ir à meditação matutina antes que termine. Reconecte-se com a Força e ouça sua vontade.

Yana abriu a boca e a fechou antes de inclinar a cabeça e aceitar que estava sendo dispensada. Engoliu aquele pico de emoções — raiva, confusão, indignação — e saiu. Mas, uma vez fora da sala de audições, parou. Lá, ao longe, havia um barulho curioso.

Com a raiva esquecida, ela seguiu o som, a princípio incerta do que seria. Algum tipo de canto? Talvez uma conversa em voz baixa? Passou pelas áreas das cavernas que haviam sido reivindicadas pela Mãe e entrou em rotas menos exploradas, e seus olhos se ajustaram ao escuro lentamente. Havia muito pouca luz para uma humana como a Mãe enxergar, mas Yana conseguia ver a rocha, o cristal e os bolsões de opala solar enterrados na escuridão, e, por isso, pouco perceptíveis, que margeavam a passagem. Mas, no chão, havia algo completamente inesperado.

Água, subindo lentamente, de alguma passagem mais profunda para as cavernas.

O terreno do Caminho estava sendo inundado.

CATORZE

Kevmo arrumou o tabuleiro de dejarik e suspirou. Lá fora, a chuva surrava a paisagem sem parar, o que os obrigou a dar uma pausa na investigação. Os oficiais públicos de Ferdan, que estavam tão afoitos para encontrar os Jedi e discutir a possibilidade de um posto avançado, cancelaram por culpa do dilúvio. Aparentemente, era um fenômeno planetário que só ocorria algumas vezes por ano: três dias de chuvas incessantes seguidos de uma estação de floração, quando tudo ficava maduro de repente e precisava ser colhido rapidamente. Kevmo achou fascinante que existisse um planeta com um ritmo tão caprichoso e imprevisível, mas Zallah dispensou seu fascínio.

— Há como prever as chuvas. O povo deste planeta só não tem os dados ainda. Um dia, eles saberão o minuto em que as chuvas começam e acabam e se tornarão fazendeiros muito lucrativos. Nada na galáxia é deixado à própria sorte, Padawan. — Ela bebericou seu chá matinal. — A Força equilibra e guia tudo.

Kevmo não tinha tanta certeza, mas, em vez de discutir, só abaixou a cabeça.

Kevmo não achava que tudo na galáxia fosse tão previsível. Os Jedi não falavam sempre sobre os mistérios da Força? Ainda havia surpresas, deleites entregues pela Força para os vivos aproveitarem, e Kevmo não gostava quando Zallah falava como se já tivesse visto tudo. Não era verdade, só isso. A Força providenciava diversões infinitas, algumas delas já esperadas, outras não, era só prestar atenção.

Presentes dados livremente, pensou, e então riu consigo mesmo em silêncio. Ele de fato estava começando a pensar que os ensinamentos do Caminho tinham mérito?

De forma alguma. Ele era um Jedi e conhecia a Força. Mas havia algo agradável em se dar sem esperar nada em troca. Era, no fundo, o distintivo dos Jedi.

— Outra rodada? — perguntou Kevmo, e Zallah assentiu. A Senhora Jara havia se retirado para dormir, a umidade fria fazendo seus velhos ossos doerem. Os Jedi eram bastante autossuficientes, e já que eram os únicos que haviam sobrado na estalagem, fazia sentido que a mulher tirasse o dia de folga. Zallah achara que um dia de contemplação silenciosa na área comunal seria uma boa ideia, ao menos até decidirem o próximo passo.

Alguém bateu à porta da estalagem, e Kevmo se levantou da mesa para responder. Ficou feliz e surpreso ao ver Marda na entrada, as vestes encharcadas, água correndo de seus cabelos escuros e escoando no cinza-azulado da pele.

A Força verdadeiramente gostava de surpreender e deleitar.

— Marda! — Kevmo se afastou da porta para deixar a garota passar. Ela baixou a cabeça ao entrar.

— Sinto muito. — Ela engasgou. — Não achei que as chuvas seguiriam tão fortes.

— Há algum problema? — perguntou Kevmo, já que conseguia perceber facilmente o desconforto de Marda.

Ela balançou a cabeça.

— Não, estava falando com a Mãe hoje de manhã e ela insistiu que eu continuasse a aprender contigo. Trouxe isto para você — disse Marda, mostrando um punhado de samambaias encaracoladas em vermelho e azul. — Quando elas secam, começam a sussurrar e podem ajudar na meditação.

Zallah franziu o cenho.

— Kevmo, encontre uma roupa seca para a garota se trocar.

— Ah, sim, certo — disse, pegando a samambaia que Marda segurava e correndo para encontrar algumas toalhas. Voltou com uma pilha de toalhas e uma túnica.

— Obrigada — agradeceu Marda, aceitando as toalhas, mas recusando a roupa. — Não gostaria de molhar seus móveis, mas a água é um presente. Mesmo que exagerado no presente momento.

Kevmo abriu um grande sorriso, mas moderou a expressão quando Zallah o olhou de soslaio.

— O que você queria discutir? — perguntou. — Os Jedi sempre ficam contentes em conversar sobre as muitas interpretações sobre a Força.

Marda olhou para as próprias mãos e riu.

— Agora que estou aqui, percebo que devo parecer muito boba por ter saído em disparada na chuva para ter tal conversa — Marda comentou, balançando a cabeça. — Deveria ter esperado as chuvas pararem.

— Às vezes, nossas paixões falam mais alto. — O tom de Zallah era neutro, mesmo que as palavras tivessem uma certa nuance de censura.

— Mas a Força também pode nos direcionar através de nossas paixões — disse Kevmo, sentindo a necessidade de defender Marda. O olhar lavanda de Zallah parou nele, a Soikana esperando que Kevmo terminasse o pensamento antes de responder, e Kevmo se apressou em terminar a declaração de modo que não soasse contraditório, mas que elogiasse as crenças Jedi que Zallah referenciara. — Ao compreender nossas emoções mais fortes e a forma como elas nos guiam adiante, podemos analisar nossas ações e descobrir o melhor curso a ser tomado, em vez de agir de forma impulsiva. Então, não se trata de evitar emoções, e sim de compreender de onde elas vêm e abordar o problema subjacente antes de agir.

Zallah assentiu em aprovação, mas quando Kevmo olhou de relance para ela, a mágoa em seus traços fez com que ele pausasse.

— Marda?

— Sim, consigo ver como ser impulsiva poderia ser considerado algo ruim. Mas, às vezes, há oportunidades que evaporam se não as tomarmos quando pudermos.

Kevmo abriu a boca para argumentar, para dizer que não achava que ela era impulsiva, mesmo que ir à cidade no meio da chuva *fosse* impulsivo, mas outra batida na porta o interrompeu antes que pudesse falar.

Zallah olhou para Kevmo, e ele abriu a porta com um puxão. Havia uma humana encharcada e de pele pálida do outro lado da porta, o guarda-chuva lutando para manter a água afastada.

— Você é um Jedi? — perguntou, direta ao ponto, como muitos dos colonos eram. Não havia nada notável nas botas, calças e no sobretudo que vestia, mas algo na postura de sua coluna fez Kevmo pensar que esta loira estava acostumada a ser ouvida.

— Sim, eu sou o Padawan Kevmo Zink. Entre para poder falar com minha Mestra, a Cavaleira Jedi Zallah Macri. — Mais uma vez, Kevmo se afastava da porta para deixar alguém passar. Mas a humana estava vestida de acordo com o clima, ao contrário de Marda. Quando ela fechou o guarda-chuva, colocou a mão no quadril e olhou para Zallah.

— Sua nave precisará ser relocada — disse ela.

— E quem é você? — perguntou Zallah, a voz suave.

— Jinx Pickwick. Sou o que se passa por autoridade neste local. Pode me chamar de xerife ou de oficial de segurança ou do que quiser, mas fui eleita para manter todos seguros aqui na bacia. As docas estão na área mais baixa da bacia, e em aproximadamente quinze minutos sua nave estará debaixo d'água.

Marda ficou de pé em um pulo, o rosto contorcido de preocupação.

— Uma enchente na bacia?

Jinx assentiu rapidamente.

— Parece que esta tempestade veio mais forte do que de costume, e já está alcançando a Juntura Maawat. Aconteceu alguma coisa na contracorrente, na base do vulcão Ashrow, e, nesse ritmo, Ferdan vai ficar um metro embaixo d'água. Estamos tentando redirecionar as chuvas, mas a terra já está inundada, então é uma causa perdida, praticamente.

— Talvez possamos ajudar — ofereceu Zallah, ficando de pé.

— Eu não diria não, Jedi — disse Jinx com um sorriso. — Neste exato momento, estamos tentando usar alguns transportadores de terra para segurar a margem do rio.

— Preciso ir. — Marda se apressou até a porta, tão visivelmente perturbada que esbarrou em Kevmo como uma onda.

— Espere, não é seguro — alertou ele.

— Se a bacia estiver alagando, as cavernas do complexo certamente vão estar tomadas pela água. Os Pequenos e os Anciões ficam lá embaixo, assim como pais que acabaram de ter bebês. Vão precisar de ajuda para evacuar a área.

— Kevmo — disse Zallah —, vá com Marda e ajude o Caminho a se certificar de que seus membros ficarão a salvo. Eu vou ajudar aqui na cidade.

— Mas e a nave? — perguntou Kevmo. Não haveria tempo para acionar e mover a nave e voltar correndo ao complexo do Caminho. Kevmo já estivera em enchentes antes e sabia como as águas podiam subir rápido.

— As pessoas vêm na frente das coisas, sempre — declarou Zallah.

Ela passou por Kevmo e Marda e seguiu Jinx pela chuva torrencial, enquanto Kevmo endireitava os ombros e se virava para Marda.

— Precisamos correr.

Marda assentiu, ainda sem olhá-lo, mas Kevmo não estava preocupado. Não era hora para essas coisas. Tinham gente para socorrer.

E então estavam na chuva, correndo em direção ao complexo do Caminho. Kevmo só torcia para que a Força não chamasse ninguém de volta à casa antes que pudessem salvá-los.

QUINZE

A chuva fria e dura cortava o rosto de Marda, que precisou se lançar contra ela, limpando os olhos da tinta azul de concha-brikal que derretia testa abaixo. Concentrou-se em ser rápida, apesar de a lama fazer suas botas escorregarem. Kevmo a pegou pelo cotovelo e não a soltou mais. Tudo bem; não podia sentir nada além de gratidão por sua ajuda, mesmo que ele tivesse razão: ela era impulsiva. Ela não devia ter corrido até Ferdan e abandonado sua família nesta chuva. E se alguém se afogasse e ela pudesse ter ajudado se estivesse lá? Não devia ter saído!

Mas a mão de Kevmo em seu cotovelo a mantinha estável. Ela se apoiou nele e, juntos, atravessaram a chuva. Correram no meio da estrada, onde a água estava mais baixa, esguichando lama marrom-rosada. Não demorou muito para Marda ficar mais molhada do que nunca, contando os banhos. Mal conseguia respirar. Eles viviam em cavernas há mais de cem anos, e a bacia nunca inundara assim! Ou eles ao menos saberiam como se preparar para isso, e não deixariam bebês lá embaixo!

Por que a Força não revelara tudo isso para a Mãe, para que pudesse prepará-los? A Força queria que morressem? Tudo em que Marda acreditava era uma mentira? Era isso que significava viver em harmonia com a Força, simples assim? A Força era a vida, e ela deveria querer que aqueles que acreditavam nela continuassem vivos. Dias antes ela sequer se questionaria, mas, de alguma forma, estava sendo afetada por suas discussões com o Jedi. Ou talvez fosse meramente o pânico crescente.

No ano anterior, ocorrera um deslizamento de pedras no sopé do vulcão Ashrow, e a terra tremeu com vapor e gases fedorentos. Será que o evento havia mudado algo no próprio rio ou na forma como a água fluía pela bacia? Isso aconteceria em todos os verões, a partir de agora? Eles teriam que abandonar as cavernas? Sair completamente de Dalna? Marda sabia que a *Olhar Elétrico* seria o santuário deles nas estrelas, mas Dalna continuaria sendo seu lar. E se não pudesse mais sê-lo? O que fariam? Perderiam seu lar, como seu povo perdera seu mundo? Talvez fosse culpa de Marda, seu destino Evereni arruinando o futuro do Caminho por ser parte dele!

— Marda! — Kevmo precisou quase gritar para chamar sua atenção. O hálito dele estava quente em sua orelha quando a puxou para pararem de correr. Ela olhou para ele, piscando de forma frenética contra a chuva. — Não entre em pânico. Estamos quase lá. Seu povo deve ter sido avisado!

Marda tentou respirar fundo, mas a respiração tremeu.

Kevmo soltou seu cotovelo e ela quase gritou, mas logo sua mão encontrou a dela e cobriu seus dedos de calidez. Ele foi mais firme.

— Estou com você — disse, encarando-a diretamente. Apesar do vento cinza violento, ela conseguia ver os pontos dourados ao redor das pupilas dele. Como a promessa do sol. Tudo ficaria bem.

Trincando os dentes, Marda assentiu.

— Vamos! — gritou de volta. Então se virou, e voltaram a correr.

Quando finalmente derraparam pelos portões, pôde ver figuras movendo-se por todas as áreas do complexo, carregando bens e posses, indo até o celeiro de armazenamento que ficava logo ao lado do jardim comunal.

Marda espiou Efrik, o humano de meia-idade do círculo externo de acólitos. Seus cabelos escuros estavam colados no crânio, mesmo debaixo de um capuz encharcado.

— Efrik! — exclamou, arrastando Kevmo até ele.

O humano se virou, protegendo os olhos com uma das mãos. O azul manchava seu nariz, e sua outra mão carregava um saco enorme de sementes, metade debaixo das vestes.

— Marda! Ótimo! Nós estamos nos reunindo no celeiro.

— Todos os Pequenos estão lá?

— Eu vi um grupo deles. Você deveria vir contá-los; você os conhece melhor que ninguém! — Efrik mal olhou para o Jedi antes de guiá-los até o celeiro de armazenamento.

Marda e Kevmo o seguiram de perto. Assim que chegaram, Efrik puxou a porta de deslizar, pesada e de madeira, e o vento o empurrou. Seu corpo bateu contra a porta, abrindo-a ainda mais. O vento e a chuva invadiram o celeiro, e gritos de angústia preencheram os ouvidos de Marda. Kevmo a soltou para ajudar Efrik a fechar a porta de novo.

Passando os olhos pela comunidade aglomerada, Marda procurou por seus Pequenos. Viu dezenas de rostos familiares, todos molhados, gente criando paredes de suprimentos e secando uns aos outros com toalhas puídas. Aris Ade e o Arauto organizavam dezenas de adultos que iam se aventurar do lado de fora para colocar sacos de areia ao redor das entradas, para garantir que todas as portas e janelas ficassem seguras. Alguém chamou o nome dela e a acrescentou à contagem de pessoas.

Os Pequenos estavam amontoados com o Velho Waiden e Mabel Wiss no canto traseiro. Marda correu até eles em meio ao caos e os contou mentalmente. Vemian se levantou em um pulo, os olhos arregalados ao ver Marda. Ao lado dela, os irmãos Klatooinianos Ferali e Eff se abraçavam, e Simi chorava no colo de Hallisara. Viu Utalir e Jerid ajudando três bebês que ainda não estavam na classe de Marda. Jezra'lin piscou com seus olhos enormes de Mon Calamari ao ver Marda, vibrando onde estava.

Marda congelou.

Encarou seus Pequenos, depois se virou e olhou por todo o celeiro. Lá, contra a parede, Fel Ix estava reunido com dois de seus bebês franjados. Mas Marda não conseguia encontrar Ferize, Er Dal e os outros três recém-nascidos.

— Fiquem aqui — Marda ordenou a Jezra'lin e aos outros, e foi rapidamente até Fel Ix. O Kessarine olhou para cima, o rosto escuro cansado, as bochechas franjadas apertadas com a tensão. — Fel Ix — disse —, onde estão seus parceiros e os outros?

— Eles estavam atrás de mim — murmurou, mal movendo a boca enquanto balançava os bebês nos braços. Seus olhos pareciam maiores do que o normal, as pupilas dilatadas até o canto das órbitas, e o estômago de Marda revirou.

— Estavam atrás de você nas cavernas?

Fel Ix assentiu com firmeza.

— Eles me empurraram para fora e estavam pegando os outros. Eu... mal conseguia ver. Mas eles estavam bem atrás de mim. Somos bons nadadores.

Marda virou-se, quase dando de cara com Kevmo.

— Vem — disse, tentando não soar assustada enquanto estavam cercados por todas aquelas pessoas, sobretudo perto de Fel Ix. Kevmo assentiu, deixando que ela o guiasse de volta à porta.

— Para onde vamos?

— Preciso encontrar Ferize e o restante de sua família. Eles moram nas cavernas.

Kevmo assentiu.

Efrik tentou pará-los, mas Marda falou "é o desejo da Força", então ele abriu a porta com firmeza.

Mergulharam de volta na chuva selvagem.

Poucos minutos haviam se passado, mas Marda já se esquecera de como a chuva estava gelada e cortante, colando suas vestes ao corpo. Ela conhecia este complexo como a palma da própria mão, e sabia como levar Kevmo até a entrada das cavernas. Viram duas pessoas correndo, e Marda apontou para o celeiro. Elas tocaram em Marda ao passarem por ela, que fez o que pôde para transmitir confiança. Então, chegaram à porta do subterrâneo. Kevmo se posicionou como um quebra-vento, Marda digitou sua chave de acesso e a porta se abriu.

O rugido da água os cumprimentou, junto com o zumbido de uma luz cinzenta tremulante. Marda respirou fundo, e sua mão pegou a de Kevmo no mesmo instante em que ele a procurou. Seus olhos se encontraram, e Marda disse:

— Vamos ajudar quem pudermos encontrar, mas estou procurando por dois Kessarines e seus três recém-nascidos. Estamos indo até a câmara-ninho, por aqui. — Apertando sua mão, Marda o puxou para a escuridão bruxuleante.

Um número suficiente das luzes embutidas nos corredores da caverna estava funcionando, então não precisaram de nenhum holofote pessoal trajeto abaixo. Primeiro era uma descida, depois havia uma escadaria. Marda virou à esquerda no primeiro cruzamento, colocando a mão no granito áspero logo abaixo das marcas-guia.

— Estas marcas-guia mostram para onde você está indo — explicou, ligeira. — Laranja é a saída, pelo primeiro sol. Rosa é a rota de opala. É para meditação, então teoricamente você não precisaria saber, mas a câmara-ninho é parte da rota de opala. — Marda puxava Kevmo enquanto falava. — Azul é para os quartos da Mãe, pela Força. Tem uma rede de canais aqui embaixo, então são muitas rotas possíveis a serem percorridas, e as marcas-guia apontam qual é o caminho mais rápido para chegar de um ponto a outro.

Passaram por uma sala de meditação e, quando desceram para o andar seguinte, pisaram em centímetros de água. A pele de Marda se arrepiou de medo. A câmara-ninho ficava mais para baixo do que isso.

— Me segue!

— Estou seguindo — disse, exceto que havia pausado, encarando um corredor estreito como se pudesse ver algo que não estava lá. — O que são as marcas-guia pretas?

— Caminhos secretos, mas não sei como abri-los ainda. É para acólitos mais avançados e pessoas que trabalham diretamente com a Mãe — explicou Marda, sem delongas. Ela sabia que estava revelando segredos, mas encontrar Ferize era o que importava. Além do mais, podia confiar em Kevmo. Ele estava lá, ajudando-a. Ninguém mais estava ao seu lado.

Eles irromperam na câmara-ninho ouvindo os sibilos e suspiros da língua Kessarine. A água, que já batia na coxa, jorrou, e Marda caiu para a frente. Engoliu água, debatendo-se para levantar e tossindo.

— Ferize! — tentou gritar, mas saiu rouco e molhado.

— Marda!

Seu nome em duas vozes: a de Kevmo e a de Ferize.

— Estou aqui — berrou, conseguindo levantar-se, apesar da pressão giratória da água. Que parecia ter aumentado ainda mais no último segundo. E logo chegaria à sua cintura.

Nenhum brilho de opala solar iluminava a câmara. Só havia a luz irregular do corredor e sombras.

— Não consigo ver nada! — gritou Marda. — Onde vocês estão?

— Perto das bacias de água! — Ferize berrou de volta. — Preciso de ajuda, Marda! Er Dal está preso atrás de uma rocha que caiu e ele está com Fe Isle e Fe Remine e Fe Tale. Não consigo chegar até eles!

Marda foi se movendo na direção da voz assustada de Ferize, tentando ficar calma. A água a empurrava, e ela lutou para seguir adiante — apesar de não conseguir enxergar, conhecia o caminho até as bacias. Ela mesma havia limpado fluido amniótico desses bebês, apenas alguns dias antes.

De repente, Marda ouviu um zumbido e uma luz dourada vívida engolfou a câmara-ninho. Ela arfou e olhou para a luz vibrante que Kevmo segurava na mão. Conseguia senti-la, uma pressão iluminada. A luz preencheu a câmara, cintilando no granito e reluzindo como opala solar. Ela fez a água da enchente brilhar como o sol nascente. Marda se sentiu melhor e sorriu pela primeira vez desde que a enchente começara.

Virando-se na direção das bacias, viu Ferize curvada sobre uma pilha de granito, esticada para dentro do canto ainda escuro. Seus dedos quase alcançaram o bebê erguido no ar.

Marda correu pela água crescente e escalou as rochas caídas. Ferize segurou seu punho, e as duas se equilibraram. Todos os anéis de Ferize estavam dilatados de pânico, os olhos muito arregalados. Marda afundou as unhas duras de sua mão livre na pedra para se segurar.

— O que houve?

Ela continuou segurando o punho de Ferize, as duas juntas, para Ferize poder pegar o bebê com mais apoio. Ferize pegou o braço do bebê e gritou o nome do parceiro. Er Dal soltou o bebê e Ferize o puxou contra o peito, arrulhando e soluçando.

Na luz dourada, Marda olhou além dela, vendo a dor no rosto de Er Dal e sua tensão para manter os bebês acima da água.

— Er Dal? — chamou.

— Estou preso. Não consigo sair — respondeu. Seus braços tremiam pelo esforço de manter os bebês acima do nível da água, que estava mais alta atrás das rochas, chegando ao peito. Os bebês estavam juntos, encolhidos contra seu rosto, abocanhando suas franjas. Um deles chorava; o outro estava muito quieto, mas definitivamente incomodado.

— Vamos pegar você — prometeu Marda.

Atrás dela, Kevmo falou para Ferize:

— Vá com essa criança. Marda e eu vamos resgatar seu parceiro e os bebês. Eu juro.

— Vá, Ferize — comandou Marda. — Fiquem a salvo. Nós vamos conseguir.

Ferize fez uma careta angustiada, mas a criança em suas mãos choramingou. Ela olhou para um ponto atrás de Marda, depois para Er Dal, e disse algo em Kessarine. Er Dal assentiu. Então, Ferize se virou e começou a enfrentar a água.

Marda e Kevmo examinaram o problema imediato.

— O que está prendendo você? — ela perguntou a Er Dal.

O Kessarine ainda tremia.

— Meu quadril e meu pé foram pegos pela rachadura na parede da câmara. A água empurrou a nós e às rochas até aqui, e a pressão d'água é muito forte. Estou preso, mas vocês podem vir até aqui, vocês dois, e pegar os bebês. Está tudo bem.

— Não — disse Marda. — Vamos libertá-lo também. — Mordeu o lábio. — Posso nadar até aí e tentar...

— Eu cuido disso, Marda. — Kevmo se aproximou. — Posso mover todas as rochas, mas você precisa ficar a postos para pegar os bebês, tudo bem?

Marda franziu o cenho.

— Você pode...

Kevmo assentiu.

— A Força.

Ela ficou sem ar. Não conseguiu se obrigar a começar de novo quando o encarou, medo e esperança e uma pontada revirando sua garganta.

— Prepare-se — avisou ele. — Acho que consigo manter o sabre de luz ligado, mas se não der, vai ficar escuro.

— Depressa — ofegou Er Dal.

Marda assentiu, mas Kevmo já estava indo; ela não fazia ideia se ele vira sua permissão.

Ele fechou os olhos e ergueu a mão livre no ar. Kevmo deixou a mão em forma de concha, lentamente virou a palma para cima — *presentes dados livremente* — e franziu o cenho. Então...

As rochas se moveram. Água respingou.

Er Dal grunhiu. Mostrou os dentes.

— Certo... Agora — Kevmo disse com um grunhido, e as rochas se espalharam, desaparecendo sob as águas repentinamente tumultuosas da enchente.

Er Dal gritou, um dos bebês caindo. Er Dal tentou agarrá-lo, e Marda pulou para a frente para pegar a criança.

Ela caiu dentro d'água, engasgando. Tocou um dos bebês e o colocou embaixo do braço enquanto tentava alcançar o outro, mas só encontrou água correndo e o braço de Er Dal. Ela o agarrou.

— Vamos! — gritou, mais alto que o rugido da água. A luz dourada se esvaiu de repente. Ficaram sozinhos na escuridão.

A água os empurrou.

Marda caiu, deixando-se afundar, mas segurando o bebê para cima com as duas mãos, desesperada para mantê-lo no ar. Engasgou, mas conseguiu achar pé e, ao se levantar de novo, pressionou o bebê contra o rosto, secando os olhos no próprio antebraço. A luz dourada estava de volta, mas Kevmo havia se jogado em um canto porque Er Dal estava berrando, as mãos vazias — o último bebê havia desaparecido.

— Vamos — disse Marda, agarrando-o. — Aqui, segure este bebê. Nós vamos pegar o último. Você está ferido. Não pode nos ajudar, e eles precisam de você!

Sua voz estava rouca, ela estava quase cega com a água, e a enchente já alcançava seus seios, arrastando suas vestes, deixando-as tão pesadas.

— Fe Isle! — rugiu Er Dal.

Marda afundou as unhas nele, ferindo sua pele grossa.

— Er Dal, pegue Fe Remine e saia daqui, agora!

O Kessarine estremeceu, mas pegou o bebê, colocando-o contra o pescoço. Ele hesitou.

Foram cobertos pela escuridão mais uma vez, os dois congelados. Então, o sabre de luz voltou à vida, cercado pelo vapor da água que evaporava. Marda secou a água dos olhos e viu Kevmo com Fe Isle no braço! Expirou bruscamente, aliviada, estendendo os dois braços.

Então, outra trovejada foi o único aviso antes de mais água entrar pela saída traseira. Kevmo arregalou os olhos e abaixou o sabre de luz, jogando a mão em direção à água.

A escuridão caiu, mas a água nunca os alcançou.

— Marda... Marda — disse Kevmo, a voz falhando. — Eu consegui... segurar a água. Mas não posso... Você precisa vir aqui e pegar o bebê, no escuro. Só... escute, eu estou aqui.

— Estou indo — disse ela, encarando a escuridão no lugar onde Kevmo estivera. Sabia que a água devia estar sendo represada por uma parede de rocha, mantida no lugar pela Força, apenas esperando para matar todos eles. Mas não conseguia vê-la; só imaginá-la.

— Estou aqui — repetiu Kevmo. — Não vou a lugar algum. — Ele riu. — Obviamente. Só preciso continuar falando para você poder me encontrar e pegar este bebê lindinho. Ele está respirando. Dando umas engasgadas, mas acho que está bem, só um pouco encharcado. Fe Isle, né? É um belo nome.

Marda continuou na direção da voz, deixando-a cercá-la como se fosse a luz do sol. Quente e promissora, ao contrário da água, gelada e exigente. Fechou os olhos. Sentiu-se menos desorientada, e precisava focar, não cair, não imaginar a parede de água que os aguardava, que ansiava por uma falha de concentração dele para poder levá-los. Achou pedras com as botas e subiu, mas logo Kevmo disse:

— Droga, tem também... Marda! Preciso parar. Vou levar o bebê até você. Só erga os braços!

Ela o fez sem pensar, mesmo com o pânico que a sufocava. A água rugiu, e ela sentiu uma lufada de ar antes de o bebê chegar às suas mãos, e então o sabre de luz dourado flamejou de novo e ela voltou a enxergar. Kevmo a olhou com urgência.

— Vai... Vai! Não consigo segurar. — A onda de água se curvou sobre eles, mantida no lugar pela Força, controlada por Kevmo. O corpo dele tremia, e Marda não quis abandoná-lo.

— Vai! Use minha luz! — berrou ele, e ela se virou, pegando-a, o presente da luz, para abrir caminho pela água e recuar em direção à entrada, onde Er Dal esperava vários degraus acima. O Kessarine a observava ansiosamente, com um braço estendido para ela.

Marda chegou e colocou o bebê no braço dele no instante exato em que a água se ergueu, e ela virou para trás a tempo de ver Kevmo perder a onda e desaparecer debaixo dela.

O sabre de luz sibilou e desapareceu, e Marda gritou pelo seu nome. Ela mergulhou na água em direção a ele, nadando com toda sua força. Ela era pequena, mas forte. Determinada. Everenis nunca desistiam até ter o que era deles. E Kevmo Zink era seu.

Rasgando com os dedos, chutando as pernas, ela atravessou a câmara alagada até chegar onde ele estivera. Puxou o ar uma vez e quase não o encontrou, inspirando muito fundo. Então, Marda caiu mais uma vez na água furiosa.

Lá — ele estava agarrado às rochas, pressionado contra elas pela água. Marda emergiu e respirou de novo na escuridão. Pegou o braço dele, girando, e o puxou para colocá-lo sobre os ombros. Marda o arrastou para cima, ficando na ponta dos pés para manter a cabeça caída dele acima da superfície da água. O peso dele pressionava suas costas, mas ela continuou, lutando para seguir adiante. Não estava prestando atenção em nada além de não se afogar, do vaivém das águas e do peso quente de Kevmo contra seus ombros e costas, puxando seus cabelos.

Finalmente ela alcançou a saída, e mais mãos os alcançaram. Luzes pálidas brilharam em seus olhos, e viu duas — não, três pessoas lá, esperando nas escadas. Eles pegaram Kevmo primeiro, depois a ajudaram a se levantar, envolvendo-a nos braços e empurrando-os degraus acima. As luzes dançavam em sua visão, e os dentes dela rangiam. Sentia o gosto do próprio sangue.

— Todos... todos os Kessarines conseguiram escapar? — perguntou, em meio a arrepios intensos. Eram Ferize e Mykge puxando-a.

— Sim, estamos a salvo graças a vocês — disse Ferize. — Estamos com vocês dois. Vamos lá.

Marda estendeu a mão e pegou a de Kevmo. Ela estava fria, mas ele a apertou de volta, mesmo se segurando no Wookiee Jukkyuk, que o carregava com facilidade, curvando-se apenas para passar pelos estreitos corredores subterrâneos.

Com a mão de Kevmo na sua e as garantias de Ferize, Marda se permitiu não pensar em nada além de colocar um pé na frente do outro até chegarem ao lado de fora, em meio à chuva violenta, de volta à segurança do celeiro. Ela ouviu o barulho de sua grande família e regozijou-se com a luz e o calor enquanto era despida e coberta por roupas quase todas secas, recebia um chá para se esquentar por dentro e era colocada em um ninho com alguns de seus Pequenos e Kevmo. Ele também parecia atordoado, os olhos arregalados, mas se aconchegou encostado na parede em meio ao ataque das crianças. Marda deixou-se cair ao lado dele e imediatamente colocou a cabeça em seu ombro.

— Marda — ele sussurrou em seus cabelos, que ainda estavam molhados. Assim como os dele, as tranças grossas envoltas em uma toalha de secagem rápida e jogadas por cima do outro ombro.

— Obrigada — sussurrou de volta.

— Eu... sinto muito.

Marda recuou e o encarou.

— Pelo quê? Você os salvou.

— Com a Força.

O queixo dela caiu. Lembrava do poder. Ele havia usado a Força para mover rochas e, depois, para segurar a força da enchente. Se não tivesse feito o que fez, pelo menos um dos bebês e provavelmente Er Dal teriam morrido. Marda queria dizer a ele que ficara feliz por isso. Mas não podia. Sua família estava viva, mas quais seriam as consequências? Mesmo que Marda não pudesse se arrepender pelas escolhas dele — ou pelas próprias —, como poderia aprová-las sem jogar para o alto toda uma vida de crenças? Mas sua família estava viva. Só porque ele havia usado a Força. Ele a havia tomado, negando-lhe sua liberdade.

Sob seu olhar chocado, Kevmo baixou o olhar. Marda estendeu o braço e tocou o queixo dele. Ergueu-o até ele a encarar.

Quando finalmente a olhou, Marda assentiu uma vez, lentamente. Mais um reconhecimento do que qualquer outra coisa. Sim, sabia o que ele havia feito. Sim, ela não o culpava. Sim, sim, sim.

Então, Marda voltou a se aproximar e colocou a cabeça no ombro dele.

— A vontade da Força — murmurou.

Kevmo se remexeu até conseguir colocar o braço ao seu redor e trazê-la para mais perto.

DEZESSEIS

— E aí, pronta?

Yana ergueu os olhos de onde estava, sentada em um pedaço de grama, programando um novo varal de luzes para as cavernas, já que a maioria delas havia sido levada com a enchente. Foram quase três dias até a água retroceder. Três dias em que todos ficaram empilhados uns sobre os outros no celeiro de armazenamento, bebês chorando, Pequenos brigando, os Anciões reclamando de tudo que desgostavam. Foi demais. Yana estava disposta a fazer o que fosse necessário para voltar a uma certa normalidade, e isso significava consertar as cavernas até que elas fossem habitáveis novamente.

Não podia mover rochas como os Jedi, mas podia programar luzes. Era isso que estava fazendo quando Kor chegou, a tinta recém-aplicada no rosto e os tentáculos capilares presos com uma tira grossa de tecido azul.

Yana piscou de perplexidade e tirou os óculos de segurança.

— Pronta para quê?

— O banquete de agradecimento! Você disse que se sentaria comigo e com minha família.

Yana colocou os óculos mais uma vez e voltou a trabalhar.

— Não posso. Essas luzes precisam ser instaladas antes de todos voltarem para suas câmaras nas cavernas. E eu me recuso a passar outra noite ouvindo o Velho Waiden roncar. Quero ter minha própria célula de dormir mais uma vez.

— Mas ninguém mais vai ficar trabalhando, Yana. — Kor franziu o cenho. Yana tentou evitar os olhos escuros da namorada, mas, ainda assim, conseguia sentir sua angústia.

— Kor, eu não quero ir — disse Yana, finalmente, arrancando os óculos. — É bobo comemorar, o que, que não nos afogamos?

Kor franziu o cenho e Yana se arrependeu das palavras assim que elas saíram.

— Você prometeu — disse Kor, triste.

— Kor — começou Yana, tentando encontrar uma forma de se livrar da promessa que fizera inadvertidamente de ir ao banquete com a família de Kor. Mas não conseguiu achar nenhuma forma. Engoliu um suspiro profundo, e então disse: — Deixa eu me limpar e trocar de roupa.

— Só meia hora — falou Kor, a expressão firme. — Estou falando sério, Yana.

Yana assentiu, resignada, antes de dar um beijo na bochecha de Kor. Não sabia por que isso era tão importante. Talvez Kor estivesse reagindo a alguma fofoca sobre as sucessivas ausências de Yana? Ela não se importava com o que o restante do Caminho pensava dela, mas definitivamente se importava em deixar Kor feliz. Ela precisava que Kor a acompanhasse após a próxima viagem de libertação. Então, Yana pegou o tapete de serviço e as ferramentas e os levou de volta à choupana de trabalho de Cincey, Kor observando-a de braços cruzados.

— Só meia hora! — repetiu Kor. — Meu pai está guardando lugares para nós.

Yana ignorou a exigência de Kor e foi até a cabana de Cincey, onde as luzes ficariam até estarem prontas para ser instaladas. Depois de uma batida rápida e um grito, Yana abriu a porta para encontrar Cincey e Treze gargalhando a respeito de algo, o Mikkiano empoleirado na ponta da mesa de trabalho, olhando por cima do ombro de Cincey.

— O que está havendo? — perguntou Yana, deixando o tapete de serviço e as luzes em outra mesa de trabalho, para mais tarde.

— Ah, nós só estávamos vendo fotos do complexo da família Graf em Thelj. Você já viu algo ridículo assim? — disse Cincey, puxando a imagem para ela aparecer na holotela maior e mostrá-la a Yana.

A propriedade era enorme, com um conjunto de portões ornamentados e aquecedores colocados em vários pontos. Apesar de Thelj ser uma bagunça de gelo durante boa parte do ano, o complexo em si era exuberante e cheio de flores, um jardim em meio a um amontoado de neve.

— Como que eles conseguem manter tudo quente o bastante para plantar videiras? — perguntou Yana, maravilhada.

— Se você tiver os devidos créditos, pode fazer qualquer coisa. — Treze gargalhou, dando uma olhada astuta para Yana. — E aí, onde está Kor? Ela também devia ver isto.

— Por quê? — perguntou Yana, afastando a imagem de jardins exuberantes e arquitetura atordoante. — Ela não liga para gente rica.

— Porque este é o local que a Força mostrou para a Mãe durante a tempestade — disse Cincey, apontando para a imagem do complexo. — Ela estava em meditação profunda e viu esse pedaço de gelo e um artefato conhecido como Lágrimas de Jedi, um colar feito com uma pedra rara que reage à Força. É nossa próxima libertação.

Yana fez uma pausa.

— Ela quer que a gente invada o complexo dos Graf? Ela ficou louca, por acaso?

Treze riu, quase caindo do lugar.

— Yana, nós entramos na Tesouraria Real de Hynestia. Isso vai ser fácil como ir até Ferdan.

— Com uma enchente e um vendaval, talvez — disse Yana. Ela balançou a cabeça. — Esse serviço é grande demais para nós.

— A Força o revelou a ela — cantarolou Cincey, como se quisesse acreditar, mas não estivesse conseguindo.

Treze deu de ombros e pulou para fora da mesa.

— Se a Mãe acha que estamos prontos para esse tipo de trabalho, é porque estamos. Preciso ir embora daqui. Vou ver uma garota na cidade. Dá um oi pra Kor por mim — disse, saindo da cabana de comunicações.

Cincey virou a poltrona na direção de Yana.

— Você está bem?

— Não — respondeu Yana, franzindo o cenho. — Cincey, você já tentou ver se tem algum dado a respeito da Mãe?

Os olhos de Cincey aumentaram um pouco, depois estreitaram.

— Essa é uma pergunta estranha.

— Talvez seja — disse Yana, sentindo que havia se excedido. — Mas nós não sabemos de onde ela veio. Ela parece... distraída, ultimamente. — Era verdade, apesar de Yana achar que era só aquela joia esquisita. Por sinal, onde ela conseguiu aquilo?

Cincey observou Yana com uma expressão dura, mas que foi se transformando até ficar mais pensativa.

— Não acho que esse instinto esteja errado — Cincey falou, finalmente, a voz baixa. — Mas não, não procurei. Sinceramente, acho que não vou gostar do que encontrar.

— É, sei o que quer dizer — disse Yana. Não insistiu. Sabia quando era hora de parar. Mas agora que havia colocado a ideia no cérebro de Cincey, valia a pena torcer para que isso incentivasse uma certa investigação da parte especializada em tecnologia. Poderia haver algo vital lá, alguma informação que ajudasse Yana a organizar o quebra-cabeça de suas suspeitas em algo mais claro e conciso.

Yana saiu, lavou-se rapidamente e colocou a roupa reserva, apressando-se para passar a tinta de concha-brikal na testa enquanto corria porta afora. Quando chegou à planície relvada onde o Caminho fazia todas as suas celebrações, alguns dos Pequenos estavam cantando uma canção de agradecimento que haviam inventado, as vozes altas e desafinadas. Marda estava de pé junto do Velho Waiden, observando-os com algo que parecia orgulho estampado no rosto, e Yana ficou contente de ver que o Jedi da prima não estava lá. Estava começando a se arrepender de ter incentivado Marda a ir atrás do garoto. Parecia que os Jedi a deixavam mais nervosa do que o esperado. Eles haviam visto coisas demais, mesmo que o Caminho escondesse tudo atrás de sorrisos gentis e expressões plácidas.

Yana encontrou Kor e sua família com facilidade. O Arauto estava de pé ali perto, com um grupo de Anciões ao seu redor, e assentia solenemente. Eles deviam estar reclamando de ainda não poderem voltar aos próprios quartos. Yana não era a única irritada com o presente estado das acomodações, e achou que era bobagem fazer um banquete quando sequer haviam terminado os consertos básicos necessários. Mas engoliu o incômodo e colocou um sorriso alegre no rosto quando Kor se levantou para levá-la até o cobertor da família.

— Sente-se, Yana — pediu Kor, levando Yana até a Nautolana mais velha, enrolada em um cobertor úmido. Opari sorriu, cansada. Mas era a expressão mais relaxada que Yana já vira nela, talvez, e, quando fez uma reverência para Opari, se perguntou se era por isso que Kor hesitava em partir.

— Yana, obrigada por todo seu trabalho duro. — A voz de Opari estava rouca pela falta de uso.

— É claro. Faço tudo pelo Caminho. Espero que esteja bem.

— Melhor do que estive há muito tempo, obrigada. Os tratamentos da Mãe têm melhorado muito o modo como ando me sentindo — disse Opari. — Fico feliz por poder vir aqui com todos para o dia do banquete.

Kor abraçou a Nautolana mais velha antes de puxar Yana para se sentar do outro lado dela.

— Os Anciões vão apresentar uma das danças antigas de colheita. — A expressão de Kor era exultante. — Não queremos perder.

Yana não disse nada quando um grupo de membros mais velhos do Caminho entrou no palco, que era, na verdade, só uma área delineada com buquês das flores lompop que cresciam no campo essa época do ano. Quando os Anciões estavam na terceira iteração da dança de arrastar-pisotear-girar, Yana já estava de saco cheio.

— Kor — Yana começou a falar, mas foi interrompida pela chegada do Arauto.

— Yana. — O desgosto na voz dele era inconfundível. — Achei que você estava terminando as luzes das cavernas.

— Ela estava — Kor o interrompeu. — Eu que a convenci a vir para as festividades.

— O Arauto tem razão — disse Yana, sentindo que poderia escapar. — Eu devia voltar para as luzes. Se conseguir terminar hoje, todos poderão voltar para suas moradias amanhã, depois de serem instaladas.

Os lábios de Kor afinaram, mas o Arauto concordou com a cabeça. Yana apertou a mão de Kor antes de ficar de pé.

— Te encontro depois de completar minha tarefa — disse. Kor não falou nada, só cruzou os braços.

— Vou com você até lá — disse o Arauto. — Também preciso voltar ao meu dever.

— Werth. Precisa mesmo? — perguntou Opari. A decepção em sua expressão combinava com a de Kor.

— Sim, minha querida. Mas voltarei logo. — Ele se abaixou e colocou sua bochecha na dela, como faziam os Nautolanos, endireitou-se e fez um gesto para Yana começar a andar.

— Tenho a impressão de que seus deveres têm algo a ver comigo — disse Yana, assim que Kor e Opari não podiam mais ouvi-los.

— Acho que o momento para timidez já passou entre nós, Yana. Não concorda? — disse o Arauto. — A Mãe me falou que pretende partir. Não vou permitir.

— Fico feliz que tenha decidido falar claramente. Mas seus sentimentos são irrelevantes quanto a isso. Vou embora assim que libertarmos um artefato final e eu pegar a minha parte.

— Não há "parte", como você colocou de forma tão eloquente. A única coisa resultante da libertação dos tesouros da Força é livrá-la de manipulações futuras.

Yanna bufou.

— Ora, *Werth*. Nós dois sabemos que isso não é verdade. Nós não só pegamos os artefatos. Nós pegamos vários para a Mãe vender. Para quem ou por que, não importa. Estou fortalecendo o Caminho para minha prima. Mas vou reservar passagem no próximo cargueiro que sair de Dalna.

— E Kor? Vai arrancá-la de sua família? — indagou o Arauto.

Yana não olhou para trás, onde Kor ainda estava com sua mãe. Um nó se formou em sua garganta, mas ela o engoliu, junto com o turbilhão de perda e dor que tentava tomar seu tronco.

— Se ela quiser ir comigo, é escolha dela — respondeu, mais fria impossível.

— Precisamos dela aqui. *Ela* é verdadeira perante o Caminho. A mãe dela precisa dela.

Doía concordar com ele, então Yana franziu o cenho, sarcástica.

— Arauto, já que tem tanta certeza de que não há "parte" alguma, então eu me pergunto como a Mãe conseguiu arcar com o custo do tratamento da doença de Opari.

O Arauto limpou a garganta.

— Providenciado pela Força.

Yana parou e se virou para o Arauto.

— Pense o que quiser de mim, mas a escolha *será* de Kor.

— É por isso que deveria ficar aqui — disse o Arauto. — Posso não gostar de você, mas trata minha filha bem e a deixa feliz. Além do mais, este é o seu lugar. Marda já percebeu isso. Por que você não?

Yana deu uma risada vazia.

— Eu não sou a minha prima.

— Consigo ver isso. Aparentemente, todo o bom senso foi para ela. Dalna é o melhor lugar para você. Seu povo não é bem-vindo no restante da galáxia. Você esquece que conheci aqueles que vieram antes de você. Dei a eles as boas-vindas quando vieram ao Caminho porque não tinham mais para onde ir. Em todos os lugares para onde iam, eram insultados e caçados por mágoas passadas. Acha que terá oportunidades melhores fora daqui?

Yana deu de ombros.

— O caminho dos Everenis nunca é fácil, mas isso não significa que não existam lugares que nos acolham. Venho de um povo de sobreviventes. E, quando morremos, é porque nosso tempo chegou ao fim. Nós não entramos em luto por nossos mortos.

Yana abafou um bocejo. Só estava dando atenção a esta conversa porque o Arauto era pai de Kor. Se não fosse por isso, teria dado meia-volta e deixado que falasse sozinho.

— Se tentasse viver em harmonia com a Força, talvez não achasse a galáxia tão pouco gentil.

— Ah, Werth — disse Yana com uma risadinha sem vida, ignorando o sentimento de que as paredes estavam se fechando ao seu redor. — Não me importo nem um pouquinho com a Força.

Sem dizer mais nada, Yana virou-se para ir à cabana de Cincey e ao refúgio de seu trabalho.

Programar luzes era muito mais fácil que navegar as correntezas emocionais do Caminho.

DEZESSETE

Sol se apressou para atravessar as cavernas e chegar à sala de audições da Mãe, o pavor pesando em sua barriga. Estava esperando voltar para Dalna com o Bastão das Eras, um tributo à Mãe e sua missão altruísta de libertar a Força. Em vez disso, voltava com um rumor e uma conjectura, e nenhum deles inspiraria muitas celebrações.

Os guardas na entrada acenaram para ele sem pensar, acostumados com suas idas e vindas até então. Sol permitiu-se ser aquecido pelo momento. Elecia confiava nele. Não estava habituado a isso.

Era uma viagem rápida, descendo as escadas até entrar nas cavernas, o som distante de água pingando ecoando no espaço. O chão ainda tinha vestígios da enchente que tomara as cavernas, mas a linha d'água nem chegava aos joelhos de Sol. Aquela parte das cavernas não havia sido tão devastada quanto o restante do complexo. Provavelmente era esse o motivo pelo qual Elecia ainda queria encontrá-lo lá.

Quando Sol entrou na enorme caverna que era a sala de audições da Mãe, o chão seco, enquanto o restante do complexo estava muito úmido, um calor se espalhou por ele. Nunca havia pensado em lugar algum da galáxia como lar. Era andarilho desde que ficara velho o bastante para escapar do pai bêbado e da mãe simplória, lá em Eriadu. Mas este local, onde Elecia estava, parecia um lar. Era como um lugar onde pudesse criar raízes e ser o tipo de pessoa que sempre quisera ser: fiel, honesto, confiável. E não é que quisesse algo romântico com a Mãe. Não, ela era boa demais para ele; sabia disso. Mas estar à disposição para ela? O que poderia ser melhor do que isso?

Elecia estava sentada de pernas cruzadas em suas almofadas de meditação, os olhos fechados, a joia que ele dera a ela aninhada no colo. Esperou na entrada, prendendo a respiração enquanto a observava meditar. O olhar em seu rosto era tão pacífico que era difícil não a invejar. A joia parecia brilhar na meia-luz da caverna, quase como se estivesse respondendo a Elecia e sua conexão com a Força.

Como será que era a sensação de estar tão perto da Força? Sol não acreditava muito na Força até ter o azar de conhecer os Jedi. Mas a conexão de Elecia era completamente diferente. Afinal, a Força devia ser livre, e ela era a única que podia fazê-lo. Tinha sorte de conhecê-la.

Sol cambaleou um pouco ao pensar em tudo isso e franziu o cenho. De onde tinha vindo todo esse pensamento? Não se importava com a Força, de um jeito ou de outro. Uma onda de irritação tomou conta dele.

Os olhos da Mãe se abriram, e ela ofereceu um sorriso cálido para Sol.

— Está de volta. Seja bem-vindo.

A irritação evaporou e Sol devolveu o sorriso.

— Voltei, mas receio não ter o artefato.

A Mãe franziu o cenho e, para Sol, foi como se uma estrela virasse uma supernova. Foi inundado de desespero.

— Mas tenho informações sobre o Bastão da Aurora.

— Não é o que está localizado em Jedha? Que informação pode oferecer?

— Está, mas o artefato ficava em um museu aberto para peregrinos. Parece que foi trancado depois de o Bastão das Estações ser roubado da família real de Hynestia. Tenho a nova localização.

— Ah, isso é excelente. — A Mãe sorriu para Sol, e ele sentiu aquela mesma sensação de flutuar e cair que sempre parecia atingi-lo quando passava tempo demais com Elecia. — Como podemos libertá-lo?

— Ainda estou conseguindo informações. Queria contar o que descobri antes de pesquisar mais. — Era só uma meia-verdade. A realidade é que não gostava de passar muito tempo longe da Mãe. Onde quer que estivesse, começava a se sentir mal, uma emoção de tristeza nauseante que parecia, estranhamente, culpa. Por que ficar longe dela o fazia se sentir culpado, não sabia dizer, mas quando estava com ela, se sentia melhor.

— Bem, pessoalmente, fico feliz que esteja aqui. — Ela colocou a joia em uma almofada próxima antes de se levantar e ir até Sol. Ela segurou o rosto dele entre suas mãos e abriu outro daqueles sorrisos reconfortantes para ele. — Tenho que pedir um favor.

— Sim... Claro. O que precisar.

— Minhas Crianças farão outra peregrinação, desta vez para Thelj. Pode levá-las por mim?

Sol recuou.

— A Evereni vai junto? — Sol ficava nervoso cada vez que via a garota, apesar de nunca ter interagido com ela diretamente. Ouvira histórias sobre seu povo, sussurros a respeito da espécie de pele cinzenta que a maioria das pessoas achava que não passavam de suposições. Mas, uma vez, Sol vira uma Evereni rasgar um Pantorano porque achara ter sido desprezada, e a brutalidade do ataque permaneceu com ele com o passar dos anos.

— Sim, mas não se preocupe. Ela não será um problema. Acha que pode fazer isso, Sol? Acha que poderia me ajudar?

Sol percebeu que não conseguiria resistir. Assentiu, Elecia o puxou para um abraço afetuoso e ele prendeu a respiração.

— Você tem sido uma ajuda incrível. O que eu faria sem você?

Sol não sabia e, mais do que tudo, esperava que ela nunca descobrisse a resposta.

DEZOITO

Kevmo estava exausto. Três dias tinham se passado desde a enchente, e as águas haviam recuado o suficiente para o Caminho emergir do celeiro apenas no dia anterior. Em vez de voltar para Ferdan de uma vez, Kevmo ligou para Zallah assim que os comunicadores voltaram a funcionar e pediu para ficar com o Caminho, para ajudar com a arrumação inicial — eles precisariam de todos os braços fortes possíveis, mesmo que ele não usasse a Força. Sentiu que seria a melhor forma de gastar seu tempo e energia. Mas agora estavam se preparando para a grande refeição comunal de agradecimento, em parte por alívio e em parte, Kevmo suspeitava, para aproveitar a comida que estragaria por culpa de todos os aparelhos tecnológicos que tinham parado de funcionar. Marda havia oferecido gentilmente para ele ficar e comer sua parte, mas Kevmo disse que precisava voltar para a Mestra Zallah.

Era verdade, mas também sentia que precisava de um espaço longe do Caminho e da presença desconcertante de Marda. Além do mais, precisava contar a Zallah sobre as cavernas — e o que sentira lá embaixo. Parecia claramente o lado sombrio da Força. Não tinha muita experiência com aquilo, mas era inegável. Decerto o Caminho podia esconder todo tipo de coisa naquele labirinto; não só o Bastão das Estações, mas uma quantidade maior e pior de artefatos.

E Kevmo sabia navegar por ali. Graças à confiança de Marda. Fechou a cara e chutou um sulco de lama na lateral da estrada.

Havia sido bom, por alguns dias, assim que todos ficaram a salvo. Kevmo pegara no sono em uma pilha de crianças, com Marda ao seu lado, e então acordou para ajudar a agrupá-las, contando as melhores histórias que tinha sobre a galáxia. Evitou histórias que envolvessem o uso da Força, mas falou sobre sua infância no Templo Jedi e narrou histórias sobre Hosnian Prime, lembranças que tinha de quando era tão novo quanto o pequeno Simi, de grandes encontros de seu clã, quando tinham que se abarrotar ainda mais do que naquele celeiro! As crianças ficaram curiosas quanto às marcas douradas que não haviam sumido com a água da tempestade, diferente das marcas azuis, então ele explicou o que sabia sobre tatuagens e o que sabia sobre o processo de produção da tinta dourada. Escreveu no chão os caracteres para mostrar como as figuras espelhavam seus significados, e brincou de imaginar como seriam as tatuagens delas.

Mas foi Marda que ficou mais encantada com suas histórias sobre Jedha.

Ela se aproximou — o preto dos olhos brilhando como estrelas — e, com a voz rouca, pediu para ele contar mais. Quis saber se ele havia falado com outros Guardiões dos Whills — onde o fundador do Caminho da Mão Aberta começara seu treinamento com a Força. Kevmo fez o que podia para descrever o que se lembrava do grande templo em Jedha e explicou que alguns acadêmicos Jedi acreditavam que o local fora originalmente um templo Jedi, mas, muito tempo antes, se tornara o lar de muitos seguidores diferentes da Força. E, agora, a lua gelada e desértica era a sede da Convocação e incluía Guardiões, Jedi, Feiticeiros de Tund e a Igreja da Força. Marda ficou impressionada e se perguntou se haveria lugar no conselho para um membro do Caminho. Se havia conversas entre as filosofias da Força a respeito do papel da Força na galáxia, e que certamente precisavam de uma voz cuja preocupação principal fosse a liberdade da própria Força.

Kevmo não foi capaz de discordar e disse que ela seria um ótimo membro do conselho — uma oradora passional, como já havia apontado antes.

— Não sei se um dia poderei sair de Dalna — Marda objetou. Mas Kevmo viu a ideia criar raízes e sorriu. Marda sorriu de volta. Então, ele começou a entretê-la, bem como os Pequenos, contando de forma dramática a vez em que distraíram os tubarões-de-grama e salvaram o assentamento em Tiikae.

Tudo isso havia acontecido no dia anterior, e Kevmo sabia que era possível não vê-la de novo. Dependendo dos efeitos da enchente na nave e de como a Mestra Zallah tivesse recebido a informação que obtivera sobre a caverna, poderiam ter que se infiltrar no Caminho e resgatar o Bastão das Estações — e confiscar qualquer artefato do lado sombrio que encontrassem — naquela mesma noite. Depois sairiam do planeta, e Kevmo poderia acabar em qualquer lugar. Era possível que nunca voltasse a este sistema.

O pensamento doeu mais do que deveria. É que ele gostava tanto de Marda. De sua gentileza e da forma que o desafiava, de como era tão linda e tão reflexiva, só para dar meia-volta e fazer algo que parecia impulsivo — como se estivesse seguindo a vontade da Força. Quando estava com ela, Kevmo se perguntava se Marda e o Caminho tinham mesmo uma compreensão especial a respeito de viver em harmonia e clareza com a Força. Kevmo se identificava com o dogma central dos presentes dados livremente. Ele se alinhava com sua missão como Jedi.

Mas eram apenas pensamentos inúteis, um desafio às crenças na forma de uma pessoa bonita. Ele continuaria a refletir sobre seus sentimentos até compreendê-los bem o suficiente para deixá-los de lado. Talvez conversasse com a Mestra Zallah, se sentisse nela um humor bondoso e que ela não implicaria com ele por isso. Usar seus sentimentos e processá-los como parte da forma que a Força se comunicava com ele eram habilidades-chave que precisavam ser melhoradas se quisesse se tornar um Cavaleiro.

Ainda assim, sentiria saudade de Marda Ro. Se nunca voltasse para Dalna, ele ao menos mandaria uma mensagem de despedida e a encorajaria a continuar pensando sobre Jedha.

Ferdan borbulhava de atividade conforme habitantes locais e mercadores trabalhavam para avaliar e consertar os danos causados pela grande enchente — parecia ter sido a maior enchente em duzentos anos, e nem os residentes mais antigos se lembravam de ter visto algo semelhante. Kevmo ouviu conversas sobre o envio de uma equipe aos vulcões para inspecionar o dano e tentar descobrir o que havia mudado o curso do rio e causado a catástrofe. Também ouviu dizer que seis pessoas haviam se afogado. A maioria ficou presa rio acima, sem receber nenhum aviso quando as águas vieram.

Na estalagem, a Senhora Jara comandava três trabalhadores parrudos — um Gamorreano e dois Gigoranos — para que erguessem um transporte de mercadorias danificado, mas ele estava preso no lugar. Kevmo se centrou de imediato e chamou a Força. Era uma sensação excelente a de deslizar para dentro de sua calidez enquanto cutucava o transporte, separando-o da lama com um respingo, o suficiente para os trabalhadores poderem segurá-lo.

— Ah — disse a Senhora Jara, amarga. — Já era hora de você chegar.

Kevmo fez uma reverência, surpreso.

— A Mestra Zallah não a ajudou?

— Ela está no porto com Jinx, arrumando os aparelhos para podermos nos comunicar com pessoas fora do planeta outra vez.

Dividido entre correr imediatamente para o lado de Zallah e ficar para oferecer mais ajuda à Senhora Jara, Kevmo hesitou.

A Senhora Jara revirou os olhos. Ela fez bico, mas Kevmo achou que era um sorriso.

— Corra. Vá falar com sua Mestra. A bagunça vai continuar aqui.

— Obrigado!

E saiu em disparada.

Ele parou mais duas vezes para fazer outros trabalhos pesados, e noutra vez precisou usar o sabre de luz para cortar rapidamente um emaranhado de fios, onde as águas haviam atingido um droide de irrigação que parecia ter sido arrastado por centenas de metros, dos arredores da cidade até lá.

Kevmo se virou para ir até as docas, com um sorriso enorme e fazendo uma reverência para aqueles que ajudara, insistindo mais uma vez que não precisavam agradecer, e notou um choque familiar de gavinhas cor-de-rosa. Pausando, deu um passo para a esquerda e foi espiar um beco. Estava escuro, graças aos sóis que já começavam a se pôr, mas Kevmo não tinha mais dúvida: era o garoto Mikkiano do Caminho da Mão Aberta. O que passara os dias no celeiro rodopiando uma faca até os Anciões o mandarem parar, e que desapareceu assim que a chuva cessou, mesmo com tudo inundado. Kevmo não ficara impressionado com sua atitude, sobretudo ao notar que Marda também não gostava do Mikkiano.

Treze, esse era o nome dele. Kevmo esmagou seu desconforto de espiar — preferia métodos mais diretos — e entrou discretamente no beco quando o Mikkiano empurrava uma porta rangente e sumia no lado de dentro.

Era um beco entre uma casa geminada e uma fileira de prédios para alugar que não eram muito mais do que barracões. Treze entrou na casa geminada. Várias janelas estavam abertas — quebradas, na verdade — e tudo cheirava a lama e a um quê de lixo das coisas estragadas e empilhadas nos cantos do beco; algumas arrastadas até lá pela enchente, outras, jogadas de andares mais altos.

— Rilly, vem cá — Kevmo ouviu Treze dizer, respondido por um arrulho desejoso, seguido pelo som inconfundível de um beijo forte. Kevmo fez cara de nojo, pronto para voltar de onde viera. Era só um encontro, o Mikkiano estava ansioso para ver sua amante depois da tempestade. Nada nefasto, mas, quem quer que fosse a amante, seu gosto era terrível.

Kevmo se virou sem fazer barulho, então ouviu um arquejo e Rilly disse:

— Calma, querido, nós temos a noite inteira.

— Não, preciso voltar. — A voz de Treze estava abafada, mas Kevmo definitivamente entendeu a frase seguinte: — Tenho que fazer um serviço bem cedo.

— Mas ouvi dizer que o porto está um desastre — interveio Rilly. — As naves não conseguem nem ser ativadas, estamos sem comunicação.

O porto! Kevmo lembrava de Marda contar sobre as Crianças saindo de Dalna para pregar, mas não era possível que este Mikkiano fosse um fiel seguidor do Caminho.

— A Mãe tem seus próprios métodos — disse Treze. — Vai. Vamos lá. — Kevmo ouviu passos se movendo para longe da janela. — Se parar de encher meu saco, eu posso trazer algo bonito pra você.

— Ooooh, o quê?

— Uma bugiganga ou alguma coisa brilhante. Dessa vez, vamos pra um lugar que certamente vai ter muitas coisas assim, e...

As vozes ficaram abafadas demais para Kevmo escutar.

Ficou lá por um momento, no beco fedido e sombrio, pensando. As Crianças e a Mãe eram as únicas que saíam de Dalna, então aquilo tinha que ter a ver com elas, mas não seria para fazerem proselitismo, se Treze sabia do que ele estava falando.

Não havia nenhuma prova, mas várias evidências circunstanciais apontavam que a Mestra Zallah e ele tinham razão quanto ao Caminho estar por trás do desaparecimento do Bastão das Estações. Se fosse verdade, o objeto estaria em algum lugar naquelas cavernas ou na nave que estavam construindo lá em cima, a *Olhar Elétrico*. Kevmo suspirou. Não queria ter certeza. Mesmo confiando que Marda não estava envolvida de forma alguma, ela ficaria devastada quando descobrisse. Tanto pela traição da Mãe quanto por Kevmo ser a pessoa a fazê-la perceber.

De ombros caídos, Kevmo saiu do beco e percorreu a última parte do trajeto na rua lamacenta que levava ao porto.

As mesmas três naves estavam no campo aplanado, mas havia detritos por todo lado, e os corredores da nave de remessa estavam cobertos pelo que pareciam ser trepadeiras envelhecidas. Havia plantas similares emaranhadas perto do esquife Jedi. Um dos pés de pouso estava torto, fazendo o esquife inteiro ficar inclinado de forma precária. Levaria um tempo para consertar aquilo. E talvez peças que eles não tinham. Podiam ir para outro lugar sem alguns dos sensores, mas não com o trem de pouso quebrado.

Do outro lado, o escritório de retransmissão e comunicação tinha perdido boa parte da parede. Kevmo ficou de boca aberta por um instante. Parte das entranhas do prédio havia saído para fora — cadeiras e telas e uma quantidade surpreendente de parafusos e painéis enferrujados —, mas parecia que muitos dos aparelhos tecnológicos estavam intactos. Ele se aproximou e viu a xerife humana loira andando ruidosamente com as botas no chão. Ela virou a cabeça ao vê-lo, uma carranca no rosto. Usava fones de ouvido e cobriu o microfone com uma das mãos.

— Sua Zallah Macri está na nave — ela avisou, acenando com a outra mão.

Kevmo devolveu a saudação e correu até o esquife.

A rampa estava estendida e as portas escancaradas, e Kevmo subiu com cuidado para dentro da cabine irregular. Entrou, tirando a umidade invisível do rosto. Tudo estava cheio de vapor, e ele se perguntou se alguma coisa tinha queimado.

— Mestra Zallah?

— Aqui atrás, Kev! — ela gritou, soando como se tivesse algo na boca.

Ele a encontrou na cabine, deitada de barriga para cima e cercada de fios, enquanto enfiava o braço dentro do painel de controle logo abaixo do manche. Seu olhar estava direcionado para cima, mas tinha de fato um cortador a laser preso entre os dentes.

— Ei, precisa de ajuda? — Kevmo se agachou. — Alguma coisa pegou fogo?

Zallah grunhiu, e depois saiu de baixo do ventre do console. Ela cuspiu o cortador a laser na mão.

— Só algumas centelhas quando eu desacoplei o manche. Tinha água até os meus joelhos quando eu consegui abrir as portas. Deve ter entrado quando o trem de pouso quebrou, lá na antepara. Quando secar, espero que muita coisa volte ao normal, mas precisamos de um novo compressor aqui embaixo e eles não têm nenhum no planeta.

Mandei uma mensagem para Porto Haileap, e para Batuu também, como já estava com a mão na massa, só para garantir. Mas acho que vamos ficar presos aqui por pelo menos uma semana.

Kevmo tentou muito ignorar a pequena explosão de alegria ao saber que poderia ver Marda novamente, muito mesmo.

— Está tudo bem, fora isso?

Zallah secou o suor da testa prateada e se sentou. Ela o olhou por um momento, fria, analisando seu estado sujo e enlameado.

— Você está?

— Mmhmm — cantarolou, em meio a um sorriso encorajador. — Não perdemos ninguém no complexo do Caminho, apesar de ter chegado perto.

— E?

— Usei a Força na frente de vários membros para salvar alguém, e... — Respirou fundo. — Acho que foi tudo bem. Depois, fortificamos o celeiro de armazenamento e ficamos instalados lá até ontem, mas tinha tanta coisa a ser feita que eu achei que deveria ficar e ajudar. Você recebeu minha mensagem? Achei ter ouvido sua resposta, mas o comunicador estava difícil de ouvir.

— Os faróis locais estavam apagados, então estavam funcionando em seu próprio alcance, mas sim. Jinx os ligou de volta com um retransmissor em órbita, então pelo menos temos isso.

Kevmo assentiu.

— Foi assim que contatou Porto Haileap.

— Sim. O que foi que o deixou assim?

Fazendo uma pequena careta e torcendo para que ela identificasse sua expressão, porque o conhecia bem e conseguia sentir a Força ondulando ao seu redor, Kevmo falou:

— Acho que eu sei onde o Caminho pode estar escondendo o bastão: naquelas cavernas. Nós pensamos que seria um bom local, mas agora eu as vi, e é extremamente provável que, se eles estiverem por trás do roubo, o bastão esteja lá.

— E?

— Marda me ensinou a navegar pelos túneis.

— Ótimo — disse Zallah sem nenhuma inflexão. E, então, aguardou.

Sob o olhar lavanda e calmo, Kevmo se encolheu ainda mais.

— Senti algo nos túneis... Estava usando a Força, mas era uma emergência, então eu não tinha tempo para investigar. Mas senti algo que pode ser um artefato diferente relacionado à Força.

O olhar de Zallah se estreitou.

— Sabe que é diferente porque...?

— Era o lado sombrio.

A Mestra cerrou a mandíbula, como se estivesse contendo-se para não praguejar.

— E...

— Há mais? — ela exclamou.

— Também ouvi uma das Crianças discutindo sobre um novo serviço que fará amanhã, fora do planeta. Não sei como podem sair do planeta quando tudo por aqui está um desastre...

— Contrabandistas sempre têm os seus métodos.

Kevmo assentiu.

— Você conheceu a Mãe deles?

— Não! — Kevmo deu de ombros, frustrado. — É estranho... Ela não estava por perto. Marda disse que ela provavelmente estava enfiada em sua casa, em harmonia com a Força durante o caos da tempestade. Mas... enquanto toda a sua comunidade estava no celeiro, todos assustados? O Arauto e os outros Anciões estavam presentes. Eu até conheci a prima de Marda. Acho que ela não gosta de mim.

— Ela precisa gostar? — Zallah se permitiu uma pontada de humor em seu tom.

Kevmo riu tristemente de si mesmo.

— Talvez a Mãe estivesse na *Olhar Elétrico*. Eles também podem estar escondendo muitas coisas naquela nave.

O semblante de Zallah se fechou, pensativo.

— Vou tentar descobrir o manifesto dessa nave, e de onde o dinheiro está vindo, enquanto ajudo Jinx a consertar o escritório da estação. E se as Crianças partirem amanhã, nós deveríamos conseguir vê-la, mesmo que não saia deste porto. Já que vamos ficar presos aqui por mais alguns dias, podemos ser pacientes.

— Mesmo se tiraram o bastão do planeta?

— Podem já ter tirado, mas se o perdermos de vista, o encontraremos mais uma vez.

Era tão fácil afundar na confiança dela. Kevmo sentiu seu sorriso se solidificar.

Então, Mestra Zallah falou:

— Me conte mais sobre Marda, Kev. Sei que tem mais coisas a dizer.

Ele estremeceu, mas assentiu.

— Contei a ela sobre Jedha, e acho que ficou intrigada. Ela acha que o Caminho deveria ter representantes na Convocação.

— E você a estimulou.

— Sim, eu não deveria ter feito isso?

Mestra Zallah balançou a cabeça lentamente.

— O que importa é o motivo por trás. Sabe qual é?

— É complicado... mas é verdade. Não sei o que fazer com o que sinto por ela, Mestra Zallah.

A Jedi Soikana apenas esperou pacientemente. Kevmo agachou-se e deixou-se abrir para a Força. O calor o adentrou, iluminando-o como sempre. Respirou fundo. Cutucou os próprios sentimentos.

— Eu acho... acho que não estou em conflito — disse. — Sei o que devo fazer, e quero ouvir a Força e fazer meu dever como Jedi. Eu meio que... gosto muito dela. Essas coisas não precisam entrar em conflito, precisam?

— Você tem permissão para gostar de pessoas e coisas, Aprendiz.

Kevmo assentiu, afoito.

— Sinto que é importante conhecê-la. Talvez por conta desta situação com o Bastão das Estações, ou talvez porque estaremos envolvidos em algo maior relacionado ao Caminho. Ou talvez seja a respeito de Jedha; ela ficou verdadeiramente iluminada quando conversamos. Eu quero... eu quero que ela encontre seu lugar na Força. — Kevmo assentiu de novo, mais para si mesmo, mas encontrou o olhar de sua Mestra.

Zallah manteve o contato visual, o olhar penetrante, e Kevmo continuou a falar:

— Muitas das coisas que ela diz, em que ela acredita, fazem sentido para mim. Os presentes dados livremente, o desejo de viver em harmonia com a Força... Oh.

— Oh, de fato — disse Zallah.

— Estou buscando meu lugar na Força. Meu lugar é aqui na fronteira, com os Jedi.

O lábio de Mestra Zallah se curvou em um dos cantos, um sorrisinho orgulhoso. E logo seu rosto voltou a ficar inexpressivo e sereno.

— É bom que Marda Ro e este lugar o ajudem a compreender a si mesmo. No fim, essa é a única forma de aprender a respirar com a Força, viver como um só com ela. Mas Kevmo... lembre-se de que já conhece a Força. Sabe o que ela é e o que ela significa para você. — Ela estendeu o braço e encostou o punho no peito dele. — É aquele sol dentro de você, e é a Força que o ilumina. A Força que também a ilumina. Se a associação entre vocês permitir que os dois brilhem mais, isso é ótimo. Mas não confunda o brilho compartilhado na Força com algo mais poderoso que a Força.

— Não tem nada mais poderoso que a Força — disse, sentindo a verdade da declaração conforme absorvia o conselho de Mestra Zallah.

Zallah bufou. E disse:

— Certo, me ajude com esta bagunça, para que, quando conseguirmos completar nossa missão, tenhamos como sair destas rochas.

DEZENOVE

Anoiteceu, e Marda respirou fundo, inspirando lentamente, aliviada. Finalmente estava limpa, com um pouco de frio depois de um banho rápido no rio, mas com vontade de voltar à própria célula pela primeira vez em dias. Os Pequenos estavam na cama e dormiam, todos eles, até Jerid, o mais bagunceiro, e a medrosa Utalir. Eles a haviam deixado exausta nos últimos dias, sobretudo antes de poderem sair do celeiro.

Kevmo havia sido uma bênção tão grande ao seu lado. Alegre, forte, ótimo com as crianças e tão pronto para ajudar quem precisasse. Ele salvou a vida do bebê Kessarine. E a de Er Dal, também. Com a Força. Naquele momento, Marda não havia se importado nem um pouco. Jogou suas crenças para longe ao estar frente a frente com o perigo. Mas será que a Força podia mesmo desejar que seres vivos morressem de forma tão violenta, e tão jovens assim?

É claro que absolveu Kevmo da culpa que expressara. O pecado havia sido seu. E, ainda assim, não conseguia se arrepender.

Talvez fosse a Evereni egoísta dentro dela.

Teria tempo para explorar suas dúvidas através do trabalho duro que seria reorganizar o Caminho. Sem Kevmo, que voltara à sua Mestra, e...

Marda pensou que poderia não vê-lo novamente. Ao menos não em Dalna.

As estrelas reluziam lá em cima e a menor das luas se elevou em sua hesitante glória rosada. Marda andou devagar pelo gramado para voltar à estrada, as botas finas grudando na lama. Quando os sóis finalmente secassem esta planície, a grama esmagada pela enchente podia virar tijolos de lama. Era bom que o Caminho não usasse esta área para colheita. Seus campos haviam sido destruídos, é claro. Marda não os vira com os próprios olhos, mas ouvira o relatório de Efrik naquela tarde, antes do banquete comunal. Eles passariam fome — mas, graças à mensagem da Mãe, uma doação generosa havia sido feita por um de seus benfeitores, o que ajudaria o Caminho do fim do verão ao inverno. O anúncio transformou a refeição, improvisada para aproveitar os alimentos perecíveis, em um verdadeiro banquete de agradecimento.

Marda parou debaixo das estrelas e fechou os olhos, levantou as palmas das mãos para cima, murmurou agradecimentos à Força por ter mandado a Mãe até eles, vários anos antes.

— Marda Ro.

Ofegando de surpresa, Marda abriu os olhos e viu o Arauto parado na beira da estrada estreita que levava de volta às células. O luar formava luzes rosadas nos cotocos verdes de seus tentáculos arruinados, e seus olhos eram grandes e negros como o céu.

Ela fez uma reverência de mãos abertas.

— Arauto.

— Venha comigo — disse ele.

Marda pisou o mais leve possível na grama molhada até chegar à estrada.

— Está tudo bem?

O Arauto inclinou a cabeça na direção dela e franziu o cenho.

O sangue de Marda gelou.

— Arauto — sussurrou. Seria sua esposa? Ela não parecia muito animada no banquete. Ou a Mãe, que não havia aparecido. Talvez ela não estivesse meditando em segurança, como prometido, mas estivesse ferida ou em meio às dores de uma visão terrível da Força.

Ele colocou uma das mãos enormes em seu ombro. A calidez dele atravessou suas vestes.

— No momento, não há nada de errado. Todo nosso povo está a salvo. Mas não posso dizer com confiança que tudo está bem.

O que ele saberia? Marda tentou imaginar. O que ela fizera para revelar suas dúvidas? Marda fez um muxoxo, nervosa, e caminhou ao lado do Arauto. A mão dele continuou em seu ombro, então talvez houvesse espaço para ser absolvida.

— Arauto — murmurou.

— Marda — ele respondeu com gentileza infinita.

A resposta deu a ela coragem.

— Como nos apegamos ao Caminho, mesmo quando é difícil? Diante de algo como esta enchente, que quase nos destruiu?

— A Força não está interessada em caminhos fáceis ou difíceis — explicou. — Sua vontade se inclina em direção à vida, à harmonia, clareza e liberdade. Mas a galáxia não. O Caminho da Mão Aberta existe para criar espaço para a Força ser livre. Livre de nossos desejos, livre dos desejos e da vontade dos outros. Vivemos junto da Força.

— Em harmonia. Aris Ade falou que devemos retribuir à Força. Que a verdadeira harmonia é ativa. Devemos ser participantes, não apenas recipientes passivos de seus presentes, ou de qualquer presente.

— Isso é verdade. Eu dou a você, você me dá. Nós não tomamos.

Nós libertamos, Marda pensou. Criar espaço para a Força ser livre, eles diziam, mas outros, inclusive os Jedi, considerariam isso um crime.

— Os Jedi... — começou Marda. Estava incerta de como fazer sua pergunta.

— Tomam. Sei do que aquele jovem fez por nós, mas não era o Caminho. Fico feliz que ele tenha partido.

— Mas, Arauto... era um presente. Para nós. Para mim e para os Kessarines. Kevmo tomou da Força, eu sei, mas ele deu para nós. Como posso condenar isso? — As lágrimas embargaram sua voz.

— Já pensou que o presente que ele lhe deu pode ter custado muito a outra pessoa? — O Arauto perguntou com frieza. — É assim que é a Força. Tome aqui, e prive a galáxia em outro lugar.

Uma falsa vontade imposta aqui, um vácuo lá. Nós não sabemos o que as ondulações farão, mas sabemos que elas existem.

Marda sabia disso. De verdade. Fazia seu peito doer, e ela apertou o colarinho, deixou as unhas agarrarem a túnica.

— A Força permite que os Jedi a usem. Eles são sensíveis e conseguem alcançá-la. Não seria algo que a Força deve querer?

— Marda — criticou o Arauto. — É um desafio resistir ao uso da Força se for possível, mas é um desafio digno. Necessário. Você poderia tomar a comida daqueles que são menores que você, mais fracos que você, mas não faz isso. Você poderia arrancar os frutos de uma árvore. Eles estão lá, esperando, e são fáceis de tirar. Mas não faz isso. A árvore quer ser despida de seus frutos?

Marda abaixou o olhar.

— Os bebês, Er Dal, eles vivem, mas quem morrerá em seus lugares? Talvez alguém que conhecemos. Talvez alguém distante, em Mundos do Núcleo, e nunca saberemos. Esse é o custo de abusar da Força, mesmo que o ganho seja uma vida. Eles poderiam ter sido salvos de outra maneira. Todos nós podemos morrer outro dia, em uma enchente semelhante. A Força deve ser livre.

— A Força será livre — murmurou Marda.

Por um tempo, andaram em silêncio, contemplando e aproveitando a beleza da noite. Ao deixarem o pasto, junto à planície inundável do rio, entraram na floresta esparsa e nos campos floridos perto do complexo. Marda parou. Algo brilhava no chão.

O Arauto parou com ela. Através da vegetação rasteira, remanescente das flores lompop, Marda espiou pequenas formas em tons de azul-claro e violeta. Enquanto observavam, as luzes se moveram para cima dos caules curvados, como se rastejassem. Ao redor deles, centenas das luzinhas subiram da lama e ficaram penduradas nas pontas oscilantes das flores arruinadas.

De repente, uma delas saltou para o céu. Outra a seguiu, e depois, uma revoada delas. Elas flutuavam, pairando com a brisa delicada.

Pareciam vaga-lumes, mas as luzes eram constantes. Eram mais como estrelinhas caídas no planeta, debatendo-se para se livrar da gravidade e voltar ao céu. Marda mal conseguia respirar, encantada e maravilhada.

O Arauto estendeu os braços e pegou uma delas, com as duas mãos em forma de concha. Marda se aproximou, e o Arauto abaixou as mãos, abrindo-as cuidadosamente para que pudessem espiá-la na caverna de suas palmas. Um insetinho se movia entre seus dedos, o corpo inteiro brilhando, roxo.

— Parece uma larva de tremulinseto, mas nunca vi uma delas fazer isso ao abrir as asas.

— Tremulinsetos nascem na lama?

O Arauto jogou o inseto brilhante para cima, suavemente, e ele se afastou.

— Suspeito que esta seja uma variante que hiberna nas profundezas do solo e só emerge quando a terra é suavizada por uma grande enchente.

— Ah — expirou Marda. A enchente que destruiu tanta coisa, matou gente na cidade, quase tirou a vida de alguns do Caminho, era o único motivo pelo qual esses pequenos insetos-estrela acordaram e voaram.

— Dalna pode ter preferido sacrificar algumas de suas pessoas pelo bem dessas criaturas — ruminou o Arauto. — Quem sabe qual será o papel delas no ecossistema, na saúde do mundo inteiro.

— Compreendo — assentiu Marda.

— Compreende mesmo?

— A Força *deve* ser livre. — Marda juntou as mãos abertas para o céu, e então curvou os dedos, fechando os punhos. — É algo que vale a pena ser defendido, pelo qual vale a pena lutar. É isso que quero fazer.

— É importante ter um lar, manter um espaço, é tão importante quanto lutar — disse o Arauto. — Devemos ter as duas coisas.

Marda ouvira aquilo muitas vezes. Não respondeu. Mas estava pensando em Jedha, na Convocação e na falta de representatividade do Caminho da Mão Aberta. A voz dos Jedi certamente era alta, e tão forte, e Marda duvidava que qualquer um os desafiasse abertamente, não como ela faria. Não como já fizera.

Kevmo ficaria contente. Os dois poderiam trabalhar em prol da harmonia com a Força, e talvez, um dia, encontrar formas de os Jedi e o Caminho chegarem a algum tipo de entendimento.

O coração de Marda pareceu brilhar como os insetos. A Mãe se recusava a permitir que se tornasse uma das Crianças, dizendo que seu lugar era no Caminho, criando um lar, cuidando dos Pequenos, mas decerto essa ideia tinha mérito. Todos concordavam que a fé de Marda era pura. E até mesmo suas dúvidas a levaram a uma clareza maior; sabia disso agora. Era assim, assim que poderia retribuir à Força, retribuir a si mesma livremente.

Um sorriso começou a se espalhar em seu rosto. Mal podia esperar para contar para Kevmo — se pudesse vê-lo de novo. Talvez o surpreendesse um dia, encontrando-o em Jedha. Mas ela poderia contar para Yana, e Ferize, Er Dal e Fel Ix.

— Há algo que quero discutir com você, Marda Ro — disse o Arauto.

— Ah — exclamou Marda, desprevenida. Ela achara que...

Marda abriu as mãos novamente e fez uma reverência.

— O que sabe a respeito dos planos de sua prima?

— Yana?

— Sim.

A confusão abafou a empolgação de Marda.

— Ela não tem planos. Só servir as Crianças, e... — Marda fez uma pausa. Talvez tivesse a ver com Kor, não com o Caminho. Abaixou o olhar educadamente. — Ela se importa com sua filha, Arauto. Tenho certeza de que seus planos são bem-intencionados.

O Arauto cantarolou uma nota insatisfeita.

— Yana Ro pretende partir.

Por um momento, o queixo de Marda caiu. A expressão do Arauto era fria, mesmo no luar rosa leitoso. Seus olhos negros não continham nada que pudesse ler. Marda piscou de perplexidade, e o fez outra vez.

— Yana é uma das Crianças — disse, então. — Ela parte o tempo todo.

— Para sempre — o Arauto esclareceu, num tom mais cortante.

— Não, não. — Marda balançou a cabeça.

— Sim. Deixar não só Dalna, mas o próprio Caminho. E está tentando levar minha filha junto.

— Isso... é impossível.

O Arauto colocou a mão no ombro de Marda de novo. De forma mais dura.

— Yana e a Mãe têm um combinado. Depois dessa... missão... amanhã, Yana pretende declarar que suas obrigações foram cumpridas e que está livre do Caminho, e partirá.

— Obrigações? — Marda se afastou do toque do Arauto. — Nós não devemos nada à Mãe! Nem ela a nós. Nós... nossos compromissos são presentes dados livremente. Se Yana quisesse partir, ela poderia fazê-lo. Não há por que negociar. Você está errado.

— Não estou.

O peso de suas palavras e sua certeza prenderam Marda à estrada. Parecia que sua pele estava derretendo lentamente do corpo, escorre-escorre como toda aquela chuva.

O céu noturno cintilava. A lua emprestava a luz rosa a Dalna. E os insetinhos voaram para longe, afastando-se mais e mais de Marda, deixando-a sozinha na escuridão.

— Ela não me abandonaria — sussurrou Marda.

— Considere que sim — disse o Arauto.

Marda engoliu em seco — e foi o que fez. Yana era sua única família. Precisavam uma da outra. Yana sempre disse que a galáxia odiava os Everenis e que precisavam se manter unidas. O que a teria feito mudar de ideia? Não — não Kor, não o amor. Marda tinha um sentimento muito forte por Kevmo, conseguia imaginar... estar com ele. Ao seu lado, viajando e compartilhando a Força, não que isso fosse possível, mas... nem mesmo seus sentimentos por ele fariam com que abandonasse Yana. Yana era uma parte tão intrínseca sua quanto o próprio Caminho. Família.

— Pode convencê-la a ficar — disse o Arauto mais suavemente. — Por você. Por sua família. Pela Força. Nós todos precisamos uns dos outros, e precisaremos ainda mais nos dias que estão por vir.

— P-por quê? — Marda conseguiu dizer. — O que está por vir?

O Arauto balançou a cabeça.

— A Mãe está se preparando; para o que, ela não diz. Está se preparando há meses. A *Olhar Elétrico* faz parte disso: nosso santuário, nossa forma de espalhar nossa missão. Talvez seja só isso, a nova expansão do Caminho de volta às estrelas. Mas não podemos perder nenhuma das Crianças.

Lentamente, Marda assentiu. Respirou com cuidado, trazendo o próprio horror para dentro de si. E percebeu que também estava com raiva. Da ideia de que Yana poderia partir, sobretudo sem contar para Marda. Estava furiosa! Era como um banho de água fria, e, ao se deixar sentir, veio a clareza. Talvez fosse esta a certeza aliviadora do seu povo.

— Vou lembrá-la disso. — O olhar de Marda endureceu, e ela o voltou às estrelas. Disto sabia: o Caminho era a única vontade verdadeira da Força, e ela deveria percorrê-lo. Com as mãos abertas, em harmonia com a Força. Talvez essa clareza ardente, essa compreensão de onde o futuro a levaria era o verdadeiro significado da *Olhar Elétrico*.

Disse ao Arauto:

— Vamos partir de Dalna, mas na *Olhar Elétric*o, e levando o Caminho conosco. Mas faremos isso juntas.

VINTE

Yana conectou a última luz e suspirou quando esta acendeu. Finalmente. Havia acabado de substituir e programar as luzes das cavernas na hora certa. Tinha que ir a alguns lugares.

Só um, na verdade.

Yana guardou as ferramentas e abriu um sorriso exausto para os Anciões que passavam por ela com seus poucos pertences em mãos. Todos estavam de volta para onde deveriam estar, e Yana tinha até mesmo conseguido instalar alguns sensores de umidade mais para dentro das cavernas, além das luzes. Da próxima vez que as cavernas inundassem, todos seriam avisados muito antes.

Yana considerou isso um presente de despedida para aqueles que haviam cuidado dela a vida inteira.

Assim que terminou de guardar as coisas, Yana voltou ao lado de fora, ao ar fresco. Não pegou a rota que passava pela sala de audições da Mãe. Desde a enchente, a Mãe tinha repassado todas suas mensagens por meio do Arauto, e Yana tinha a impressão de que, se tentasse falar com a Mãe diretamente, seria rejeitada. Fosse porque Yana havia caído no conceito dela ou porque a Mãe estava ocupada demais com seus próprios assuntos, Yana não tinha certeza. O Caminho não gostava de desertores, e logo todos saberiam que ela planejava partir, e todos decidiriam que era seu papel convencê-la a ficar. Yana vira isso em ação uma única vez, quando a irmã mais velha de Treze fugira do Caminho para ter uma vida em qualquer lugar que não fosse Dalna. A Mikkiana havia ficado sentada no meio do campo de reuniões por dias, enquanto cada Ancião, pai, Pequeno e iniciado tentava fazê-la voltar à razão.

No fim, ela ainda partiu. O Caminho não era a galáxia, e havia muito mais maravilhas do que montanhas majestosas, lompops silvestres e a árvore da aurora. Não tinha como Dalna ser suficiente para todos, e não o fora para ela.

E também não seria para Yana. Desejou poder fazer Marda entender, mas nada parecia mais improvável. Ela queria amarrar Marda e levá-la a um lugar mais seguro. Queria que Marda ficasse, fosse feliz, se tornasse o tipo de Anciã do Caminho que qualquer um respeitaria. Ou não. Queria que Marda fosse verdadeiramente feliz, não a felicidade falsa e vazia da vontade e escassez que o Caminho pregava. Queria que tivessem partido muitos anos antes. Queria ter acabado em qualquer outro planetinha de nada. Queria ver Marda feroz e pronta para lutar pelo que amava, em vez de vê-la humilde e subserviente.

Queria partir naquele exato instante.

Mas não era só Marda que fazia Yana querer mais do que uma fuga. Queria que Kor fosse com ela. Queria Kor ao seu lado, para ver as maravilhas da galáxia. Queria que Kor a amasse o suficiente para que fossem juntas.

Mas era provável que só um dos desejos de Yana se tornaria realidade. Ela partiria.

Yana não tinha intenção alguma de permitir que a Mãe ou o Arauto a forçasse a uma longa despedida. Em vez disso, faria o que Everenis faziam há séculos: desapareceria sem deixar nenhuma pista, sumiria na imensidão da galáxia. Só precisava dos créditos que a Mãe devia a ela para escapar. Não pediria para Kor ou Marda irem com ela.

Kor sabia que ela estava indo embora, e se quisesse acompanhá-la, ela diria. Yana não sabia o que faria sem a presença estável de Kor. Mas também a amava o bastante para não pedir que ela fosse junto. Ou talvez só tivesse medo de sua resposta.

E Marda? Bem, Yana não conseguiria suportar ver a tristeza nos olhos da prima quando ela decidisse ficar no Caminho.

Estava escuro lá fora quando Yana saiu da entrada principal das cavernas. Piscou, esperando sua visão se ajustar. Ela tinha perdido mesmo tanto tempo? Havia sido consumida pelo trabalho nas cavernas, e sua barriga fisgava, devido à falta de comida. Precisava encontrar algo para comer.

Yana deixou as ferramentas na cabana de Cincey, a humana sumida, provavelmente fazendo as próprias coisas, e foi à cozinha para ver se conseguia filar um naco de queijo ou alguma outra coisa antes de ir para a cama. No dia seguinte, viajaria até Thelj com Kor, Treze e Cincey. Só de pensar nisso Yana fez um muxoxo, agitada. Eles tinham conseguido toda a informação que Cincey pôde arrancar na holonet sobre o complexo dos Graf em Thelj, e não era muita coisa. Algumas imagens e vídeos de engajamentos sociais, um documentário sobre quanto os Graf tinham pagado para construir o local — um jardim exuberante em meio a um oceano congelado e ermo, acossado por baleias do gelo que várias vezes tentavam transpor a superfície perto demais do complexo — e o anúncio do casamento de uma certa Pamalonia Graf com um herdeiro de transportação de Coruscant. Além disso, não havia muita coisa.

A situação prometia ser feia.

— Yana!

A Evereni se virou, abafando um bocejo. Sua prima pisoteou o chão até ela, o rosto retorcido em uma expressão desconhecida: raiva.

— Você está indo embora? — Marda estava quase gritando.

Yana piscou, surpresa.

— Quê? Só amanhã — disse Yana. — Achei que tinha te falado.

— Não com as Crianças — Marda vociferou, a voz parecendo um grunhido com a força de sua raiva. — O Arauto me contou que você está deixando o Caminho!

Yana praguejou em cada língua que conhecia e acrescentou outros insultos que já ouvira uma ou outra vez em tavernas de docas.

— Vamos falar sobre isso em outro lugar — sussurrou. Pegou o canto da manga de Marda e a arrastou até a estrada que levava à sua câmara.

A câmara de Yana ficava mais perto que a de Marda. Assim que entraram, Yana fechou a porta e se apoiou nela, e Marda começou a andar de um lado para o outro. Yana demorou um momento para colocar os pensamentos em ordem, mas infelizmente Marda viu isso como um sinal para começar sua discussão antes que Yana pudesse dizer qualquer coisa.

— Yana. Você não pode partir. Estava falando com o Arauto, e você não pode. Não há outro lugar para nós. Até o Arauto disse isso.

Yana sorriu e tirou as vestes, mantendo apenas as calças pretas e justas e a camisa de manga comprida que sempre usava por baixo.

— É uma galáxia enorme. E, ouso dizer, o Arauto só viu uma parte bem pequena dela.

— Não seja assim — respondeu Marda, um tremor entrando em sua voz.

Yana suspirou e deixou-se cair na cama, batendo no espaço ao seu lado para que Marda a acompanhasse. Quando eram pequenas, este quarto era compartilhado pelas duas. A cuidadora dos Pequenos naquela época, uma velha Twi'lek chamada Hialeah, se recusara a deixar que as duas dormissem com os outros Pequenos, preocupada que, pelo fato de serem Everenis, machucariam as crianças mais fracas. Não importava que Hialeah as conhecesse desde sempre; seu decreto durou até crescerem o bastante para poderem reivindicar os próprios quartos, como iniciadas.

Yana se perguntava se Marda se lembrava daquela época de suas vidas da mesma forma que ela, ou se as lembranças da prima haviam sido suavizadas, tornando a situação mais suportável.

Marda observou Yana por um longo momento antes de subir na cama com ela. As duas ficaram deitadas como quando eram crianças: de costas contra a parede, os pés pendurados para o lado. Yana envolveu a prima com os braços e ficou em silêncio por um momento, suas respirações eram o único som do quarto: a de Yana, regular e estável; a de Marda, irregular, com seu temperamento minguante.

— Você não se lembra de quando viemos para cá — disse Yana. Não era uma pergunta. Já haviam tido esta conversa antes, e ela sabia que as lembranças de Marda eram embaralhadas e sem sentido. Não se lembrava da última noite que passaram em Genetia e de como os residentes ficaram contra elas, acreditando que era por causa delas que a colheita fracassara. Marda não se lembrava de como seu pai lutara violentamente para elas poderem escapar, nem de como suas mães mataram uma família de Theelins para ficar com a nave deles. Não se lembrava dos dias de fome e frio quando os sistemas de respiração assistida começaram a falhar. Ela definitivamente não se lembrava de quando a nave fora rebocada por um arrastão Hutt no caminho para Nar Shaddaa, nem como as lesmas tentaram forçá-las a serem escravas, antes de o Caminho se meter e pagar por sua soltura. Marda só conhecia a segurança do Caminho, a segurança e a sensação de pertencimento — mesmo que condicional — que o Caminho providenciava.

— Mas eu me lembro — continuou Yana. — E sei que isto, assim como todo o resto, é uma mentira. Temporária e arbitrária, um presente dado pela Força que pode ser facilmente tirado de nós. Um dia, o Caminho não vai mais existir. A Mãe virará pó. O Arauto virará cinzas. Mas nós ainda seremos Everenis, Marda. E nós ainda estaremos à procura de um lar.

— Dalna é o nosso lar — começou Marda, mas Yana pegou a mão dela e a apertou.

— Dalna é o seu lar — corrigiu Yana, a voz suave, o mais gentil possível para atravessar o muro de dor e raiva ao redor do coração de Marda. — Você ama este planeta. Mas este não é o meu lar. Nós somos Everenis e, até nossos corações escolherem outra terra, nós não temos lar. Você escolheu Dalna, e ele a escolheu. Mas meu lar se perdeu no fluxo e refluxo da Força. Meu lugar é lá fora, nas estrelas, livre para escolher minha própria direção. Para encontrar um lugar para *existir*, e nada mais. Você encontrou o seu, prima querida. E agora preciso encontrar o meu.

— E Kor? — perguntou Marda. Sua raiva havia se esvaído, como Yana sabia que aconteceria. Marda nunca conseguia ficar muito tempo com raiva.

— Não pedirei a ela que venha comigo — disse Yana. — Da mesma forma que não pedirei isso a você. Amo as duas mais do que o ar em meus pulmões, mas sei que você e Kor pertencem a Dalna. Ela tem a mãe e o pai, mesmo que ele seja um filho de um jacaré do gelo.

— Yana! — exclamou Marda, escandalizada. — Não pode falar assim do Arauto.

— Bem, mas ele é — disse Yana, sentindo-se menos como a prima de Marda e mais como um dos Pequenos.

Marda suspirou e encostou a cabeça no ombro de Yana.

— Não sei o que vou fazer sem você. Como pode deixar o Caminho e tudo que temos aqui?

Yana engoliu em seco. Essa seria uma conversa mais difícil. Everenis sempre partiam. Era algo que as mães das duas lhes ensinaram quando ainda eram muito pequenas, a arte de dizer ou evitar dizer adeus. As próprias mães que as deixaram no Caminho, não? Mas falar sobre crença e fé, bem... Everenis não tinham tanta habilidade com essas coisas.

— Você devia tomar cuidado com os ensinamentos do Caminho. Só pense um pouco sobre eles — disse Yana, finalmente.

Marda levantou a cabeça para olhar para Yana.

— O que quer dizer?

— Quero dizer... você não acha estranho que, quando os campos apodreceram, de repente surgiu um benfeitor que vai nos sustentar pelo restante do verão e do inverno?

Marda piscou, pensativa.

— Bem, a Força...

— A Força não se importa conosco, Marda! — Yana foi incapaz de segurar a própria língua. — Pense sobre a galáxia, o tamanho dela. Pense sobre todas as pessoas que existem lá fora, todos os diferentes tipos de animais e planetas e tudo mais. Você realmente acha que a Força se importa mais com meia dúzia de párias em um pequeno planeta no meio do nada?

— Como pode falar assim sendo uma das Crianças? — perguntou Marda baixinho.

Yana se levantou. A exaustão pesava sobre ela, e o olhar no rosto de Marda a fazia sentir como se tivesse acabado de comer o bicho de estimação preferido da prima.

— Talvez algum dia você também consiga sair de Dalna, Marda. E não será algo triste. Será o que você sempre deveria ter feito.

Marda cerrou a mandíbula, teimosa, um pouco daquele fogo voltando a queimar em seus olhos.

Yana suspirou. Isto não iria a lugar algum, mas tudo bem. Marda era adulta. Aprenderia sozinha. Yana abafou um bocejo.

— Preciso sair de manhã cedo e tive um longo dia. Você deveria ir embora.

Marda assentiu e ficou de pé. Ela ficou ao lado de Yana por um bom tempo, olhando-a.

— Você não vai me abandonar. Nos abandonar — disse Marda. — Não para sempre. Estarei esperando de mãos abertas quando perceber o seu erro. A Força a aceita como é, e eu também aceito.

Yana assentiu e conseguiu evitar estremecer quando Marda a envolveu em um abraço apertado demais. E, então, a prima foi embora.

Demorou um tempo até Yana conseguir deitar-se no colchão, o apetite esquecido. Só conseguia pensar na prima vivendo um belo sonho de pertencimento e aceitação, de uma conexão profunda com a Força e as pessoas que a cercavam. Yana queria poder cair tão facilmente nessa fantasia. Como seria delicioso poder flutuar a cada dia em uma bolha de calor e ilusão.

Mais do que isso, ficava preocupada com o que aconteceria quando sua prima finalmente acordasse.

VINTE E UM

Kevmo achara que o tempo extra em Dalna havia sido um presente, mas isso foi antes de perceber o tanto de trabalho a ser feito após uma enchente. Todos em Ferdan tinham alguma tarefa que ficaria mais fácil com a ajuda dos Jedi, e Kevmo acabou correndo de uma operação de limpeza para uma operação de construção e para a preparação de exportação de vinho de fruto de gnostra, sem intervalos. No fim do longo dia, olhava para Zallah, perguntando-se se isso fazia parte do que significava ser um Jedi, e ela só sorria.

— Não temos para onde ir e nem como chegar lá até o esquife ser consertado. Então, é nosso dever espalhar a luz enquanto estivermos aqui. Boa vontade — ela murmurou quando estavam sozinhos, o que não tornou o dia de Kevmo nem um pouco menos tenso. Só reforçava que haviam, a certo ponto, perdido o foco da missão. O Bastão das Estações estava sob o controle do Caminho da Mão Aberta, e era trabalho deles, como Jedi da Ordem, tomá-lo de volta. Kevmo não podia deixar de sentir que deveria estar passando tempo com o Caminho, tentando descobrir a localização do bastão, ou se o Caminho havia vendido o artefato, pelo menos.

Elevar o galinheiro de pintinhos de samambaia para reconstruí-lo não necessariamente ajudaria nesse objetivo.

Mas Zallah estava calma e incitava Kevmo a ser paciente.

— O Caminho vai recuar se forem pressionados de forma muito agressiva. É melhor esperarmos pacientemente até que eles cometam um erro. E vão cometer, Padawan. Todos nós cometemos. Os erros do Caminho serão nossa oportunidade.

Depois do jantar, frustrado e sem querer trazer o assunto à tona com a Mestra mais uma vez, Kevmo pediu licença para andar pelas ruas de Ferdan. Kevmo não tinha destino; deixou a Força levá-lo pelas ruas. Apesar de estar tarde, ainda havia luz do lado de fora, e os negócios do mercado estavam minguando, conforme os vendedores empacotavam suas ofertas escassas e retornavam para casa. As coisas estavam começando a voltar ao normal depois da enchente, mas o mercado era um indicador claro de que não tinham chegado lá. Ainda.

— Kevmo? O que você ainda está fazendo aqui?

O Padawan deu meia-volta e viu Marda andando, atordoada, a tinta azul manchada e a expressão abatida. Kevmo foi até ela de imediato, preocupado.

— Nosso esquife foi danificado, e estamos esperando as peças chegarem. Ei. Está tudo bem? — perguntou. Antes que pudesse dizer qualquer coisa, Marda soltou o cesto e caiu em prantos, seu desespero se tornando um vórtex sugador de emoções contra o qual Kevmo precisou lutar para manter a própria identidade. Nunca sentira nada em Marda além das emoções mais leves. O que a perturbava tanto? — Foram os Pequenos? Eles estão bem?

— Sim, sim, eles estão bem — Marda ofegou, enquanto Kevmo pegava suas compras e a guiava a um canto mais afastado do mercado. Na sombra, colocou a mão debaixo de seu cotovelo, oferecendo apoio. Marda lutou para se recompor, abraçando a própria barriga. Kevmo percebeu que queria fazer mais do que segurar seu cotovelo. Queria abraçá-la, provocá-la até sorrir de novo. Mas não fez nada disso, simplesmente esperou a tempestade de suas emoções diminuir.

— É Yana. Minha prima. Acabei de descobrir que ela pretende sair do Caminho, e não sei o que fazer. Pensei que... — A voz dela morreu. — Não sei o que pensei. Que ficaríamos juntas até nos tornarmos Anciãs, suponho.

— As pessoas costumam sair do Caminho com frequência? — perguntou Kevmo, tentando manter a empolgação fora de sua voz. Isso não parecia uma grande tragédia para ele, e a Força estava lhe oferecendo a oportunidade de aprender mais sobre o Caminho sem insistir. Devia ser o tipo de coisa que Zallah quis dizer. Kevmo se sentiu um pouco culpado por bisbilhotar, mas Marda parecia querer conversar, então ele ficou mais do que feliz por poder ouvir.

— Não, não com frequência — disse, sacudindo a cabeça com tanta força que as mechas pretas e sedosas de seus cabelos escaparam da trança. Sem conseguir se controlar, Kevmo colocou uma delas atrás da orelha de Marda, que inspirou suavemente e o encarou. — Por que fariam isso?

Marda parecia prestes a entrar de novo em uma espiral de desespero, então Kevmo segurou sua mão entre as dele e a apertou. O contato pareceu mais íntimo do que planejara, e Marda pausou quando seus olhos se encontraram.

— Kevmo — murmurou, e uau, o nome soava tão bem dito assim. Ela manteve os lábios abertos ao terminar de dizer seu nome. As pontas de seus dentes cintilaram.

— Por que não tomamos um gelo saborizado? Por minha conta — ofereceu Kevmo, um pouco rouco. Apontou para uma barraca ali perto, quebrando o intenso contato visual. — E aí podemos sentar e conversar melhor, tá?

Marda assentiu sem dizer uma palavra, e Kevmo se perguntou se havia cometido um erro. Se havia se excedido. Gostava de Marda. Não queria vê-la em problemas por algo que a seita da Força fizesse. Ela tinha um bom coração, e acreditava verdadeiramente que a Força podia ser ferida, ou que usar a Força significava machucar pessoas do outro lado da galáxia. Kevmo não acreditava nisso, mas também não achava que Marda era uma pessoa ruim. Até pessoas boas se confundiam, às vezes, e ele era capaz de apostar que a Mãe era a pessoa que os Jedi procuravam. Parecia estranho que não a tivesse visto uma única vez em todas suas visitas ao Caminho.

Pegando o cesto de Marda com cuidado, ele a levou à barraca de sobremesas.

Kevmo escolheu um sorvete amarelo-berrante de maçã solar, e Marda escolheu um sorvete púrpura de fruto de durga. Foram a um banco e se sentaram tão perto que seus braços roçavam. Os sóis finalmente se punham, e o ar noturno esfriava rapidamente. Comeram os doces em silêncio, e Kevmo estava começando a pensar que talvez tivesse calculado mal, talvez tivesse sido muito agressivo. Ele era um Jedi. Marda poderia pensar que qualquer interesse que demonstrasse nela era um gesto fútil, na melhor das hipóteses. O que... realmente era. Precisava ser. Ele iria embora, e ela continuaria lá, porque as coisas eram assim. Isso não deveria deixá-lo tão infeliz.

— Obrigada. E sinto muito — Marda disse, enfim, assim que terminaram os sorvetes e devolveram os recipientes ao vendedor. — Não costumo ser tão emotiva.

— Eu sei. — Kevmo abriu um sorriso gentil. — Quer falar sobre isso?

— Não sei — disse Marda. — Sim, quero. Mas não sei como estou me sentindo. Quer dizer, estou triste, mas também estou... com raiva. E não sei o que fazer com isso.

— Com raiva de sua prima por querer partir? — perguntou Kevmo, e Marda balançou a cabeça.

— Não, estou com raiva dela porque ela tem tudo e não é suficiente — explicou Marda. — Ela tem um lar, mas não o vê. Ela é uma das Crianças, Kevmo! A Mãe a escolheu para uma tarefa muito especial e, ainda assim, ela vai virar as costas para isso? Para nós?

— As Crianças? — perguntou Kevmo. Marda as mencionara antes. — As que saem pela galáxia para espalhar as crenças do Caminho?

— Sim, mas fazem mais do que isso. São os membros mais confiáveis do Caminho. Comungam regularmente com a Mãe e o Arauto, fazem o trabalho duro de sair galáxia afora. Como Yana pode compartilhar a mensagem do Caminho se não é parte das Crianças?

— Talvez ela queira fazer isso de forma diferente — sugeriu Kevmo. — Lembra quando falei sobre a Convocação em Jedha? Lá eles discutem coisas e falam sobre muitos assuntos diferentes e, então, levam esses diálogos de volta aos seus respectivos grupos, mas, às vezes, também recrutam peregrinos em Jedha. Há muitas formas de comungar com a Força — disse Kevmo, pausando ao ver a expressão de Marda se iluminar.

— É isso! Yana e eu... nós podemos ir para Jedha juntas. — Marda levantou-se em um pulo. — Yana já é uma das Crianças, e talvez esteja cansada de seu trabalho ser tão infrutífero. Já foram a Hynestia e Hon-Tallos e não conseguimos recrutas de nenhum dos dois até agora. Deve ser tão difícil para Yana tentar ficar convencendo as pessoas da retidão do Caminho, sem sucesso.

— Eu... eu não tenho certeza se é por isso que Yana vai partir — começou Kevmo, tonto com a confirmação de que as Crianças haviam ido para Hynestia, mas Marda estava tão encantada com a própria ideia que não o ouvia.

— Acha que... quando você partir... — disse Marda, virando seus lindos olhos para Kevmo. Com Marda radiante de paixão, ele se sentiu caindo na escuridão estrelada daqueles olhos, afogando-se em suas profundezas. Sabia que estava sendo fantasioso, mas definitivamente conseguia sentir-se na empolgação inebriante de Marda. Sobretudo quando ela estendeu as mãos, virando as palmas para cima, como o Caminho fazia. — Kevmo, você acha que Yana e eu poderíamos ir com você?

Kevmo piscou para ela, surpreso pela pergunta.

— Hã, bem, nós vamos voltar para Porto Haileap. Mas acho que a Mestra Zallah não se importaria de dar uma carona?

— Podemos ir até Jedha saindo de Porto Haileap?

— Ah, claro... — A voz de Kevmo foi morrendo quando finalmente notou a gravidade da ideia de Marda. Levantou-se para encará-la. — Espere, você vai para Jedha?

— Sim! O Caminho deveria ter um representante na Convocação, certo? E Yana tem experiência em contar aos outros sobre a Força. Acho que ela poderia me ensinar a fazer o que ela faz, e então eu posso substituí-la. Assim, ela não vai abandonar a Força. Além do mais, ela vai conseguir sair de Dalna como deseja. — Marda jogou os braços ao redor de Kevmo e ele congelou, a princípio chocado pelo contato físico.

— Kevmo — Marda respirava perto de sua orelha —, é o que a Força quer. Não está sentindo? A enchente, o anúncio de Yana bem antes de ela ir para Thelj amanhã de manhã, tudo isso... está certo. É exatamente o que a Força quer. Presentes dados livremente.

Kevmo piscou de perplexidade quando Marda o soltou.

— Marda — ele começou, mas parou. Marda o olhava intensamente, e um calor estranho começou a se espalhar pela barriga de Kevmo.

Então, Marda o beijou. Sua boca só roçou de leve na dele, e Kevmo estava vagamente surpreso que Everenis beijavam outras pessoas, considerando aqueles dentes afiados.

Então, acabou, e ele estava tonto de novo e sem respirar.

Ele a encarou, e os olhos de Marda também estavam enormes. Ela colocou as mãos em suas bochechas, os polegares acariciando suavemente as tatuagens de família.

— Marda, isso... — Mas Kevmo não conseguiu terminar, porque Marda o puxou para ela, beijando-o mais.

Por um momento, Kevmo se perdeu, o gosto e o cheiro e tudo de Marda. Ela tinha um gosto gelado do sorvete tão recente em sua língua, gosto de frutos escuros, e era tão cuidadosa, mesmo inclinando a cabeça para aprofundar o beijo.

Kevmo estava em chamas, as mãos cheias de sol e dos quadris de Marda, mas precisou parar para respirar e se afastou.

Marda sorriu, deixando-o. Suas mãos caíram pelas laterais do corpo. Ela o olhava como se ele fosse sua coisa favorita. Sob aquele olhar inebriante, era difícil voltar a pensar. Ele nunca... isso havia sido...

E queria que ela fizesse tudo de novo.

Não podia deixar. Deu um passo para trás.

— Eu, hã, deveria levá-la de volta. Um dos residentes disse que a enchente pode ter chamado os jacarés de gelo mais cedo e, pelo que ouvi dizer, eles são bem desagradáveis.

— Sim, você tem razão — ela falou. Marda entrelaçou os dedos aos dele e abriu um sorriso ao pegar o cesto de novo. Kevmo devolveu o sorriso e andaram de volta até o Caminho em um silêncio que, ao menos para Kevmo, pareceu bastante carregado. A mão dela parecia a única coisa real, e estava grato pelo contato, ou ele provavelmente teria levado aquela mão para encostá-la na boca.

Marda cantarolava baixinho enquanto caminhavam. Kevmo também estava grato por isso. Sem conversar, conseguia concentrar-se em se recompor. Ele recebeu a calidez da Força a cada passo, sua iluminação tão clara que obliterou suas emoções abundantes.

Chegando ao portão da fronteira, Marda falou:

— As Crianças partiram de novo, e não esperamos que voltem por vários dias. Mas, quando elas voltarem, se você e sua Mestra Zallah permitirem, espero que Yana e eu possamos ir junto. Vou convencê-la e conseguir as permissões de que preciso.

Kevmo só conseguiu assentir, atordoado. E Marda riu, alegre. Assim como sentira seu desespero mais cedo, sua nova esperança o atacou. Logo, não ficou surpreso quando ela pulou na ponta dos pés para beijá-lo de novo. Então, acenou e o deixou lá.

Quando Kevmo voltou a Ferdan, foi direto para o quarto da estalagem. Mas Zallah estava sentada lá, esperando-o com uma expressão perplexa no rosto.

— Padawan — disse ela, levitando o sabre sobre a mão de forma distraída, o que fazia quando tinha um tópico difícil a discutir. — A Senhora Jara falou que o viu no mercado pouco tempo atrás.

O estômago de Kevmo pareceu afundar.

— Oh.

— Oh, de fato — disse Mestra Zallah com um suspiro, pegando o sabre de luz de onde ele pairava, diante dela, e o colocando de volta no cinto. — Sente-se. Vamos conversar sobre vínculos.

VINTE E DOIS

Marda se preparou com extremo cuidado para a audiência com a Mãe. Estava mais limpa do que jamais estivera, os cabelos trançados de forma elaborada debaixo do capuz cinza simples e, após afundar os dedos na tinta azul de concha-brikal, Marda fechou os olhos e desenhou as três linhas da Força enquanto expirava devagar.

Estava preparada.

No dia seguinte, Yana e as Crianças voltariam da missão atual. Antes disso, Marda conseguiria permissão da Mãe para levar Yana junto e estabelecer o Caminho em Jedha como parte da Convocação.

Seus argumentos eram fortes e haviam sido pensados exaustivamente. Marda havia passado todas as horas dos últimos três dias trabalhando com os Pequenos e meditando sobre esse futuro. Ela não tinha sensibilidade à Força, mas, se pedisse de mãos abertas, a Força sempre ofereceria uma resposta. Esse plano juntava todas as habilidades que Marda cultivara até então em sua vida, e as de Yana, também. Era uma aventura em nome da Força; era sair de Dalna sem sair de seu lar ou do Caminho. Marda e Yana continuariam juntas, do jeito que ela sabia que suas mães queriam, ainda que Yana não quisesse admitir.

A certeza se acomodou no peito de Marda como um órgão novo e brilhante criando vida, porque ela acabara de descobrir quem deveria ser.

Conforme andava até a casa de campo da Mãe, Marda cruzou as mãos sobre o sentimento. Sentia-se tão quente, e estava assim desde que havia beijado Kevmo. Talvez, ela admitiu para si mesma outra vez, o calor da estrela dentro dela fosse um pouquinho como um presente dele. Ela o aceitaria, e o empregaria com toda a devoção que conseguisse reunir.

E, se tudo corresse bem, poderia beijá-lo de novo.

Um sorriso contraiu seus lábios. Mal acreditava que fizera aquilo, em primeiro lugar — seu único beijo anterior não havia sido tão doce, e acabara muito mal. Uma humana no mercado de Ferdan o oferecera como um presente dado livremente, em troca da flor que Marda dera a ela. A garota a beijou na bochecha e Marda virou o rosto para beijar-lhe o canto da boca — mas então o pai da menina a arrastou para longe, citando um misto de ódio contra o Caminho e os Everenis que Marda levou semanas para destrinchar. Yana a consolou, mas disse "é para isso que servem seus dentes", com um rosnado.

Yana provavelmente não gostaria nem um pouco se descobrisse que Marda beijara um Jedi. Problema dela, Marda pensou, dando pulinhos eufóricos ao andar.

A casa da Mãe florescia com uma abundância de cores, mesmo depois da enchente. Os jardins estavam exuberantes como sempre, ainda que um pouco lamacentos. Ela nunca perdia terrenos inteiros para pragas ou secas, graças à intensidade de sua conexão com a Força. As flores eram o melhor sinal de que a Força havia abençoado a Mãe e, através dela, o Caminho da Mão Aberta. Enquanto continuassem florescendo, Marda saberia que sua fé era verdadeira.

Sorriu e abriu as palmas das mãos para o Wookiee Jukkyuk, que estava parado na entrada como um guarda de honra. Ele devolveu o gesto: os dedos almofadados estavam manchados de azul, e não a cara, devido à predominância de pelos. O Wookiee abriu a porta para Marda e ela entrou. A casa de campo era apenas a entrada das cavernas da Mãe, mas continuava sendo um monumento a um lar construído com amor. Marda ficou aliviada de ver que a enchente não a havia danificado nem um pouco. Foi até as escadas e desceu até a sala de audições da Mãe.

Era raro que Marda a visitasse, mas sempre amava fazê-lo: a opala solar brilhando entre estalactites e estalagmites, os azuis cálidos e os grossos tapetes cinza e as almofadas conferiam à sala uma suavidade e um conforto que Marda desejava saborear.

A Mãe estava sentada em uma almofada exuberante, segurando sua enorme joia roxa no colo. Ao seu lado estavam o Arauto e os Anciões Aris Ade e Delwin. A metade superior dos rostos dos três estava completamente pintada de azul, como dizia a regra dos Anciões do Caminho. Marda ficou surpresa que sua plateia incluiria os três, mas não se desencorajou. Na verdade, poderia deixar tudo mais fácil. Aris Ade, em particular, havia incentivado Marda a escolher uma forma de participar do Caminho mais ativamente.

Marda ajoelhou-se e fez uma reverência profunda, as mãos abertas no colo.

— Mãe, Arauto, Anciões.

— Marda — disse o Arauto. — Você veio diante de nós com um pedido.

Marda voltou o olhar para a Mãe, que contemplava a joia enorme, acariciando-a com as duas mãos, seu peso ficava visível pela forma como a embalava. Ela soltava um leve brilho lavanda nos dedos da Mãe, que evocavam os galhos de uma árvore no pôr do sol. E sua superfície pareceu mudar, lembrando Marda da maioria dos ovos dos Kessarines antes de eclodirem.

Alguém limpou a garganta, e Marda tirou os olhos da joia estranha.

— Eu... sim, Arauto. Tenho um pedido a fazer para a Mãe e os Anciões do Caminho. — Sorriu de leve para Aris Ade, que retribuiu com um largo sorriso.

Finalmente, a Mãe ergueu a cabeça.

— Espero que não seja o mesmo pedido, Marda Ro. Não vou torná-la uma de minhas Crianças.

Marda enrijeceu ao sentir a antiga decepção sacudi-la. Então, assentiu.

— Eu aceito o fato, Mãe. É um pedido diferente, que acredito que beneficiará o Caminho enormemente.

— Vamos ouvi-la — disse a Mãe, os traços suavizando ao encorajá-la.

Sentindo-se apoiada, Marda falou:

— Minha prima Yana está deixando o Caminho.

O Arauto franziu o cenho.

— Fui incapaz de persuadi-la, por muitos motivos. Sinto muito por ter falhado. Mas... — Marda olhou para os mais velhos. — Quero ir junto com ela.

Os olhos da Anciã Aris Ade se arregalaram em choque. O Ancião Delwin, um Weequay cuja expressão Marda sempre achara difícil de ler, ficou de queixo caído — o que era bem fácil de ler. Foi o Arauto quem falou.

— Marda Ro — ralhou, sombrio.

Mas a Mãe ergueu uma das mãos, embalando a joia pesada em seu colo com a outra.

— Deixe Marda falar, Werth. Ela não vai deixar o Caminho.

— Não, jamais faria isso. — O tom de Marda era passional. — Quero levar Yana para Jedha e estabelecer o Caminho lá.

A expressão da Mãe ficou severa, de uma forma que Marda nunca vira antes. Mas ela não disse nada.

— Jedha! — disse Aris Ade.

Marda assentiu. Manteve a atenção na Mãe.

— Há um Conselho de adeptos da Força em Jedha, sem nenhuma voz do Caminho. Nele acontecem diálogos sobre a Força que afetam não só a Orla Exterior, mas a galáxia inteira!

Marda controlou o entusiasmo, determinada a apresentar seu caso de forma simples e diplomática. Não era mais uma criança; isso não era um capricho.

— Jedha não seria nada além de uma distração do Caminho — disse a Mãe.

Marda pausou, surpresa. Não havia esperado uma frase tão dura vinda da Mãe. Ela ajoelhou-se de novo para se recompor.

— Jedha — disse o Arauto — é uma boa ideia.

A Mãe lançou-lhe um olhar cortante, e então se virou para Marda, o sorriso aquecendo.

— Continue paciente, Marda Ro. Logo, a *Olhar Elétrico* estará completa e todos nós iremos para as estrelas. Tinha pensado em deixá-la encarregada deste lar em Dalna, mas se está determinada, pode se juntar a nós. Quando ocorrer. Em breve.

Aris Ade virou uma das mãos enrugadas, com a palma para cima.

— Marda, acha que poderia guiar o Caminho em Jedha, em meio a tamanha distração e ruído?

— Sim — respondeu de imediato. Era difícil não fechar suas mãos em punhos. — Sei que consigo. Faço isso todos os dias de minha vida. Eu dei conta do Jedi.

— O jovem Jedi é muito aberto com você — disse o Ancião Delwin, e Marda nem conseguiu evitar baixar o olhar, de tanta vergonha que seu tom de voz lhe causou.

— Os Jedi têm sido um desafio que enfrentei bem — insistiu, suave.

— Padawans não são um desafio — declarou a Mãe, que havia voltado a atenção à joia, acariciando-a suavemente. Ela pareceu responder ao afeto brilhando mais.

— Mãe — tentou Marda. — O que... é isso?

A Mãe sorriu.

— Um presente da Força.

Marda a encarou, procurando o que a Mãe via naquilo, mas a falta de sensibilidade de Marda perante o desejo direto da Força não permitiu que apreciasse a joia da mesma forma. Na verdade, quanto mais olhava para ela, mais ficava arrepiada. Nunca poderia admitir aquilo. Fez um muxoxo e endireitou os ombros de novo.

— Não seria sábio mandar minha prima e eu primeiro até Jedha, como... como uma vanguarda? Aprender como o planeta é, como é o Conselho? Yana é uma das Crianças há anos e conhece suas necessidades, Mãe. E eu tenho experiência com a doação do Caminho e em passar despercebida.

— Duas Everenis dificilmente passarão despercebidas em um local como Jedha — observou o Ancião Delwin.

Marda tinha uma resposta para isso, e falou, afoita:

— Duas Everenis, trazendo apenas presentes dados livremente, e o pacífico Caminho da Mão Aberta, podem ser exatamente o que as pessoas precisam lá. Às vezes, a surpresa é a melhor porta aberta.

A Mãe sorriu para Marda de forma indulgente, e ela sentiu a vitória se aproximar.

Mas o Arauto franziu o cenho.

— Essa dificilmente é uma habilidade que Yana tem.

— Ela é uma das Crianças — disse Marda, levemente confusa. — É claro que o proselitismo é uma de suas habilidades.

— Você não veio aqui para argumentar pelas habilidades de Yana — falou Aris Ade.

— Sim — disse Marda. — Estou aqui porque sou a opção adequada para isso. Conheço o Caminho. Eu vivo o Caminho, Mãe. Não ouço a Força como a ouve, nem sou abençoada com visões, mas trabalho todos os dias para viver em harmonia e clareza com ela. Jurei que vou torná-la livre. É... é o que mais quero. E é o que parece certo. Me doar ainda mais para a Força e o Caminho. Estou pedindo essa oportunidade para ser, eu mesma, um presente dado livremente à Orla Exterior. Por favor.

Os dois Anciões e o Arauto observaram Marda com o que pensou ser aprovação. Ela não acrescentou nada ao argumento. Este era o cerne: ela era uma discípula devota do Caminho, ansiosa para espalhar sua fé, e era singularmente equipada para representar o Caminho em Jedha. Eles concordariam. Precisavam concordar.

— Eu não quero o Caminho em Jedha no presente momento. — O tom da Mãe era categórico.

Sem ar, graças à firme negativa, Marda fez uma reverência.

— Mãe. Yana vai nos deixar. Para sempre. É a única maneira.

— Implorar é indecoroso — advertiu a Anciã Aris Ade, mas com muita gentileza.

As lágrimas queimaram na garganta de Marda. Assentiu, ainda na mesma posição.

— Um dia, fará parte de nossos melhores membros — disse a Mãe. — Mas este dia não é hoje. Seja paciente.

— Logo, Marda-chi — acrescentou Aris Ade.

Era o bastante para dispensá-la. Marda ficou de pé, trêmula, e olhou para a Mãe. Seus olhos se fecharam, e segurou a joia contra o corpo como se já estivesse comungando com a Força. Marda olhou para o Arauto, que parecia insatisfeito. Ela havia falhado com ele, também, tentando encontrar uma forma de manter Yana no Caminho com eles.

Com uma reverência final, Marda saiu apressada.

De volta à superfície, debaixo do sol, enterrou as mãos na barriga até sentir as pontas das unhas. Isso não parecia certo. Ela sabia que precisava ir.

Levantando o rosto na direção dos sóis gêmeos brilhantes, ela os encarou. Seus olhos podiam suportá-los mais do que a maioria, mas ainda queimavam quanto mais os olhasse.

Eu não quero o Caminho em Jedha no presente momento, a Mãe dissera. As palavras ecoaram no crânio de Marda.

Eu não quero

Eu não

Eu

Não a Força.

Marda franziu o cenho. Ela nunca havia ouvido a Mãe expressar as próprias necessidades de tal maneira. Eram sempre as necessidades da Força, a vontade da Força.

Não — havia sido um deslize. Até onde Marda sabia, a Mãe era a vontade da Força.

Respirando fundo, Marda afastou o olhar dos sóis. Contaria o plano para Yana, e também o que a Mãe e os Anciões haviam dito. Talvez fosse o suficiente para manter Yana lá por algumas semanas, até a *Olhar Elétrico* estar completa.

Marda voltou ao coração da comuna para encontrar seus Pequenos. Não havia sido derrotada — só precisava ser paciente. Agora que sabia o que devia fazer, agora que a ideia criara raízes dentro dela, não desistiria. Ela só encontraria uma forma de mostrar à Mãe, à prima e ao Caminho inteiro que essa era a vontade da Força.

VINTE E TRÊS

Yana não queria romantizar seu último trabalho com as Crianças, mas notou que não conseguia. Até a presença de um prospector encardido, com dívidas desconhecidas para com a Mãe, não estragou tanto o brilho da nostalgia.

A *Scupper* de Sol Dobbs era uma nave de lazer dilapidada que fedia a fumaça doce e peixe velho. Quando embarcaram, Treze começou a reclamar sobre como humanos cheiravam mal, ou pelo menos Sol cheirava, e Yana pensou: *É quase a última vez que vou ter que aguentar Treze reclamando sem parar*. Quando ele começou a criticar o plano para conseguir entrar no complexo, que envolvia uma tradição secular de Thelj chamada Rito de Hospitalidade, Yana nem se irritou.

Era incrivelmente libertador saber que estava partindo, mesmo que os olhares magoados de Kor parecessem disparos reais de blaster se alojando em seu peito.

Yana tentou falar com Kor quando embarcaram na nave, mas a Nautolana jogou os tentáculos capilares sobre o ombro e ignorou Yana, preferindo conversar com Treze, que ficou encantado com a mudança. Yana não disse nada nem demonstrou sua frustração.

Em vez disso, colocou o cinto e começou a ler um dos mais novos romances da holonet. Esse era sobre uma senadora que se apaixonava por um Jedi, que ficava dividido entre sua lealdade à Ordem e o amor de sua vida. Yana achou meio exagerado, mas era uma boa forma de passar o tempo no hiperespaço, especialmente porque Thelj ficava a quatro setores de distância de Dalna. A viagem teria levado vários saltos nas rotas públicas do hiperespaço, mas Sol tinha o código de acesso a uma rota privada do hiperespaço, então a viagem inteira só levaria três dias, no total: um dia e meio para ir e um dia e meio para voltar. Ele definitivamente era a fonte das outras rotas privadas da Mãe. Yana se perguntou, e não era a primeira vez, como a Mãe fazia esses contatos se era apenas uma profeta trabalhando para manter o equilíbrio da Força. Parecia uma prova óbvia de que a Mãe não era quem dizia ser. Felizmente, em breve isso deixaria de ser problema de Yana.

Só das pessoas que você está deixando para trás, sussurrou uma voz traidora em sua cabeça. Ela a esmagou.

Considerando as informações de Sol, Cincey mandou uma pergunta à secretária pessoal de Jacinda Graf, a dona do complexo em Thelj, a respeito de os Graf possivelmente venderem as Lágrimas de Jedi. Havia boatos de que o artefato fazia parte do mesmo conjunto do Bastão das Estações, que eles haviam pegado em Hynestia, e, na mensagem, Cincey fingiu ter interesse em fazer uma oferta para comprar o artefato em nome da família real de Hynestia. A resposta foi educada e direta: Jacinda Graf e seu séquito estariam fora do planeta até o próximo mês, pelo menos, mas ela ficaria feliz em discutir uma possível transferência de posse algum tempo após seu retorno.

Era tudo que Yana precisava para o plano fazer sentido.

Um complexo cheio de Graf teria sido um problema. Os Graf eram conhecidos por serem uma família brutal de prospectores de hiperespaço, uma das primeiras no início da corrida. Até os holodocumentários a que Yana assistira discutiam a dedicação dos Graf à segurança, uma forma agradável de dizer que eram conhecidos por não terem nenhuma misericórdia ao lidarem com seus inimigos.

Mas, se nenhum Graf estivesse lá, fazia sentido que a segurança não fosse tão pesada. Empregados sempre ficavam menos atentos quando os empregadores não estavam por perto, então Yana começou a pensar que esse plano poderia dar certo.

— Vocês aí deveriam se aprontar — chamou Sol da cabine quando saíram do hiperespaço com um solavanco. — Nós já estamos chegando.

Yana pegou as vestes e as jogou sobre a camisa e calça, pretas e justas. Seu equipamento de corte estava preso ao quadril, e observou Kor começar a se alongar, como sempre. Treze também a observava, e piscou para Yana quando seus olhares se encontraram.

— Não acredito que você vai deixar tudo isso para trás — disse, antes de se afastar para usar o banheiro na parte de trás da nave. Yana esperou até ouvir o clique do mecanismo de tranca antes de se virar para Kor.

— Nós vamos conversar ou você vai fingir que eu estou aqui parada falando sozinha? — perguntou Yana.

Kor bufou.

— Foi você que decidiu que eu não existo mais, não o contrário.

— Kor — começou Yana, mas então balançou a cabeça. — Você tem razão. Eu deveria ter te contado primeiro. Antes de falar com a Mãe. Mas estamos falando sobre deixar o Caminho e Dalna há anos.

— Exatamente. — Kor cercou Yana, esquecendo o alongamento. — Então, por que agora? Por que você decidiu de repente que é uma boa hora para partir se você nunca teve pressa antes?

— Kor. Tem Jedi em Dalna. É só uma questão de tempo até eles encontrarem os artefatos nas cavernas.

— E daí? A Força vai nos proteger — disse Kor. — Ela quer ser livre e, ao tirarmos esses artefatos daqueles que querem explorar a Força, nós estamos ajudando a manter o equilíbrio dentro dela.

Yana balançou a cabeça.

— Os Jedi usam a Força, e se a Força realmente sentisse alguma coisa, eu duvido que os Jedi ainda existiriam. — Yana olhou para a cabine. Sol pilotava a nave por cima de uma paisagem frígida e plana, que parecia um oceano esmeralda e congelado. Yana abaixou a voz.

— A Mãe vai guiar todos para longe de Dalna assim que a *Olhar Elétrico* estiver completa, de qualquer forma. — Assim que as palavras saíram de sua boca, ela sentiu como estavam certas. — Partir agora é a única forma de partir livremente — disse, mostrando os dentes, incomodada.

Kor balançou a cabeça.

— Você está errada. Partir com a Mãe também é libertador. O trabalho dela com a Força salvou a vida da minha mãe.

— O remédio que o Caminho finalmente comprou salvou a vida da sua mãe — disse Yana com um suspiro. — Kor, eu te amo. Meu coração se parte quando penso em deixá-la. Mas como eu posso te pedir para vir comigo se você ama tanto o Caminho, quando sua mãe está em recuperação?

— Você deveria ter pedido — disse Kor. Então, a nave começou a aterrissar e não havia mais espaço para conversas quando Treze saiu do banheiro, as facas presas nas bandoleiras que cruzavam seu corpo.

— Certo — chamou Sol da cabine. — Eu nos deixei a um quilômetro do complexo, então vocês vão precisar caminhar um pouco no frio. Tem umas capas que eu consegui filar pra vocês parecerem peregrinos de verdade.

— Elas fedem — reclamou Treze, abrindo o compartimento que Sol indicou.

— Você realmente acha que devotos religiosos têm tempo de parar e lavar roupa? — o humano retorquiu. — Vocês têm quatro horas. Esta nave vai ficar ligada, então se apressem. O combustível continua caro, por causa da guerra entre E'ronoh e Eiram, e depois disso vai ser arriscado ver se vamos conseguir ou não sair do planeta e ir ao ponto de encontro. Entenderam?

As Crianças assentiram. Então, Sol abriu a rampa de embarque. Foram atingidos por um sopro de vento gelado que açoitou suas vestes e capas, e, apesar do cheiro do material, Yana estava grata pelas camadas. Quase não sentiu o frio, mas em Thelj fazia mais frio do que em Hynestia, e Yana teve dificuldade de andar na paisagem congelada.

Só mais um trabalho, pensou, e colocou o pé no gelo.

Os assentamentos de Thelj existiam apenas em zonas temperadas criadas pelos primeiros colonos do planeta. Os dados que Yana lera declaravam que o planeta havia sido criado como uma potencial colônia para a República aproximadamente três séculos antes, mas pouco depois o sol do planeta se apagou, entrando em colapso até não sobrar nada. O resultado foi um planeta que congelou rapidamente, matando quase todos os que não foram capazes de escapar. Alguns cientistas encontraram maneiras de usar o núcleo planetário para criar ventilações de ar quente, que possibilitavam a existência de vida, e, à distância, a abóbada da única cidade de Thelj, Bhatiqu, reluzia. Mas esse era o único ponto de referência da paisagem inteira. Gelo verde se estendia diante deles em todas as direções, o brilho suave das luzes sob a abóbada era o único sinal de que não eram as únicas criaturas vivas em todo o planeta.

— Nós estamos no lugar certo? — perguntou Kor. Sua voz parecia mais alta que o normal. Não havia som algum, agora que o vento havia morrido, só um silêncio pesado que parecia pressioná-los por tudo que era lado. A quietude era um conforto, porém, aliviando um pouco o ar cortante.

— Aquele lá é o complexo Graf. — Yana indicava um lugar menor e iluminado no horizonte. Não havia nenhuma abóbada, mas o complexo Graf era o próximo passo na engenharia que permitia Bhatiqu existir, um sistema de geradores atmosféricos que usavam a energia do núcleo do planeta para criar uma zona temperada.

— Olhem — disse Treze, apontando para o gelo debaixo das botas. Bem lá embaixo, sombras escuras se moviam em padrões circulares hipnotizantes.

— É um oceano. — Yana gesticulou para abarcar a paisagem que os cercava. — Ou talvez um tipo de lago. Deve ser por isso que é tão plano.

— Nós deveríamos nos apressar. — Kor olhou para as criaturas que os circulavam mais abaixo. — O gelo é grosso, mas eu não quero tentá-los.

Começaram a andar a passos largos. Não corriam, mas quase, e, ao verem a sentinela do complexo Graf, caminharam de forma trêmula, os ombros curvados contra o frio que invadia seus ossos e corpos. Yana desejou que tivessem se preparado mais para o clima.

A sentinela era monitorada por um droide fiscal muito brilhante. Até os Graf não eram tão desalmados a ponto de obrigarem uma pessoa de verdade a ficar fora da zona temperada. Mas isso parecia um pouco exagerado.

— Declarem ao que vieram — exigiu o droide. Havia vários painéis, que certamente continham blasters e coisas piores.

— Viemos invocar o Rito de Hospitalidade. — Yana escolheu as palavras com cuidado. A pesquisa que fizera deixava bem claro que o Rito de Hospitalidade precisava ser invocado, e, mesmo assim, só permitia que os hóspedes aquecessem os ossos por uma hora, a não ser que uma oferta adicional fosse feita pelo anfitrião. Yana não achou que uma oferta assim estava por vir, então, invocar a antiga tradição de Thalj serviria mais para conseguirem acesso ao local do que qualquer outra coisa.

O droide hesitou antes de responder.

— O Rito de Hospitalidade foi reconhecido. Procedam, por favor.

Yana assentiu e eles continuaram o trajeto, o ar se aquecendo rapidamente. Foram só alguns passos até seus ombros relaxarem, a temperatura mudando de frígida para balsâmica em questão de passos. Quando finalmente conseguiram entrar nos jardins, Yana tirou a capa emprestada e estava começando a querer tirar as vestes do Caminho, também.

— Posso ajudar? — alguém trinou da porta mais próxima. Uma humana de pele pálida e uniforme da casa estava ali perto, de pé, o blaster inconfundível em seu quadril.

— Perdoe-nos, gentil amiga — disse Treze, o Mikkiano entrando no papel sem esforço. — Somos apenas peregrinos humildes procurando nos aquecer por um momento.

— Vocês têm uma hora. Só isso — lembrou-os a humana, a simpatia desaparecendo. — E nem tentem começar com aquela besteira de Igreja da Força.

— Nós não somos da Igreja da Força. — Kor fez uma reverência, as mãos estendidas, as palmas encarando o céu gelado lá em cima.

— Não me importo se vocês são Jedi — disse a mulher. — Vocês podem ficar aqui, no jardim de espera, por até uma hora, e então devem ir embora.

— Isso não será problema, e sentimos muito pela imposição — disse Yana, a cabeça abaixada. — Suponho que haja um banheiro que eu possa usar?

Os lábios da mulher se retorceram de irritação, e então ela soltou um suspiro pesado.

— Siga-me.

Yana seguiu a mulher, mas, ao fazê-lo, duas pessoas vestidas de forma semelhante — um grande homem humano, com tatuagens azuis em espiral cobrindo seu torso nu, e um Duros mais baixo, de pele verde-azulada e olhos vermelhos esbugalhados — foram para o jardim supervisionar Treze e Kor ostensivamente. Uma pontada de preocupação atingiu Yana, mas ela abafou o sentimento. Tudo bem. Eles conseguiriam.

O banheiro ficava no fim de um longo corredor, e a mulher o indicou com um aceno de mão. Yana fez uma reverência no estilo do Caminho, palmas das mãos para cima, e entrou. Não tinha muito tempo, precisava ser rápida.

No banheiro, Yana pegou o kit hacker e o enfiou na entrada conectora usada para ajustar as luzes do espaço. Uma das coisas curiosas que havia lido sobre o complexo é que tudo era controlado por um único sistema. Os controles ambientais, o sistema de segurança e as comunicações operavam através do terminal central. Isso significava que, na teoria, a comunicação e a segurança podiam ser alcançadas através dos controles ambientais. Nem sempre funcionava assim, sobretudo quando um bom engenheiro era paranoico o suficiente para se certificar de que haveria uma barreira impressionante entre os sistemas, mas pessoas ricas eram engraçadas, porque nem sempre pagavam pelo melhor tipo de ajuda quando se tratava de coisas como suas redes.

E Yana ficou satisfeita de descobrir que os Graf eram como muitas das pessoas ricas que as Crianças roubavam: mais preocupadas em economizar um crédito do que verificar o trabalho daqueles que empregavam. Não havia barreira digital entre os controles ambientais e os outros, então ela acessou as funções de segurança facilmente.

Bem na hora que os gritos começaram.

Yana deixou o kit hacker onde estava e abriu a porta, só para encontrar a humana de costas para ela, olhando na direção dos sons que vinham do jardim. Claramente esperando os gritos. Yana não tinha certeza do que estava acontecendo, mas uma coisa era certa: os sons desesperados vinham de Kor. E se sua namorada estivesse em apuros, a única coisa que poderia fazer seria tirar todos os obstáculos no caminho de sua segurança.

Yana se moveu com rapidez, a furtividade Evereni ao seu lado. Foi preciso um simples passo para agarrar a cabeça da humana e torcê-la para a direita para quebrar seu pescoço. A mulher caiu no chão como uma pilha de roupa suja. Humanos eram tão frágeis. Às vezes, Yana achava incrível que eles sobrevivessem até a vida adulta.

E então estava atravessando o corredor depressa, na direção do jardim e dos sons de luta mais além.

Quando entrou no jardim, as luzes cegando-a por um instante antes de sua visão se reajustar, Treze tentava se defender do Duros com as facas de arremesso, e Kor saltava sobre um telhado próximo. O humano com o blaster apontou para ela, e Kor levantou as mãos, rendendo-se.

Yana não hesitou. Correu até o humano, que se virou para ela no último instante. Ele disparou, mas Yana já estava bem agachada, evitando o tiro. Deslizou até o homem querendo chutar seu joelho, que torceu da forma errada, fazendo um ruído nauseante.

— Argh! — berrou ele, disparando com selvageria. Yana não parou. Ela saltou nas costas do homem, de alguma forma evitando os tiros de blaster. Usou as unhas, enfiando-as na pele suave do pescoço do homem. Sangue jorrou e o humano engasgou, mas Yana já estava perseguindo o segundo guarda enquanto o corpo do primeiro caía no chão com um baque seco.

O Duros virou-se para Yana, e Treze aproveitou a oportunidade para esfaqueá-lo com sua faca longa. Quando o guarda já estava no chão, Kor pulou do telhado e veio ficar ao lado deles, segurando a lateral do corpo.

— Você está bem? — perguntou Yana ao pegar o blaster que o humano havia derrubado, e Kor balançou a cabeça.

— Não — respondeu ela, a voz baixa. Ela ergueu a mão para revelar um longo talho em suas vestes, empapado de sangue verde-vivo. — Mas vou sobreviver.

— O que aconteceu? — Yana perguntou.

— Não sei como, mas eles sabiam o motivo de estarmos aqui — disse Treze. — Como se alguém tivesse *contado* para eles.

— Você desarmou o sistema de segurança? — perguntou Kor, encolhendo-se ao ajustar o peso.

A fúria cresceu sob a pele de Yana conforme pressionava a mão contra a ferida sangrenta de Kor. *Alguém contou para eles.*

— É, mas esquece isso — disse Treze. — Precisamos cair fora daqui. Deve ter mais do que três guardas em um lugar tão grande.

— Precisamos encontrar o artefato — lembrou Kor. Mas, assim que as palavras saíram, ela caiu para a frente, Yana reagindo rapidamente para pegá-la.

— Kor — disse Treze, arregalando os olhos, alarmado. — Você está bem?

Kor não disse nada, e, quando Yana passou o braço ao redor da cintura da namorada, a cabeça dela caiu. Ela estava visivelmente inconsciente, e um pedacinho de pânico começou a brotar na barriga de Yana.

— Nós precisamos voltar para a nave — falou. Pegou as capas que haviam jogado fora, enrolou Kor com uma delas e jogou outra por cima dos ombros. Treze não se moveu, e Yana se virou para encará-lo, irritada.

— Treze, este não é um bom momento — começou, antes de ver a faca saindo pela garganta dele. A resposta foi só um gorgolejo molhado conforme ele caía no chão, e Yana piscou, estupidamente chocada. Era a faca de Treze que o Duros, que ainda não estava morto, tirou do próprio peito e arremessou. Ele estava caído no chão, gravemente ferido, mas ainda era uma ameaça.

Sem dizer uma palavra, Yana apontou o blaster para o Duros e apertou o gatilho, de novo e de novo, até o blaster parar, precisando ser recarregado. Então, jogou-o no chão.

— Treze? — chamou Yana, mas o Mikkiano não falava nada. As gavinhas capilares imóveis e o sangue formando uma poça ao seu redor, encharcando a grama tenra, eram mais do que uma resposta.

— Precisamos sair daqui — disse Yana. Conseguia ouvir passos distantes, mas, com o sistema de segurança sob seu controle, nenhuma das portas se abriria, a não ser que ela deixasse. Ela não podia pegar o artefato, não que fosse tentar naquele momento, mas precisava levar Kor para um lugar seguro antes que ela perdesse mais sangue.

Yana deixou o complexo Graf, o peso de Kor tornando a caminhada desajeitada, enquanto virava as duas em direção à sentinela. Só tinham dado alguns passos para fora do complexo quando Kor acordou, o ar frio dando um tapa na cara que nem a Nautolana ferida poderia ignorar.

— Estou bem — disse Kor, sonolenta, mas Yana só continuou a andar. Havia quase um quilômetro entre o complexo e a *Scupper*. Elas conseguiriam chegar lá.

Yana precisava acreditar que conseguiriam.

Não levou muito tempo no frio para Yana perceber que ela e Kor não estavam em um bom caminho. A temperatura havia caído ainda mais, então as capas não as protegiam muito. O vento ficou mais forte, a fúria gelada cortando o tecido como facas frígidas. O sangue de Kor já tinha ensopado as vestes, então a umidade fria também estragava as vestes de Yana, congelando-as e fazendo o material se retorcer e se abrir de forma estranha. Yana tentava não pensar, tentava não sucumbir ao pânico que a arranhava. Mas, quando Kor caiu pela segunda vez, recusando-se a se levantar do gelo, Yana não podia mais evitar a realidade da situação em que se encontravam.

— Kor. Você precisa se levantar. É só mais um pouquinho. — Não era verdade. Yana não fazia a mínima ideia de onde Sol estava. Ele não estava no lugar onde o haviam deixado, e não se via o contorno de nenhuma nave no horizonte. Yana conseguia sentir o dano que o frio estava causando em seu corpo. Everenis não eram, de maneira alguma, frágeis, mas as capas não eram páreo para o clima de Thelj. Sobretudo agora que o vento havia voltado. Ela tentou contatar Sol pelo comunicador, mas não havia nada além de estática.

Como se alguém tivesse contado para eles, Treze dissera.

Kor agarrou Yana assim que o solo começou a tremer. Primeiro, Yana pensou que era um terremoto, mas, ao olhar para baixo, percebeu que as sombras escuras das baleias embaixo do gelo haviam se juntado novamente, desta vez em maior número do que antes. O estrondo veio mais uma vez e o gelo rachou, o barulho surpreendentemente alto, apesar do vento uivante.

Yana engoliu o medo.

— Kor, se nós não sairmos daqui, vamos virar almoço.

— Você deveria ter pedido.

Yana piscou de perplexidade e, por um longo momento, achou que, talvez, Kor estivesse sonhando. Mas aquele olhar aquoso a estava focando, mesmo que o rosto de Kor estivesse contraído de dor.

— Quê?

— Você devia ter pedido. Para eu ir. Eu teria dito que sim.

Yana ficou tonta, como se tivesse levado um golpe.

— Mas sua mãe. E o Caminho. E o seu pai. Eu não podia pedir para você deixar para trás tudo que ama.

— Eu te amo... mais — disse Kor. Sua cabeça caiu para o lado, e lágrimas quentes queimaram os olhos de Yana. Não conseguia se lembrar de quando havia sido a última vez que chorara, mas fazia muito tempo.

— Kor? — sussurrou. Sua mente sabia que ela havia partido. O corpo de Kor estava estranho, mas Yana sacudiu-o mesmo assim. — Levanta, Kor! Nós precisamos continuar.

Mas não houve resposta.

As baleias embaixo do gelo golpearam a barreira outra vez, mais forte do que antes. Yana se desequilibrou, e inúmeras rachaduras apareceram ao seu redor. Precisava sair de lá.

Por um momento, ponderou se deveria levar o corpo de Kor com ela, levá-la de volta para Dalna. Mas outro golpe contra o gelo era tudo de que Yana precisava para perceber que, se não saísse de lá, as duas seriam devoradas pelas criaturas mais abaixo.

Beijou Kor uma última vez e enlaçou um dos tentáculos capilares ao redor dos dedos.

— Seu pai tinha razão. Você é boa demais para mim.

Então, Yana endureceu seu coração e partiu pelo gelo em direção ao ponto de encontro.

Só havia dado alguns passos quando o gelo fraturou, fazendo-a correr para longe. Houve um momento de pânico em que Yana achou que cairia, mas aguentou, e logo encontrou um terreno mais firme. Uma olhadela por cima do ombro revelou as formas escuras movendo-se sob o gelo e puxando o cadáver de Kor, arrastando-a até o buraco feito pelas criaturas.

Um presente dado livremente, Yana pensou, amarga.

Yana correu. O exercício a aqueceu um pouco, e, quando viu a *Scupper*, as brasas de sua raiva arderam até virarem chamas. O comprador de informações não estava onde deveria estar, e, quando Yana bateu na lateral da nave para entrar, encontrou o homem apontando um blaster na altura do peito dela.

— Não achei que você voltaria — disse ele. — A Mãe não comete erros.

— A Mãe. — A voz de Yana era fria.

— Não quero me meter em problema — disse ele, o rosto pálido suando, apesar do ar frígido. Não parecia surpreso ao ver Yana sozinha, e isso confirmava tudo. Havia sido uma armadilha.

— O que ela disse para você fazer?

— Trazê-los até aqui.

— E o que mais? — grunhiu Yana.

Sol hesitou.

— Você sabe que eu poderia matá-lo antes mesmo de você apertar esse gatilho, não sabe? — ameaçou Yana. Não era verdade, mas Everenis tinham uma reputação na galáxia. E, como comprador de informações, Sol definitivamente já tinha ouvido histórias sobre a brutalidade de sua espécie. Ele hesitou. Ela se aproximou. — Mesmo que você aperte o gatilho, vou fazer pulseiras com os seus intestinos.

— O que você quer? — perguntou o prospector, tentando fechar a cara.

— Ela nos mandou aqui para morrer. — Yana respirou fundo duas vezes, encarando Sol. — Você ligou para eles, não ligou? Alertou os Graf?

— Eu faço o que ela pede.

Yana mostrou os dentes afiados.

— Por que eu não te destruo aqui mesmo e deixo sua pele congelar até virar sobremesa para aquelas baleias do gelo?

— Vou te levar de volta para Dalna — disse ele, dando um passo para trás, o blaster ainda nela. — Você pode resolver isso com Elecia. Mas precisa pilotar durante a viagem. Não vou aceitar que corte minha garganta enquanto estivermos no hiperespaço.

Yana não o faria, porque não sabia pilotar a nave. Mas ela assentiu, deixando a fúria e o luto projetarem um brilho mortífero em seus olhos. Ele havia chamado a Mãe de *Elecia*. Ela também diria esse nome, logo antes de retalhar a garganta da Mãe.

Sol foi com ela até o banheiro e a trancou lá. A mudança repentina de temperatura causou-lhe uma série de espasmos pelo corpo. Abraçou os joelhos e ouviu os sons da nave decolando, e alimentou a chama tremulante do próprio ódio.

A Mãe pagaria pelo que fez. Yana se certificaria disso.

VINTE E QUATRO

Era o fim da manhã, e os dois sóis de Dalna ardiam sobre Kevmo enquanto ele rodopiava o sabre de luz, em um de seus movimentos favoritos. A Mestra Zallah sorriu de verdade ao se aproximar e encontrar seu sabre de luz com o dele. O azul-frio e o amarelo-brilhante cantaram juntos. Kevmo sentiu a Força ao seu redor, pulsando através dele, os batimentos acelerando no coração.

Estava tão em paz durante a atividade física e a Força viva que sentiu facilmente quando uma terceira presença se juntou à Senhora Jara e sua vizinha, uma mulher Trandoshana cujo braço esquerdo estava se regenerando. Uma presença não hostil, bem-vinda, que não abalou Kevmo de forma alguma, pois ele notava gradualmente que a conhecia.

Mestra Zallah mudou de tática para terminar a sessão rapidamente, e Kevmo ficou se esquivando, gargalhando quando seus pés aterrissavam perfeitamente, apesar do cascalho áspero que ainda restava no quintal da Senhora Jara depois da enchente. Ofegou enquanto desligava o sabre de luz e fez uma reverência para Mestra Zallah com o sabre em mãos. Ela devolveu a reverência sem sorrir, mas a satisfação queimava em seu sereno olhar lilás.

Os dois se despiram até ficarem só com a calça e a camisa de baixo, mas, ao contrário de Kevmo, que suava feito um javali de pinheiro Alderaaniano, Mestra Zallah não parecia nem corada. Talvez seu povo inteiro fosse assim, mas era provável que ela simplesmente fosse melhor em regular as reações corporais através da Força. Kevmo ficou empolgado para aprender a fazer isso um dia — se é que esse dia chegaria.

Kevmo devolveu o sabre de luz ao coldre em seu cinto e se voltou à plateia. A Senhora Jara ficou ouvindo tudo, ao mesmo tempo que fingia torcer o nariz para as perguntas gentis que Marda fazia sobre a lesão da Trandoshana. Quando Jara notou que os Jedi haviam terminado, ela se levantou.

— Um show impressionante. Vou sentir falta de assisti-lo quando forem embora. Mas não tanta quanto dos músculos da Força.

Zallah assentiu, mas Kevmo estremeceu um pouco, temendo a reação de Marda.

Mas a Evereni ficou de pé graciosamente, sem demonstrar nenhuma reação para a Senhora Jara. Marda se virou para eles, abriu as palmas das mãos para cima e fez uma reverência para Mestra Zallah.

— Mestra Jedi — disse com uma formalidade suave. Os cabelos pretos cintilavam ao sol, e Kevmo sentiu uma vontade traiçoeira de passar os dedos neles. Ele a esmagou rapidamente.

— Marda, como podemos ajudá-la? — perguntou Mestra Zallah. — Ainda não conseguimos consertar nosso esquife e ainda não temos data para partir.

Kevmo tivera razão ao pensar que Mestra Zallah não se importaria em dar uma carona a Marda e sua prima até Porto Haileap — presumindo que tivessem completado a missão primeiro, e que membros do Caminho ainda quisessem interagir com eles. E presumindo que Kevmo conseguisse se controlar e controlar as suas emoções. Ele havia assegurado que definitivamente era capaz de fazê-lo.

— Obrigada — disse Marda. — É sobre isso que eu gostaria de conversar. Eu aprecio a oferta de viajar com vocês, mas preciso recusar. Não devo deixar Dalna ainda.

— Marda. — Kevmo ficou surpreso. Ela havia mostrado tanta alegria e surpresa a respeito da ideia. Agora parecia quase outra pessoa. Mas, quando ela finalmente olhou para ele, um sorriso se espalhou por seu rosto, brilhante o suficiente para mostrar os dentes afiados.

— Eu o verei novamente, Kevmo. E obrigada, também, por... por ser um desafio.

Kevmo ficou de queixo caído em uma onda quente de surpresa e indignação. Não espiou sua Mestra para descobrir se estava se divertindo.

— Hã — disse —, de nada?

Marda chegou mais perto.

— Eu precisava disso. Nunca vou aprovar a forma como os Jedi usam a Força, nem concordar com seu estilo de vida. Mas falar com você e passar tempo com você me ajudaram a encontrar uma clareza que eu não tinha antes. E você salvou as vidas de pessoas com quem me importo. — Marda abaixou a voz. — Isso sempre será importante para mim.

Ele engoliu em seco, incerto do que falar, como dizer que ela também era importante para ele, mas não podiam, ele não podia...

Mestra Zallah obviamente notou seu conflito, mas só disse secamente "vamos deixar vocês se despedirem" antes de levar a Senhora Jara e a Trandoshana junto. Esse era o problema de seu Padawan, e ele criara o problema sozinho. Kevmo sabia disso; só não esperava ter que fazer algo quanto a isso... tão rápido.

Marda não pareceu notar quando elas partiram, os olhos negros e estrelados apenas em Kevmo. Quando ficaram sozinhos, Kevmo disse:

— Você realmente está bem? Você estava tão empolgada a respeito de partir.

— A Mãe me lembrou de ser paciente. — Marda afastou o olhar, um sinal de que não estava tão em paz quanto fingia estar, enfim. — Não desisti, mas vai levar mais tempo, e não quero que fiquem esperando por nós.

— Ainda demorará mais alguns dias, ao menos — ele admitiu. — Yana deve voltar hoje, mas não sei se ela terá paciência para ficar ao meu lado. É provável que não.

Kevmo assentiu, levando as mãos para trás das costas antes de poder estender um braço para alcançá-la. Mas logo percebeu algo e perguntou:

— A Mãe falou isso? Ela está no planeta, e não com sua prima? Ou ela está em sua nave?

— Sim, eu falei com ela ontem à tarde. Ela deve estar conosco para o retorno das Crianças, pelo menos. Ela está sempre por aqui para cumprimentá-las.

— Sinto muito por não ter conseguido conhecê-la — disse Kevmo, esperando conseguir mais alguma informação.

— É bem estranho — admitiu Marda. — Mas a Força deve ter seus motivos para mantê-la afastada de vocês.

Kevmo apostava que sim. Ele e Mestra Zallah também haviam conversado sobre isso, e tinham certeza de que a Mãe devia ser alguém que eles reconheceriam ou sentiriam facilmente. Por que mais ela os evitaria, então? Mas se ela estivesse na comuna e as Crianças voltassem esta tarde... talvez devessem agir naquela noite. Desejava poder avisar Marda. Não importava com o que o Caminho estivesse se envolvendo, Marda era uma verdadeira crente. Ela nunca participaria de contrabando, com certeza.

A não ser que... ela acreditasse que era o que a Força queria. Se alguém em quem ela confiasse a convencesse. Kevmo sabia que essa Mãe era capaz disso, então não podia dizer nada. Só torceu para Marda ficar longe do fogo cruzado.

O pensamento fez com que se sentisse terrível, e ele segurou a mão dela.

— Eu... também agradeço, Marda. Gostei de desafiá-la. — Ele abriu seu melhor sorriso. — Espero que possamos fazer isso outra vez, muito em breve; em Jedha, talvez.

— Sim — Marda disse, efusiva. Seu olhar se afastou e depois voltou a ele, e ela inclinou a cabeça timidamente. — E... eu também gostaria de beijá-lo mais uma vez.

Kevmo inspirou rápido demais.

Marda riu. Ela se iluminou e ficou tão linda que Kevmo quis dar a ela qualquer coisa — tudo — que quisesse.

Ela se aproximou, colocando a mão no peito dele. Kevmo a segurou pelos cotovelos de novo e, com suavidade, a impediu. Marda piscou, surpresa, mas ele esperava que não a tivesse ofendido.

— Eu não posso — disse Kevmo. — É algo que não fazemos.

— Beijar? — Marda ergueu a sobrancelha. — Os Jedi... não beijam?

Parecia mesmo estúpido ao ser dito dessa maneira. Ele a soltou, ofegando enquanto tentava explicar.

— Relações assim, ou qualquer uma, na verdade... são distrações. Nós não queremos ficar presos a nada que não seja a Força e o Templo.

Marda fez um som pensativo.

— Que triste — murmurou.

— Triste?

— A Força é vida, e a vida é sobre relações e criação. Vocês não têm família ou lares?

— Mas se nos apegarmos a uma coisa acima das outras, ficamos sem espaço para nos concentrar na justiça e na luz e para nos devotar inteiramente à Força. Temos relacionamentos. Eles só precisam ser... — Kevmo teve dificuldade de lembrar qualquer coisa que viesse diretamente de uma de suas lições para contar a ela.

— Secundários?

— Não é nem isso. Cuidadosos, suponho. Parte de nosso serviço para a Força.

Marda assentiu.

— Você nunca terá filhos?

— Marda. — Kevmo riu, nervoso. — Esse é o tipo de coisa que avós perguntariam.

Com um grande sorriso, ela se esticou para beliscar sua bochecha.

— Que você é bonito demais para não passar a beleza adiante?

Ele buscou o toque dela um pouco demais e sentiu seu sorriso suavizar. Gostava tanto dela.

Marda achatou a bochecha dele com a mão.

— Amigos, então?

— Sim — disse, um pouco feroz demais. Os olhos dela se arregalaram. Queria tanto implorar para ela prometer que ainda seria sua amiga no dia seguinte que chegava a doer. Depois que ela descobrisse a verdade que certamente revelariam a respeito da Mãe e sua seita.

Ela assentiu, decidida, e deixou sua mão cair.

— Adeus, Kevmo Zink.

— Até nos vermos de novo, Marda Ro. — Sua garganta estava embargada com tudo que queria dizer.

Marda partiu, mas, antes de desaparecer no interior da estalagem, ela se virou e mostrou os dentes para ele, de brincadeira — foi tão inesperado, tão tentador, que ele congelou.

— Algum dia, em Jedha, vou te convencer de que estou certa sobre a Força, e você vai poder se desfazer de tudo isso. Se apaixonar. Fazer bebês. — Um canto dos lábios se ergueu.

— Meus netos hipotéticos vão amá-la por isso — Kevmo a provocou de volta.

— Serei a favorita deles — disse, e partiu.

Kevmo queria que ela tentasse.

Mais tarde, escondeu-se nas sombras do escritório do porto danificado pela enchente. Zallah tivera a permissão da xerife para acessar o farol e os dados das docas quando a nave do Caminho chegasse. A nave tinha acabado de entrar em órbita, e o piloto estava no processo de enviar o pedido de acesso. Zallah torcia para que pudessem rastrear os sinais deles e entrar no navicomputador da nave para acessar seus planos de viagem — Kevmo iria por trás da nave depois de descarregarem e se infiltraria atrás de informações e evidências. Os dois certamente conseguiriam encontrar os nomes falsos registrados pelo capitão, e esperavam encontrar os nomes verdadeiros, também.

Não demorou muito para a nave de lazer dilapidada atravessar a atmosfera. Era a mesma que haviam visto alguns dias antes, mas Kevmo precisava admitir que não esperava que essa fosse a nave das Crianças. O registro fora carinhosamente forjado, mas era suficiente para a Xerife Jinx — parecia que ela não se preocupava com contrabandistas, mas Zallah suspeitava que não era porque ela também ganhava com isso, e sim porque o contrabando era uma das únicas formas de mercadorias e créditos chegarem a Ferdan. A Orla Exterior era assim, às vezes. Jinx dissera que não adorava o Caminho, mas que eles haviam feito sua parte ao compartilhar o fardo de todos os refugiados recentemente, e era certo que colocavam os poucos créditos que tinham no que acreditavam.

É claro que Kevmo e Mestra Zallah tinham certeza de que a Mãe estava trazendo muito mais mercadorias e créditos ao Caminho do que qualquer um pudesse imaginar.

Kevmo olhou ao seu redor para encontrar o olhar de Zallah, e ela assentiu para ele, as mãos nos controles de comunicações. Eles realmente precisavam de mais droides neste planeta, pensou Kevmo ao se esgueirar para o lado de fora, por cima do entulho, e se apressar, percorrendo todo o amplo campo de pouso. Antes, a nave de lazer havia aterrissado em uma certa configuração, e ele imaginava que fariam isso de novo. Queria ficar bem para trás, na retaguarda, evitar os propulsores traseiros, mas estar do lado oposto da porta quando eles descessem.

Os sóis do entardecer o encararam nos olhos, em um laranja ensanguentado, e ele esperou que isso não fosse um sinal. Kevmo buscou a Força para afastar de si qualquer tipo de atenção, e se agachou para esperar enquanto a nave chegava ao solo. Para um veículo de aparência tão fajuta, era surpreendentemente silenciosa. O piloto tinha uma mão leve.

A nave pousou, então, e Kevmo aguardou, mantendo-se calmo, com a mão no sabre de luz.

A porta deslizou e se abriu, e a rampa se estendeu. Quase de imediato alguém saiu agressivamente: era a prima de Marda. Kevmo não conseguia imaginar Marda andando daquele jeito ou usando um uniforme tão justo e funcional. Havia algo na forma apressada como ela se movia que convenceu Kevmo de que alguma coisa estava errada.

Ninguém seguiu Yana para fora da nave.

A Evereni caminhava a passos duros em direção ao portão traseiro do campo de pouso — o caminho que evitava a cidade, mas circundava a comuna do Caminho.

Kevmo segurou a respiração por um momento. Onde estavam os outros?

Mas a nave desligou completamente, exceto por um zumbido suave. Ninguém mais pretendia sair? Isso era muito ruim. Pelo menos outras duas pessoas haviam partido com eles. Será que haviam sido deixadas para trás? Morrido?

Infelizmente, uma morte trabalharia a favor dele e de Mestra Zallah, porque proporcionaria uma distração ao Caminho enquanto eles se infiltrassem.

Kevmo se recompôs, com a esperança de que nenhum ente querido de Marda tivesse se machucado, e foi rapidamente até a rampa de embarque. Ela continuava abaixada, apesar de a nave ter sido desligada. Era provável que ainda houvesse alguém lá dentro. Precisava tomar cuidado.

Centrando-se, recebeu a Força além de todos seus limites e deixou que ela o inundasse com seu calor. Com a mão no sabre de luz, ele se apressou para pular na rampa.

Só para voltar a se esconder debaixo do casco quando outra pessoa saiu, vagarosamente, grunhindo em um comunicador. Um humano vestindo um macacão laranja puído, de rosto redondo e mãos grandes... Ele parecia familiar.

— ... podia fazer? Esses Everenis são brutais. Se eu a deixasse lá e ela sobrevivesse, seria o nosso fim... — falava o humano, com urgência. Ele parou na base da rampa e esmurrou o controle com a lateral do punho para fechá-la. O silvo e o guincho do sistema hidráulico abafariam qualquer resposta que recebesse no comunicador.

Mas a pausa foi suficiente para Kevmo reconhecê-lo.

Naquela mesma manhã, haviam recebido informações atualizadas sobre quem era quem no mundo dos contrabandistas, bandidos e ladrões dos setores próximos, enviadas por Yarli Yren, oficial da República. A mesma pessoa que estivera em Dalna na primeira noite na estalagem da Senhora Jara — da espécie humana, de pele escura com uma insígnia surrada de Desbravador. Yarli havia ignorado Kevmo, mas aparentemente tivera uma conversa breve com Mestra Zallah e havia dado a ela um disco de dados com uma lista de procurados. Então, chamaram Yarli para uma investigação, pouco antes da enchente.

O homem que saiu da nave de lazer pisoteando o solo aparecia bastante na lista: Sol Dobbs, procurado por pilotagem irresponsável, contrabando, deserção, um crime em segredo de justiça e o possível assassinato de Alonso San Tekka, outro oficial da República com uma equipe Desbravador.

Ah, que poodoo, pensou Kevmo, vendo o prospector desaparecer na direção da cidade.

Quando entrou correndo no escritório das docas, ainda estava um pouco esbaforido. Mestra Zallah olhou direto para ele. Sua expressão era sombria, a mão no sabre de luz.

— Não saiu gente suficiente daquela nave.

Kevmo quis fazer uma careta, mas se manteve firme e disse, simplesmente:

— Eu acho que a nave é de Sol Dobbs. Era ele que estava seguindo Yana.

— Nós vamos lá hoje à noite — disse Zallah.

VINTE E CINCO

Marda estava tão ansiosa para falar com Yana que, assim que as Crianças voltaram para Dalna, ela acabou assombrando o portão da comuna. Da última vez que viu a prima, Yana havia dispensado Marda, dispensado o próprio Caminho, dizendo que a Força não se importava com um pequeno grupo de párias. Ela havia implorado para Marda pensar por si mesma.

Bem, Marda havia pensado. Ela sabia que Yana tinha razão a respeito da Força não se preocupar com o Caminho da Mão Aberta em particular. Não achava que fossem especiais. A Força não funcionava dessa maneira. Mas o que Marda percebeu é que Yana não compreendia que a Força era grande demais para questões tão pequenas. A Força não se importava tal como um ser vivo ou um deus. Mas a Força se importava da mesma forma que a própria vida se importava. O Caminho não era mais importante do que os Jedi ou os refugiados ou contrabandistas ou lompops ou tremulinsetos. O Caminho importava da mesma forma. Tudo tinha seu lugar na incrível e vasta galáxia da Força. A melhor coisa que podiam fazer — que o Caminho podia fazer — era promover a vontade da Força.

Trabalhar para compartilhar o fardo da vida. Era por isso que não importava se Marda — ou Yana — não entendesse por que a Força havia escolhido a Mãe. Ela escolhera. A Mãe via sua vontade com mais nitidez que os outros, compartilhava com ela uma clareza e uma harmonia natural.

Marda precisava se esforçar mais para atingir tal clareza. Precisava ser uma mão aberta, desenrolar seus instintos até ser capaz de harmonia. A maioria das pessoas precisava. Achava que provavelmente era mais difícil para uma Evereni, do que para a maioria, ser uma mão aberta.

Se pudesse explicar isso para Yana, talvez a prima ficasse com ela, pelo menos por tempo suficiente para Marda merecer seu lugar como oradora do Caminho. Provar que era capaz, que estava pronta e aberta. Conseguir a permissão para ir para Jedha, para liderar. Quando a *Olhar Elétrico* voasse pela Orla Exterior, Marda seria um lar para o Caminho. Ou, se Yana não a esperasse, Marda lutaria para manter Yana ao seu lado, a seguiria e a arrastaria com ela pelo Caminho, porque abandonar sua prima nunca seria a vontade da Força.

Mas, no instante em que viu Yana chegar enfurecida pela estrada, indo na direção do portão, o peito de Marda se apertou com apreensão.

Yana caminhava num estilo frio que Marda nunca havia visto antes, o foco interno, a boca em uma linha dura. E estava sozinha.

— Yana — disse Marda ao entrar no caminho da prima.

Yana rosnou e fez um movimento espasmódico de ataque. Marda se encolheu. Yana parou, as mãos flexionadas para as unhas afiadas parecerem garras.

Segurando os ombros da prima suavemente, Marda a sacudiu uma vez. Yana piscou. Ela não disse nada, mas era óbvio que havia voltado a si ao ter o corpo inteiro sacudido.

Conforme Marda a estudava, viu respingos verde-escuros de sangue Nautolano — também conseguia sentir o cheiro — debaixo das unhas de Yana. Em seus cabelos. Havia um tom amarelado na pele cinzenta ao redor dos olhos de Yana, e sua roupa estava imunda. Esfarrapada.

— Yana — disse novamente, a voz suave com o medo.

— Marda — falou Yana. O nome parecia ter saído arrastado para fora do gelo, rachado e antigo. Yana olhou nos olhos de Marda. Seu lábio se retorceu. — Sua *Mãe* matou Kor — disse.

Cada palavra cuspida da boca de Yana atingiu Marda como fogo blaster. Ficou tonta, os dedos afundando nos ombros de Yana. Essas palavras eram impossíveis. Cada uma delas.

— Sim, Marda. — Yana se soltou.

Marda gritou e agarrou o braço de Yana. Ela a pegou e a puxou.

— Para — ela engasgou. — Espera.

Yana esperou.

Trêmula, Marda continuou apertando o antebraço da prima.

— Explica. Kor... ela não pode ter... mas...

— Ela está morta. — A voz de Yana estava calma.

— A Mãe esteve aqui em Dalna o tempo todo. Ela não poderia ter...

— É claro que é com isso que você se importa — respondeu Yana, amarga.

Marda parou, surpresa. Sua pulsação latejava em seu crânio, mas se sentia... nítida. Esclarecida. Focou a atenção em Yana.

— Sinto muito — disse. — Kor era... importante. Você a amava.

Yana assentiu uma vez, muito lentamente.

— Você a trouxe de volta? — murmurou Marda.

— Não. Ela estava... — Yana se soltou bruscamente das mãos de Marda, fazendo as unhas dela cortarem sua manga e adentrarem a pele.

Marda olhou de relance para o sangue da prima em sua mão e não o limpou.

— O que aconteceu?

— A missão falhou. Em todos os sentidos — contou Yana. Seu cenho franzido tornou-se venenoso outra vez.

— Como é possível? As visões da Mãe...

Yana praguejou rispidamente. Ela girou.

— Você é tão ingênua! A Mãe nos mandou para lá e nos traiu. Ela queria que desaparecêssemos. Não sei por quê. Ela não conseguia mais nos controlar, eu estava indo embora, Treze estava... Seria pai.

Kor amava a Mãe, então suponho que ela tenha sido só um dano colateral necessário.

— Isso não faz sentido — insistiu Marda. — A Força...

— A Força não se importa, e a Mãe também não se importa. Talvez ela tenha mesmo visões da Força; talvez tenha visto algo que a fez mudar de planos. Não sei. E não me importo, porque se as visões dela forem reais ou não, se tudo for uma *mentira*, Kor vai continuar tão morta quanto antes.

— Yana — sussurrou Marda.

— Eu vou matá-la.

De repente, Marda jogou os braços ao redor da prima. Ela a segurou com toda a força que tinha.

— Para, Yana. Não diz isso.

Yana estava rígida em seus braços.

— Eu só falo o que quero falar.

— Eu sei. — Marda se recusava a segurar a prima com menos força. Não podia dar a Yana nem um segundo para se soltar, para colocar a promessa em prática. Marda acreditava que Yana tinha a intenção de fazer exatamente o que dissera. Mas isso não podia acontecer; não em um luto tão terrível. Não... Isso arruinaria tanta coisa. — Por favor, Yana — sussurrou no ouvido de Yana. Conseguia sentir o suor e o sangue nos cabelos da prima. Ficou de coração partido ao saber que era o sangue de Kor. Que Yana poderia ter morrido. Violência não deveria vir do Caminho. Não dessa forma. Algo havia dado errado, mas não podia ter sido culpa da Mãe.

— Por favor o quê? — sibilou Yana.

Marda a segurou mais forte.

— Deixa eu te levar para dentro, te limpar. Te alimentar. Você está tremendo. Pode me contar e eu vou ouvir.

O silêncio se fez por alguns instantes. Então, lentamente, Yana ergueu os braços e abraçou Marda de volta, mas com suavidade. Mole, como se não conseguisse fazer mais nada.

— Tudo bem — disse Yana, inexpressiva. — Ela já sabe que eu consegui voltar, de qualquer forma. Tenho certeza de que aquele traidor contou para ela.

Era suficiente. Marda beijou sua bochecha e deu um passo para trás.

Os sóis haviam abaixado, projetando luz diretamente em seus olhos. Marda pegou a mão de Yana e a conduziu para o sul, em vez de entrar na comuna. Levou-a na direção do rio e, por um instante, considerou arrastar Yana para jogá-la na água, do jeito que Yana havia feito com Marda quando os ovos eclodiram.

Marda manteve os pensamentos quietos. Segurava a mão solta de Yana e não dizia nada. Não pensava em nada. Seria demais se ela se deixasse começar. Continuou a puxá-la, pegando uma rota tortuosa até a área de estar, uma que evitaria outros membros do Caminho e as perguntas que fraturariam o furor silencioso de Yana, tornando-o mais violento.

Na célula de Marda, ela fez Yana sentar-se na cama.

— Vou preparar um banho.

Yana assentiu.

Agindo rápido, Marda correu para as instalações compartilhadas no fim das células habitacionais e pegou sabonete, uma toalha e vestes adicionais. Ela as jogou ao lado da banheira e voltou para a célula, ansiosa, porque Yana poderia não permanecer lá.

Mas permaneceu. O alívio fez Marda lacrimejar, e ela piscou para as lágrimas sumirem antes que Yana pudesse vê-las. Se começasse a chorar, Marda não pararia mais. Pensaria em Kor, no Arauto e na pobre Opari. Fazia dois anos do último funeral do Caminho. Fazia mais ainda de alguém tão jovem.

Marda fez um muxoxo e fez Yana levantar-se. Levou-a até a sala de banho, grata por estar muito cedo para que a maioria do Caminho tivesse terminado de trabalhar. Tirou as roupas de Yana e quase a enfiou na banheira. Yana pegou o sabonete e começou a limpar debaixo das unhas. Marda usou uma concha para derramar água em seus cabelos e lavá-los.

Assim que terminou de enxaguar e passar óleo nos cabelos curtos e escuros de Yana, o penteou cuidadosamente com os dedos, com as unhas. Queria mostrar a Yana que as armas com as quais haviam nascido também podiam cuidar. Precisava haver esmero em alguma parte da longa história de seu povo.

— Está tudo bem, Marda — disse Yana. Sua voz era baixa e sombria. Mas soava exausta.

— Vá se vestir. Vou trazer um pouco de comida para a minha célula.

Yana girou o pescoço para encontrar o olhar de Marda. Estava inexpressiva. Mas, depois de um momento, ela assentiu uma vez.

Marda a deixou e correu para buscar uma pequena refeição para que elas compartilhassem. Espalhou tudo pela cama da célula, empurrando a maior parte para Yana.

Yana pegou um biscoito de fruto de gnostra escuro. Ela quebrou o canto e o colocou na boca, não mastigou por um instante, e então esmigalhou o restante do biscoito dentro do punho.

— A Mãe nos mandou para Thelj para roubar um artefato da Força do complexo Graf. Era uma armadilha. Eles sabiam quem nós éramos, e mataram Treze e Kor. A Mãe tinha que saber; foi por isso que mandou Sol conosco, desta vez. Para ela não perder uma nave junto com todas as Crianças. É o que ela queria.

Marda também não conseguia comer. Sentiu o gosto adocicado de bile no fundo da garganta. Quem era Sol?

— E por que agora? Por que nos trair agora? Porque eu estava indo embora? Porque... Treze tem uma namorada? Estamos próximos demais? — Yana encarou o chão, furiosa, como se ele a ofendesse. — Porque nós veríamos suas mentiras mais cedo ou mais tarde. Ela precisa começar do zero. Limpar o caminho para novas Crianças... como você, talvez. Pessoas que não façam perguntas demais.

— Nada do que você está falando faz sentido, Yana.

Os olhos de Yana brilharam de raiva.

— A Mãe não está trabalhando para a Força. Ela é uma vigarista mentirosa, nos usando... Usando o Caminho. Essa é a única explicação. Nada que a Mãe faz é pela Força, é só por si mesma.

— A Força a escolheu.

Yana gargalhou, com um quê de histeria. Marda nunca ouvira a voz da prima tão tensa.

— Então, a Força é tão corrupta quanto ela — Yana conseguiu dizer.

— Não. — Marda avançou por cima da comida para agarrar os punhos de Yana.

— Sim!

As duas respiravam com força no silêncio depois da explosão.

Marda falou:

— Eu sei que não somos especiais. Sei do que você disse antes, que a Força não se importa a respeito de párias como nós, é verdade. Mas a Força é... é... real, e é um poder para a vida. Eu acredito nisso, Yana. Eu sei que é verdade, do mesmo jeito que eu sei que Dalna vai continuar girando até esses vulcões acordarem e destruírem tudo isto um dia. E isso levará a mais vida em outro lugar, também. A Força é grande demais, complicada demais para entendermos como ela funciona, ou por que ela funciona assim. Mas funciona.

— Ah, Marda — murmurou Yana.

— Eu não sei por que isso tudo aconteceu. Mas não foi a Força.

— Tudo bem. Foi a Mãe.

Marda não conseguiu evitar um grunhido de frustração.

— Você não pode matá-la por especulações tão insanas!

— Não são especulações. O prospector, Sol, basicamente confirmou tudo. Ele só não está morto porque eu não sei pilotar. Mas ele vai morrer, logo após eu eviscerar a Mãe.

— Ela merece a chance de pelo menos ouvir suas acusações.

— Ah, eu pretendo dar a ela essa oportunidade — disse Yana, muito fria.

Marda se sentiu tão fria quanto.

— Yana. Eu não quero que nada aconteça contigo.

— Eu achei que você acreditava na Mãe — debochou Yana. — Como pode estar preocupada comigo se sua amada e magnânima Mãe é tão boa assim?

Marda encarou a prima. Não tinha uma boa resposta para isso. Em vez disso, ofereceu:

— Você deveria falar com o Arauto e com Opari. Conte a eles. Os dois merecem ouvir o que aconteceu com a filha deles da boca de alguém que a amava.

Yana empalideceu. Ela afastou o olhar.

— Não acha que é o que Kor iria querer?

Yana sibilou, irritada.

— Kor acreditava no Caminho da Mão Aberta. Ela amava o Caminho.

— Não importa no que ela acreditava ou o que ela amava! Ela está morta.

Marda ficou chocada ao perceber que Yana tinha lágrimas nos olhos. Elas transbordaram, e Yana as secou, furiosa.

— Marda. Preciso perguntar. — Yana voltou aqueles olhos furiosos em sua direção. — Você iria comigo? Quando eu for embora?

A boca de Marda ficou seca. Seus lábios se abriram.

— Depois que... eu falar com o Arauto e a *Mãe* — Yana cuspiu a palavra — eu vou embora. Este lugar é horrível e só vai ficar pior. Venha comigo.

— Sim — disse Marda.

Sua prima retrocedeu, surpresa.

— Mesmo?

— Mesmo. — A sensação de que aquilo era o certo inundou Marda. — Eu vou. Você está errada sobre a Força e sobre a Mãe, mas eu vou junto. De mãos abertas.

— Veremos — murmurou Yana, pegando outro biscoito e enfiando-o na boca. — Eu não sei como vamos sair do planeta, porém — falou, enquanto comia.

— Os Jedi nos levarão.

Yana deu risada.

— Você está louca, Marda. Os Jedi estão aqui para pegar de volta o que a Mãe roubou, o que eu roubei. Eles não vão me ajudar.

— Eles vão *me* ajudar. — Marda sorriu, e seu sorriso era quente. Era o certo. Fazer a coisa certa. — Eu confio em Kevmo.

A diversão sumiu da expressão de Yana. Ela contemplou Marda, que fez o melhor que podia para manter o rosto erguido, para não se contorcer.

— Nós não podemos confiar em ninguém — disse Yana. — Se não aprender mais nada, aprenda só isso. Não podemos confiar em ninguém.

Marda alcançou as mãos de Yana e virou as palmas para cima.

— Podemos confiar na Força.

VINTE E SEIS

Yana fugiu da célula de Marda assim que a prima a deixou sair. Marda era delicada demais, gentil demais. Não tinha o feitio certo para fazer o que precisava ser feito.

Mas Yana tinha.

Yana atravessou o complexo a passos largos, ignorando os cumprimentos de outros membros do Caminho. Não tinha tempo para aquilo. Sua raiva podia não estar fervilhando como quando pousaram, mas o luto pesava em seu estômago. Kor merecia uma morte melhor, um fim no futuro distante, cercada de gente que a amava. Em vez disso, sangrou no gelo de um planeta distante, longe da mãe e do pai. Era um fim trágico.

Yana se certificaria de que a morte da Mãe fosse igualmente terrível.

Quando Yana chegou à casa de campo da Mãe, ninguém estava guardando a porta. O que era estranho, e, apesar de Yana ter notado, não diminuiu nem um pouco o passo. Ela continuou o trajeto; cada pegada, um grito de guerra, as mãos em punho. A Mãe era suave e humana, e Yana era uma Evereni. Não tinha nada a temer.

Mas, conforme atravessava os túneis, Yana notou que havia algo errado. Não conseguia dizer exatamente o quê; era mais uma sensação do que qualquer outra coisa. Do lado de fora da sala de audições da Mãe, Yana ouviu vozes baixas e, ao entrar na sala, encontrou os Jedi.

— Vocês não deveriam estar aqui — Yana disse as primeiras palavras que passaram pela cabeça. O Padawan de Marda voltou-lhe os olhos arregalados, mas a Mestra do garoto não ficou surpresa ao vê-la.

— Quantos artefatos afanaram, além do Bastão das Estações? — Ela segurava o bastão roxo e reluzente que Yana, Kor e Treze haviam roubado da Tesouraria Real de Hynestia. As lágrimas fizeram os olhos de Yana arder só de ver o artefato. Parecia ter passado uma vida inteira desde que adentraram a tesouraria daquela forma tão ousada, sob o pretexto de espalhar a mensagem do Caminho, e roubaram o bastão. Parecia incrível que todos tivessem levado tanto tempo para descobrir que os ladrões eram eles. Cruzou os braços e bufou para esconder a angústia.

— Come pedra, Jedi. — A voz de Yana quase parecia um rosnado. — Vocês se meteram onde não foram chamados. Vocês não têm motivo para estar aqui, e, da última vez que perguntei, invadir propriedade privada era ilegal, mesmo para quem consegue manipular a Força.

— Yana tem razão — uma voz suave veio de trás, e Yana se virou. A Mãe estava na entrada atrás dela, uma mão apoiada na pedra estranha, que agora descansava em um ninho de seda sobre um pedestal. O Arauto, Jukkyuk e Qwerb estavam ao lado dela. Sol estava um pouco atrás deles, provavelmente o motivo pelo qual eles estavam ausentes quando ela passou pela entrada. Sol havia chegado às cavernas antes dela, mas só por causa da emboscada de Marda. Não que importasse. Ele era um homem morto.

De qualquer forma, Yana deu um passo para o lado. Podia não gostar da Mãe e podia até mesmo querer matá-la, mas era esperta o suficiente para perceber que os Jedi eram a maior ameaça.

— Nós libertamos estes artefatos daqueles que utilizariam a Força para seu próprio ganho — disse a Mãe, com calma na voz. — E eu agradeceria se o colocassem no lugar e partissem daqui.

— Você deve ser a Mãe — falou o Padawan de Marda. Kevmo, Marda acabara de dizer.

— Sou — respondeu a Mãe, com um de seus sorrisos calmantes. Yana estava encantada de ver que os Jedi pareciam completamente impassíveis. — E sugiro que vão embora antes que se arrependam de abusarem da Força. Serei magnânima a ponto de permitir que levem o Bastão das Estações, já que parecem pensar que foi roubado, não libertado. Não desejamos entrar em disputas com vocês, Jedi, mesmo que seus abusos da Força um dia causem um apocalipse.

A Soikana sorriu sem humor.

— Ah, nós levaremos todos os artefatos escondidos aqui embaixo. Assim como você.

A Mãe inclinou a cabeça para o lado, destemida. Ela acariciou a joia no pedestal e a ergueu com as duas mãos. Suspirou.

— Não.

Tudo que veio a seguir pareceu acontecer ao mesmo tempo. Os Jedi ativaram os sabres de luz quando o Arauto e seus guardas tiraram blasters de baixo das vestes. Os primeiros disparos ricochetearam dos sabres de luz dos Jedi, os raios voando para todo lado. Yana se jogou no chão, ao lado de uma das estantes, tentando não ser uma baixa em uma luta da qual não queria participar.

Os Jedi estavam completamente inabaláveis diante dos blasters, os sabres de luz providenciando uma defesa mais do que adequada. Pareciam quase entediados, e Yana ficou maravilhada com o fato de os Jedi ficarem tão calmos enquanto estavam sendo alvejados. Mas então a Jedi Soikana abaixou seu sabre e ergueu a mão, usando a Força para tirar o blaster do Arauto e amassar a arma até ela se reduzir a metal e diodos. Ela pegou os outros dois blasters, enquanto seu Padawan desviava cada um dos disparos contra ela.

Teria sido impressionante, não fosse o berro que saiu da Mãe, um som animal de dor que fez todos hesitarem.

A joia pulsava nas mãos da Mãe, o brilho roxo diminuindo e aumentando no ritmo de batimentos cardíacos. Suas mãos ficaram manchadas por uma escama cinza esquisita, e acabou deixando a joia cair no chão, num estrondo. Ela arrebentou, revelando uma criatura azul brilhante e molhada, que se debatia, coberta de fluido.

A Jedi mais velha franziu o cenho.

— O que, em nome de... — Ela não conseguiu terminar. A criatura, pouco mais do que uma gosma de carne azul iridescente, se jogou sobre ela. Metros separavam a Mãe dos Jedi e, mesmo assim, a criatura superou a distância em um piscar de olhos. A coisa se agarrou ao braço da Soikana e ela retrocedeu, enojada.

— O que é isso? — perguntou o Padawan de Marda, mas sua Mestra não falou nada. Só soltou um lamento alto de dor e terror, e Yana observou as estranhas escamas acinzentadas se estendendo pelo corpo da Jedi. No começo, se espalharam devagar, mas foram aumentando o ritmo. Yana se lembrou de quando ela e Kor viram um tremulinseto rodopiando em seu casulo, e como havia demorado até a criatura se transformar. Isso durou menos de uma fração daquele tempo. A pele prateada e pálida da mulher foi substituída por algo que lembrava a rocha das paredes das cavernas, e os sons de medo, repulsa e dor que saíram dela cortaram Yana como uma vibrolâmina. Que coisa era aquela? A Mãe sabia que estava incubando uma criatura dessas?

— Zallah! — gritou Kevmo quando a Mestra caiu de joelhos, mas só saiu dela um soluço engasgado. Ele ia tentar alcançá-la, mas parou, os olhos arregalados. Seu sabre de luz tremeu e a lâmina se esvaiu. Todos congelaram em um misto de fascínio e horror conforme a Jedi era transformada pela criatura. Yana nunca havia visto nada tão horripilante, e ela havia visto a própria namorada morrer horas antes. O sofrimento da Jedi fez o fim de Kor parecer pacífico.

Yana sibilou enquanto a Jedi era calcificada, fazendo muxoxos de angústia. Após alguns instantes, a Jedi se foi. Em seu lugar, uma estátua de pedra em ruínas. A criatura a mudou por inteiro, deixando uma pilha de desespero que se desintegrava onde, momentos antes, havia uma mulher.

— A Força acaba de se pronunciar — disse a Mãe, a voz sussurrante e esquisita. O Wookiee Jukkyuk foi ajudá-la enquanto Sol hesitava ali perto, suando copiosamente.

— O que você fez? — berrou o Padawan de Marda. Mas a criatura estava rastejando em sua direção, e ele estendeu as mãos, aterrorizado, enquanto a gosma azul brilhante, que já estava maior, esticava um único tentáculo até ele. — Não, não! Por favor — soluçou o garoto. Ele estendeu as mãos para a frente, como se empurrasse algo usando a Força. A criatura nem sequer desacelerou.

A criatura enroscou um tentáculo ao redor de seu tornozelo, e o Padawan a chutou, os olhos ensandecidos. Por um momento, Yana pensou que a luta continuaria, mas o Padawan havia sido consumido pelo medo, e se sacudia, irracional.

— Não. Não. Não posso estar aqui — disse, antes de correr para fora da câmara, empurrando Sol para o lado e adentrar as profundezas das cavernas.

Os guardas do Arauto fizeram menção de segui-lo, mas a Mãe fez um sinal para impedi-los. Seu capuz escorregou um pouco para trás, revelando mechas cinza nos cabelos escuros. Elas já estavam lá antes? Yana não tinha certeza.

Yana piscou de perplexidade e ficou de pé, caminhando até o Bastão das Estações para tomá-lo. Sua mente estava inquieta, tentando encontrar sentido no que havia acabado de ver. A joia da Mãe não era uma joia, mas uma espécie de ovo. E agora ela estava deixando de ser uma criatura azul, brilhante e disforme e se tornando algo que aparentava vagamente um gato tooka: quatro patas, um rabo atarracado, olhos grandes e escuros que pareciam enormes no rosto azul iridescente. A criatura brilhou na meia-luz da caverna e, quando olhou para Yana, ela sentiu algo curioso, como se a criatura conseguisse ver através dela e enxergar as partes mais fundamentais de sua essência.

Não gostou disso.

Jukkyuk e Qwerb cuidavam da Mãe, que estava dando um show e tanto ao fingir estar exausta.

— Eu sabia que a Força nos protegeria — dizia repetidamente. — Nós somos os cuidadores da Força, e a Força será livre! — Seu sorriso calmante havia voltado ao lugar com segurança, ainda que as bordas de sua boca estivessem marcadas por linhas de dor e exaustão. Yana só podia se amaldiçoar pela própria hesitação. Havia perdido a chance de matar a mulher. O luto talhou em seu estômago ao ver a mulher se abaixando para pegar o estranho ser que matava Jedi.

— Levem a Mãe para a câmara de meditação — ordenou o Arauto. Os guardas a ajudaram a andar em passos irregulares, a criatura azul aninhada em seus braços. Será que aquele ser estranho protegeria a Mãe de qualquer ameaça? Os olhos de Yana pararam na estrutura de pedra que, um dia, havia sido a Jedi. Yana tinha a sensação de que sim, sobretudo quando a Mãe começou a arrulhar para ele, como se fosse uma criança querida.

— A Força nos concedeu uma poderosa dádiva, de fato. — Um sorriso brincava nos lábios do Arauto enquanto ele observava a Mãe saindo. — É um novo dia para o Caminho da Mão Aberta.

— Kor está morta — disse Yana, esperando-o absorver suas palavras. — Treze também.

O Arauto a cercou, a alegria derretendo até virar horror.

— Eu... o que aconteceu? Vocês conseguiram o artefato?

Yana fechou o punho ao redor do Bastão das Estações.

— Não. E nós precisamos conversar.

VINTE E SETE

Kevmo fugiu da caverna, atordoado, a agonia despindo seus sentidos e deixando-o em um estado animal. Tudo doía, e seu coração latejava com pânico enquanto continuava a espiar por cima do próprio ombro, temendo que a criatura o seguisse. *Medo* pulsante e contundente era a única sensação que corria por ele.

Cambaleando pelo sistema de cavernas, tentou se lembrar das guias e do que significavam. Mas o terror deixava sua mente anuviada, e corria pelos túneis sem pensar.

Quanto mais corria, pior se sentia. Havia uma parte dele que achava que os efeitos da criatura já deveriam estar se dissipando. Mas não estavam. Por um momento, Kevmo se lembrou de seu primeiro dia no Templo de Coruscant, quando ainda era criança. Ele tinha pouco mais de três ou quatro anos, era praticamente um bebê, e sentira tanto medo. Então, um Jedi humano sorriu para ele e usou a Força para alcançá-lo, amaciando o medo e ensinando-o a alcançar a Força também, a deixar aquela energia universal equilibrá-lo e guiá-lo.

Kevmo tentou alcançar a Força agora e não encontrou... nada. O poço de calma e foco que costumava estar a um pensamento de distância havia desaparecido, se perdido. Tentou outra vez — ainda não havia nada! Aquela Força quente, amorosa e brilhante que conhecia desde sempre havia *sumido*.

Foi aí que Kevmo caiu.

Tropeçou sem motivo e desabou com força no chão. Por um momento, ficou deitado na rocha úmida e se perguntou distraidamente o que sua Mestra acharia de sua fraqueza. Aquilo não era do feitio de um Jedi.

Foi aí que ele lembrou.

Zallah! A lembrança de seu medo intenso, do pânico estampado em suas feições, afastou um pouco do horror e do desespero de Kevmo. Precisava contar a alguém sobre a criatura, sobre a Mãe e seu monstro.

Ficou de pé. E começou a andar. Lá, a guia laranja significava o sol. Uma saída. Luz.

Quanto mais longe ia, mais rígido se sentia. Primeiro a mandíbula travou, dentes cerrados com força, e ele gemeu. Algo estava acontecendo. Algo ruim. Não conseguia sentir a Força, e seu corpo parecia frágil e velho, as juntas rangendo, pouco familiares. Mas, ainda assim, perseverou, seguindo em frente pelo corredor.

Precisava contar para alguém. A Ordem precisava saber da ameaça que os aguardava em Dalna. Qualquer criatura que conseguisse despachar uma Jedi com tanta facilidade era uma ameaça para a galáxia inteira.

Então, Kevmo continuou a andar, encostando-se na parede. Alguém o ajudaria.

Alguém iria aparecer.

E então, avisariam os Jedi sobre o terror que habitava Dalna.

VINTE E OITO

Marda fez as malas de forma rápida e eficiente. Tinha pouca coisa e precisava de menos ainda. Uma troca de roupa íntima, um traje externo mais pesado, um punhado de pedrinhas que alguns de seus Pequenos haviam lhe dado quando passaram uma tarde na beira do rio, no verão anterior. A lima de cristal para suas unhas e dentes. O pequeno pote de concha-brikal. Todas as outras coisas da célula eram de uso comunal, ou não era nada que ela precisava de verdade. As pétalas de flores murchariam rápido demais para sobreviver até mesmo à mais curta das jornadas galácticas.

Embora relutasse em admitir, Marda estava empolgada.

Não era um bom momento, os motivos eram terríveis, mas ela estava partindo de Dalna para viajar pelas estrelas.

Não partiria do Caminho. Nunca partiria do Caminho. Mas o Caminho não era Dalna; era uma comunidade de pessoas que compartilhavam a mesma compreensão da Força, e nada disso exigia que Marda permanecesse no planeta.

Marda fez um muxoxo, levemente envergonhada. Sabia que estava tentando se convencer. Mas tudo seguia sendo verdade. Era o que a

Força precisava dela, porque era o que a prima precisava dela. Yana estava sofrendo, e Marda podia ajudá-la. Então deveria fazê-lo. Seria um serviço à Mãe tirar Yana de lá antes que ela fizesse algo irreversível.

E Marda já estava se sentindo assim antes das duas semanas anteriores, em que tanta coisa mudara. Quisera viajar pelo Caminho, com o Caminho. Isso sempre esteve por trás de seu desespero de se juntar às Crianças. Talvez a Mãe negasse consistentemente porque a Força queria proteger Marda do desastre que caiu sobre Kor e os outros. Queria mantê-la em Dalna pelos Jedi, pelos Kessarines, pelos Pequenos, até estar pronta para seu verdadeiro propósito, o de ir até Jedha com Yana.

Pela última vez — sabia, em seu interior, que nunca entraria nesta célula novamente —, Marda abriu o pequeno pote de azul de concha-brikal e afundou três dedos nele. Pintou novas linhas da Força em sua testa, em ondas fluidas e elegantes. Ela olhou para seus próprios olhos, grandes e negros, tingidos de cobre pelo velho espelho. Era isso.

Marda dobrou um lençol pequeno para fazer uma trouxa que levaria seus poucos pertences, colocou-a sobre o ombro e enfiou os pés dentro das botas. Então, saiu da célula na qual vivera a maior parte de sua vida.

Os sóis haviam acabado de se pôr, deixando apenas uma borda violeta vívida em torno dos vulcões ocidentais. As estrelas cintilavam lá em cima, e ao seu redor reluziam alguns dos tremulinsetos que emergiram nas noites desde a enchente.

A comuna principal zumbia com as luzes consertadas, e Marda decidiu que não iria pelo jardim comunal nem pelo celeiro. Eram muitos para poder se despedir de todos eles. Além do mais, ela os veria quando a *Olhar Elétrico* estivesse terminada e todo o Caminho se juntasse a ela nas estrelas.

Mas Marda precisava ver Ferize e sua família.

Ninguém notou Marda quando ela digitou o código de entrada das cavernas. As pessoas pelas quais passava se moviam calmamente, como sempre, sem nenhuma urgência da tragédia. Seja lá o que fosse que Yana fizera ao se separarem, não havia incluído acusações públicas extremas, e as notícias do que acontecera com as Crianças em Thelj claramente não tinham se espalhado. Marda torcia para que Yana permanecesse com o Arauto e sua esposa e que os três pudessem compartilhar essas horas iniciais do luto antes que Yana confrontasse a Mãe.

Apesar de tudo, sem fofocas transformando a noite pacífica numa emergência, Marda teria tempo para visitar os Kessarines.

A câmara-ninho já havia sido consertada, apesar de o canto onde Er Dal e o bebê quase se afogaram estar rachado em dois lugares, e os depósitos de opala solar que costumavam cintilar por ali terem se tornado escuros, devido às mudanças nos estratos subterrâneos. Por conta disso, Fel Ix havia colocado um cordão de luzes perto daquele canto. Eles tinham cobertores limpos e um ninho grosso de almofadas.

Marda sorriu ao ver os cinco bebês se remexendo nas cobertas para a hora da barriguinha, os três pais agachados ali perto. Ferize pendurou um cordão de contas que piscava em padrões musicais diante do bebê maior, e Er Dal colocou um dedo na cauda enroscada do outro, que fazia sons engasgados de felicidade. Fel Ix estava tricotando algo felpudo e olhava com ternura para toda sua família.

— Marda — Fel Ix a cumprimentou com sua voz rouca. As franjas das bochechas se moveram alegremente.

— Olá. — A palavra tremeu com o esforço que Marda fazia para controlar suas emoções. Ela respirou fundo e deixou a trouxa deslizar de seu ombro.

— Marda? — repetiu Ferize, as franjas das bochechas caindo. — O que houve?

Marda andou até o ninho de cobertores e se ajoelhou. Abriu a boca, parou e baixou o olhar. Pegou o bebê mais próximo e o levantou, trazendo ao peito o corpinho que se remexia. Inclinando o rosto sobre o bebê, ela inspirou o cheiro reconfortante das escamas macias e das franjas úmidas e da saliva.

Quando olhou para cima mais uma vez, foi para ver os três Kessarines adultos observando-a solenemente. Ela aninhou o bebê.

— Vim me despedir. Yana... estou indo embora com Yana.

— Você... — Ferize balançou a cabeça. Seus dois parceiros se aproximaram até que todo mundo estivesse tocando ao menos um bebê, como se estivessem se reconfortando uns aos outros.

— Não estou deixando o Caminho — Marda sussurrou. — Só saindo um pouco do planeta. Nem vão sentir minha falta.

Os três Kessarines a estudaram com tristeza.

Marda sorriu, mas também estava triste.

— Yana precisa partir. Algo... houve um acidente durante a viagem. Kor e o garoto Mikkiano, Treze? Eles estão mortos. — Ela parou ao ouvir a surpresa sibilante deles. Não conheciam Treze muito bem, mas Kor havia sido gentil e forte e sempre achava tempo para compartilhar o Caminho. Marda assentiu, o próprio luto se acomodando em seus pulmões. — Yana precisa ir embora. Eu preciso levá-la.

— Nós compreendemos — disse Ferize. — Família.

— Vocês também são minha família — respondeu Marda com firmeza.

Fel Ix deixou o tricô de lado e ficou de pé, dando a volta no ninho para se ajoelhar ao lado de Marda.

— Nós sabemos. — Ele apoiou uma mão fria em sua bochecha.

Marda se sentiu tão consolada pelo toque. Fechou os olhos. Não cabia a ela contar o que Yana havia dito sobre a Mãe, sobre usar as Crianças, mentir sobre a Força. Só os magoaria e podia não ajudar em nada. Se pudesse contar para a Anciã Aris Ade, que havia sugerido a Marda que encontrasse uma forma de devolver à Força, a Anciã poderia conversar com ela sobre isso. Mas não podia colocar aquele peso sobre os Kessarines. Era uma coisa muito forte e azeda de se pensar por muito tempo.

— Vocês estarão na *Olhar*, não estarão? — murmurou, olhando primeiro para Fel Ix, depois para Er Dal e Ferize. — Os bebês poderão viajar quando ela estiver pronta?

— É claro — disse Ferize. — Nós poderíamos ir agora mesmo, se fosse necessário. Nossos recém-nascidos são resistentes, assim como todos nós.

— Sobretudo — acrescentou Er Dal — quando trilhamos o Caminho junto à Força.

Na luz baixa das cavernas, Marda se sentiu um pouco melhor. A célula-ninho estava cálida, com o cheiro úmido e limpo tão penetrante dos Kessarines.

Como se sentisse o estado mental de Marda, Ferize se levantou e procurou um frasco em um pequeno baú que tinham. Ela derramou o conteúdo na chaleira de alumínio, que ficava sempre na chapa quente, e aumentou a temperatura.

— Doces e destilados para todos.

Marda se afastou, relutante, do toque de Fel Ix.

— Eu posso ficar para tomar um copo. Mas depois preciso encontrar Yana. Não gosto de deixá-la sozinha por muito tempo.

Colocando o bebê no colo, Marda acariciou os cílios suaves das franjas das bochechas, fazendo caretas para ver se ele sorriria. Ele sorriu, só uma curvinha na boca. Marda deu risada e, quando o bebê viu seus dentes, ele se remexeu no que parecia ser alegria.

Era tão bom. Marda não queria deixá-los. Ela se abaixou e beijou o nariz do bebê.

Quando Ferize colocou uma caneca em sua mão, o cheiro doce aliviou a acidez da falta de certeza de Marda. Ela inspirou e tomou um golinho.

— Pode entregar isto ao Arauto? — Marda perguntou, depois de compartilharem a bebida. Ela pegou uma cartinha enrolada de suas vestes. Era breve, escrita com cuidado em um pedaço de tecido, porque não tinha nenhum datapad para escrever algo mais longo ou melhor. — Não sei se vou vê-lo.

Ferize pegou a carta.

— Vou me certificar de entregar a ele.

Marda encarou Ferize. Ao contrário da própria célula, sabia que veria Ferize de novo depois deste momento. Conseguia senti-lo, e a certeza era reconfortante. Lembrava-a de que estava fazendo a melhor escolha, a de ir com sua prima. De levar a si mesma e ao Caminho às estrelas como uma... uma vanguarda antes da *Olhar Elétrico*. Porque não estava perdendo nada além de segurança e dos ritmos diários com os quais havia se acostumado e amava. Estava levando consigo o que importava.

Assim que Marda abriu um sorriso luminoso, um ruído estranho de algo arranhando veio de um dos túneis.

Ela se virou para aquela direção no mesmo instante em que todos os Kessarines ficaram tensos. Ferize estava de pé, de costas para a parede e de frente para a boca escura do túnel, de onde o som estava vindo.

Tanto Er Dal quanto Fel Ix começaram a pegar os bebês dos cobertores.

Marda ficou de pé.

Ouviram o som outra vez. Não conseguia dizer exatamente o que tinha de errado com ele, mas não ficou surpresa ao ver os Kessarines reagirem na defensiva, em vez de expressarem curiosidade.

O túnel em questão estava marcado com as cores do caminho que levava à câmara da Mãe, com várias curvas e voltas e longos corredores escuros.

Marda ficou sem ar enquanto esperava. Não tinha armas além das unhas e dentes. Não deveria haver nada perigoso de verdade ali embaixo.

A opala solar preencheu a sala com uma luz latente, rosa-alaranjada, mas que brilhava a apenas alguns passos túnel adentro.

Marda encarou a escuridão. Deveria haver luz, do que quer que estivesse se aproximando, vinda das lâmpadas dos túneis, que respondiam automaticamente ao movimento.

Sua pele formigou.

Os arranhados se repetiram outra vez, ainda mais perto, e então ela ouviu uma respiração ofegante.

Alguém estava com dor. Marda saiu correndo, algum instinto empurrando-a em direção ao túnel, e ela pegou Kevmo quando este cambaleou até a luz e caiu para a frente. Ele estava pesado, mas ela o segurou pelos ombros. Seu próprio joelho bateu com força no chão de pedra, sacudindo seu corpo. Ela gemeu, dolorida e perturbada.

Kevmo estremeceu, todo o peso do corpo contra ela. Um dos Kessarines a ajudou a abaixar Kevmo, mas ela não queria soltá-lo, e o aninhou contra ela enquanto se ajoelhava totalmente. Ele parecia tão... rígido, como se não conseguisse se mover direito.

O cheiro de sangue e cabelo chamuscado preencheu seu nariz, e ela secou o suor da testa dele.

— Kevmo — sussurrou. — O que aconteceu? Onde você está... — Ela segurou a cabeça dele contra o próprio ombro e deslizou a mão para a testa de Kevmo, procurando por ferimentos.

O corpo dele estava rígido, mas ileso, ao que parecia — exceto pela mandíbula cerrada, os olhos fechados com força, o suor reluzindo na linha do cabelo.

— Kevmo — tentou mais uma vez, aproximando-se e colocando os braços ao redor dele. — O que posso fazer?

Os lábios azuis se puxaram para trás, mas isso só mostrou seus dentes sem ponta em uma careta. Ele estremeceu de novo, um tremor de corpo inteiro.

— Kevmo.

Agachada ao seu lado, Ferize falou:

— Meus parceiros estão levando os bebês para cima e procurando ajuda. Eu trouxe água.

— Ele não consegue... abrir a boca. — Ela tentou não soar tão conturbada quanto estava se sentindo. Pressionou a mão na bochecha dele, o polegar passando pelas tatuagens douradas, e os olhos de Kevmo se abriram. Suas pupilas estavam dilatadas, e as escleras, rosadas.

— Estou aqui — disse Marda, mantendo seu olhar febril. — Sou eu, Marda. Nós vamos te ajudar.

De repente, as costas dele se curvaram e ele fez um som terrível através dos dentes. Marda o segurou durante todo o... o que quer que estivesse acontecendo. Ela tocou a têmpora dele com a testa, abraçando-o.

— Kevmo — ela sussurrou de novo e de novo. — Kevmo.

Ela notou um cheiro nele que nunca havia sentido antes: algo calcário, adstringente.

— Kevmo — disse em seu ouvido. — Pode me mostrar onde dói? O que posso fazer?

A mão dele alcançou o rosto de Marda, com força demais para ser um toque suave, mas sem afastá-la de propósito. Estava desajeitado! A mão dele mal segurava seu queixo, e aquilo parecia errado. Marda pegou a mão dele. Sua pele estava insensível; ele a agarrava com força demais. Mas Marda se aproximou.

— Força... — ele conseguiu dizer. — A... Força.

Ela balançou a cabeça.

— Não estou entendendo. A Força... você... Kev, eu não estou entendendo.

O pânico fez seus olhos se encherem de lágrimas.

E então, as costas dele se curvaram de novo, e ela viu algo pálido subindo na pele de seu pescoço, como se fosse um líquen cinzento crescendo em uma árvore. Mas ela conseguia ver a coisa se espalhando. Marda ofegou e afastou a mão, que quase havia tocado naquilo.

— O que é isso?

— M... — O corpo inteiro de Kevmo tremia, e ela voltou a olhar para seus olhos urgentes e doloridos. Depois, olhou para sua boca. Seus lábios pressionados. — Mmm... — disse.

— É a Marda. Estou aqui, Kevmo. — Ela beijou a bochecha dele, beijou o canto de sua boca. — Não vou embora.

— Mmm — ele repetiu, e então: — *Mãe.*

Marda recuou, mas ele estava em seu colo, apoiado nela. Ela balançou a cabeça.

— A Mãe fez isto? É impossível! Eu nem sei o que é isto. Ela não tem o poder de fazer... seja lá... o que isso for...

Kevmo fechou os olhos, fazendo uma cara terrível.

Marda segurou seu rosto mais uma vez.

— Não, fica. Kevmo, fica aqui. A ajuda está chegando.

Ele não se moveu.

O cheiro de calcário piorou. Kevmo parecia pesar mais e mais contra as pernas e o peito de Marda. Por um longo momento, ela encarou a mancha cinza que se espalhava pelo pescoço dele. Ela puxou o colarinho e a borda das vestes dele. O cinza descamava sob sua unha, mas só havia mais cinza por baixo — como se o corpo dele tivesse se transformado em pedra! Era frio, pesado, terrível.

Era para Kevmo ser só cálido e risonho; ele era...

Com um arquejo chocado, Marda percebeu que ele não estava respirando.

— Não — sussurrou. — Não.

Marda apertou os olhos e o abraçou com força. Isso não devia estar acontecendo.

Ela não sabia como ajudar. Agachando-se, colocou a boca na dele e empurrou ar contra seus dentes. Tentou abri-los à força, mas a mandíbula dele estava trancada. Deu um tapa em seu rosto. Uma lágrima quente caiu.

— Kevmo, respira. Por favor. Ferize! Onde eles estão? Onde está a ajuda?

Ninguém veio, fora uma mão seca e escamosa em sua nuca, que pareceu quente demais. Mas era Marda que estava muito fria.

Kevmo não voltou a respirar. Ela se pressionou nele, bochecha contra bochecha, e enfiou os dedos debaixo de sua mandíbula para procurar seu pulso, mas seu pescoço era pedra.

O único som era a respiração ofegante de Marda. E uma voz distante, ecoando atrás e acima dela.

Mas era tarde demais.

Marda deitou Kevmo no chão, esforçando-se para sair de baixo dele. Ajoelhou-se ao lado de seus ombros. Encarando. Tremendo. Ele tinha morrido.

Rocha fria. Nenhum sorriso vibrante. Nenhuma provocação. Nem uma calidez residual.

A mancha cinzenta continuou cobrindo-o, porém, sob seu olhar fosco e horrorizado. Aquilo não desistiu nem mesmo após a morte dele, continuou a devorá-lo, ou mudá-lo, ou... a roubá-lo. As pontas de seus dedos estavam se desfazendo.

Marda queria cravar suas unhas e destruí-lo, rasgar aquilo que tinha sido seu amigo em migalhas rochosas.

Mas não o fez.

Ela se afastou e, ao se virar, ouviu um clique. Ali, sob uma dobra de sua capa, estava o sabre de luz.

Marda o pegou. Ele brilhava em dourado e rosado na luz da opala solar. Claro e ensolarado contra suas palmas da mão cinzenta.

Devagar, Marda ficou de pé. Ela ignorou Ferize. Ignorou todos que entravam na câmara-ninho. Andou até o túnel por onde Kevmo havia vindo.

Dentro dela, algo queimava, frio como o gelo.

Marda segurou o sabre de luz com as duas mãos e, ao adentrar a escuridão, tocou o botão que Kevmo tocava para acendê-lo.

Uma vibração fez seus pulsos formigarem e o sabre de luz voltou à vida. Amarelo-brilhante, como um raio de sol. Como ele.

Marda tremeu e, em suas mãos, o sabre de luz tremeu junto.

Mas ele iluminou o caminho enquanto ela atravessava o túnel escuro.

VINTE E NOVE

O Arauto estava boquiaberto enquanto Yana falava. Ela contava tudo rapidamente, sem saber se a Mãe apareceria de repente para tentar redirecionar a conversa, mas a mulher parecia ter se recolhido, por enquanto. Sol havia corrido atrás dela.

— Como você sabe que a Mãe orquestrou a emboscada em Thelj? — O Arauto não havia reagido como Yana imaginou que ele reagiria quando ela contou que sua única filha estava morta, que havia sangrado em um oceano congelado muito longe dali. Em vez disso, ele exigiu saber todos os detalhes do roubo fracassado, a expressão inescrutável.

— Sol praticamente confirmou tudo quando eu voltei para a nave. Ele disse que faz o que a Mãe o manda fazer. Ele a chamou de *Elecia*.

— Elecia — desdenhou o Arauto, ficando um pouco mais alto. Uma vez, Kor havia contado para Yana que a vida de seu pai antes de vir para Dalna e se juntar ao Caminho fora uma vida de violência, mas a única evidência que Yana havia visto disso foram as feias cicatrizes em seus tentáculos capilares arruinados. O homem sempre pareceu o bajulador afetado da Mãe. Ela estava começando a pensar que aquilo talvez fosse apenas uma fachada para esconder o verdadeiro Arauto.

— Nós precisamos matá-la agora, antes daquela criatura ficar ainda mais forte — disse Yana. — Antes de mais Jedi virem para cá.

— Jedi? Eles dificilmente são um obstáculo, a esta altura.

— Está falando sério? — exclamou Yana. — O Padawan de Marda acaba de fugir de volta para Ferdan. A Ordem vai infestar Dalna antes de os sóis se porem.

— E, se fizerem isso, mostraremos a eles a fúria da Força. — A Mãe estava parada na entrada da sala de audições, sua criatura agachada aos seus pés. O ser havia crescido desde a última vez que Yana o vira. Estava quase do tamanho de um charhound, e seu crescimento veloz fez um frisson de medo cantar pela coluna de Yana abaixo. Havia algo profundamente antinatural naquela criatura.

— Eu não acho que uma de suas criaturas possa acabar com a Ordem inteira. E os Jedi são o menor de seus problemas. Você matou Kor — disse Yana, avançando.

A Mãe sustentou seu olhar e assentiu brevemente.

— Vejo que sua missão não obteve sucesso. Era uma empreitada arriscada, e acredito que disse isso a você.

— Sua mentirosa, traiçoeira... — Yana foi até a Mãe em passos rápidos e resolutos, mas seu progresso foi interrompido pelo Arauto, que bloqueou seu caminho.

— Saia da minha frente — rosnou Yana.

— Este não é o momento para vinganças pessoais — disse o Arauto. — Yana tem razão. Por mais incrível que seja essa criatura que a Força decidiu outorgar ao Caminho, não podemos nos defender aqui em Dalna. É hora de irmos à *Olhar Elétrico*.

Yana cambaleou para trás.

— O quê? — Sua cabeça estava leve, e não tinha certeza do que o Arauto havia acabado de dizer. — Você falou que nós deveríamos ir à *Olhar Elétrico*?

— Sim. A nave ainda não tem muitos dos floreios planejados, mas é digna do espaço. Levá-la às estrelas nos dará algum tempo. Você, como Evereni, já deveria saber disso.

Yana franziu o cenho, a ira dando lugar à confusão e ao medo. Não era esse o rumo que a conversa deveria ter tomado. Eles tinham que estar unidos em sua raiva contra a Mãe e fazê-la pagar pela morte de Kor. Mas o Arauto já parecia ter perdoado a Mãe pela morte da filha, e Yana começou a entrar em pânico conforme a situação voltava a sair de seu controle, como tinha saído em Thelj.

O Arauto, por sua vez, não pareceu notar.

— O que significa toda essa gritaria? — exigiu saber Aris Ade quando ela e outros Anciões entraram na sala. — Mãe, sabe que já está quase na hora da meditação noturna. — O grupo congelou ao ver a Jedi calcificada, sua fronte congelada em dor e agonia.

— Anciões — o Arauto disse, fazendo uma reverência com as mãos abertas. — Pedimos perdão pela distração, mas a Força nos presenteou com um milagre hoje.

— Sim, um milagre. — A Mãe abriu um sorriso trêmulo. Ela ainda parecia fraca, mas definitivamente estava melhorando a cada segundo, conforme mais gente entrava na sala. Era uma recuperação real ou só outra parte de sua atuação sem fim?

— Esta criatura é o Nivelador — disse a Mãe. — Eu a vi em uma visão da Força, mas não sabia se era uma visão verdadeira ou apenas um desejo de meu coração. — Ela acariciou o quadrúpede azul e fluido agachado ao seu lado. As gavinhas ao redor do focinho se esticaram na direção dela, como se estivessem farejando o ar. Era assustador.

Os Anciões murmuraram, mas nenhum deles deu um passo à frente para afagar a criatura ou mesmo investigá-la. Eles, assim como Yana, talvez se sentissem profundamente desconfortáveis na companhia da criatura. De repente, lembrou-se de como Kor odiou aquele ovo desde o começo.

— Uma pequena criatura não pode impedir os muitos usuários da Força na galáxia — disse Aris Ade. — Como seu Nivelador irá impedi-los?

— Há outros — falou outra voz. Sol limpou a garganta, o chapéu em mãos. — Nas profundezas do Espaço Selvagem, em um planeta diferente de qualquer outro. Estas, hã, joias, seus... seus ovos entulham a paisagem, e não seria difícil criar um exército de Niveladores para espalhar o amor do Caminho.

Yana não achou que alguém realmente ouviria Sol, mas quando todos na sala começaram a assentir, ela apertou os punhos com tanta força que quase rachou o Bastão das Estações. Aqueles tolos não conseguiam sequer notar quando estavam sendo manipulados.

O Arauto limpou a garganta.

— Temos outras notícias empolgantes, meus amigos. É hora de irmos às estrelas. Começaremos nossa transição para a *Olhar Elétrico* de imediato.

— Tão rápido? — perguntou um velho humano enrugado que Yana não reconheceu. Achou que fosse o Velho Waiden, mas tinha dificuldade de distinguir a maioria dos Anciões. — Da última vez que falamos, a nave só tinha viajado o hiperespaço poucas vezes. E os droides que encomendamos para a nave? Eles já foram entregues?

— Sim. A *Olhar Elétrico* está, em grande parte, completa, apesar de não ser tão grandiosa quanto nossas ideias originais. Mas a Força age de formas misteriosas, e pode ter acontecido que a Mãe tenha intuído sua vontade de forma apenas parcialmente correta.

O Arauto não deu tempo para a Mãe interromper; ele continuou sem dificuldades:

— O Nivelador precisa ter tempo para crescer até chegar ao seu poder total, longe de inimigos que prefeririam usar a Força para seu ganho pessoal. Esta criatura é apenas um filhote. Daremos tempo a ela para amadurecer, e, quando for adulta, poderá enfrentar todos os Jedi. Se isso levará um ou cem anos, não importa para o Caminho. Nós continuaremos em frente.

— A Força será livre — a Mãe se apressou em dizer, como se quisesse se certificar de que daria a palavra final. — A Força será livre!

Sua voz ecoou pela caverna, e a exclamação foi repetida inúmeras vezes até Yana precisar dar meia-volta e ir embora.

Não conseguia suportar aquilo.

O Arauto e a Mãe estavam, obviamente, presos em uma disputa de poder, na qual Yana não tinha o menor interesse em se envolver. Achou que o Arauto seria seu aliado, que compartilharia a raiva e o luto que sentia por Kor. Mas, se sentisse, havia optado por seguir as próprias ambições, ao ver a morte da Jedi e a descoberta do Nivelador como uma oportunidade de aumentar seu poder, de finalmente eclipsar a influência da Mãe dentro do Caminho.

Os dois que continuassem. Ela só queria ficar o mais longe possível do Caminho e do Nivelador. Algo na criatura a deixava ansiosa, como se ela só estivesse esperando o momento para arrancar um pedaço de Yana.

Só havia dado alguns passos quando ouviu alguém ofegar. A sala ficara em silêncio atrás dela, e, ao se virar, Yana conseguiu entender o porquê. A criatura havia saído do lado da Mãe e estava seguindo Yana como uma criança perdida segue uma irmã mais velha. A criatura azul brilhante sentou-se diante de Yana e soltou um bramido baixo, que pareceu um sino ecoando dentro do peito de Yana. Era mais energia do que som e, por um instante, Yana não teve certeza do que a criatura queria. Mas então viu as gavinhas de sua cara se esticarem em direção ao Bastão das Estações.

— O Nivelador escolheu sua protetora. — A voz grave do Arauto interrompeu os pensamentos de Yana. Seus olhos encontraram o olhar preto como tinta do Arauto, tão parecido com o de Kor que Yana quis chorar, e ele assentiu de leve para ela. Era sua oportunidade de dizer que não, de falar que a criatura estava meramente atraída pelo Bastão das Estações. Mas Yana deixou o objeto atrás de suas costas, estendendo a mão livre para deixar as gavinhas do rosto da criatura se enrolarem em seus dedos. O bastão esquentou em sua mão, mas não era nada insuportável, e valeu a pena para ver a expressão no rosto da Mãe.

Por um instante, sua fachada benevolente fraturou, revelando uma ira fria e calculista. Mas foi reprimida assim que surgiu, e ela sorriu benignamente mais uma vez.

— Vejo com humildade que este agente da Força me escolheu — disse Yana, as palavras lentas e deliberadas. — Levarei este dever tão a sério quanto levei o de ser uma das fiéis Crianças da Mãe.

— Você sempre cumpriu seus deveres de forma admirável, e agora será a protetora do Nivelador — falou a Mãe, antes de o Arauto poder dizer qualquer coisa. — Que dia incrível para todos nós.

Yana escondeu o bastão, seu olhar encontrando o do Arauto por um momento, antes de ser cercada por simpatizantes e Anciões a parabenizando por ser um recurso tão valioso da Força.

Yana mal os ouvia. Havia um plano em ação e, o que quer que o Arauto estivesse tramando, agora ela fazia parte disso.

Só esperava que, no fim, ela pudesse assistir à morte da Mãe.

TRINTA

Marda andava pelos túneis subterrâneos com uma clareza anestesiada. O sabre de luz zumbia diante dela. Conseguia sentir através do metal, nas palmas das mãos. Era reconfortante. Iluminado. Entendia por que os Jedi gostavam dessa arma.

Mais à frente, na direção da sala de audições da Mãe, vozes empolgadas flutuaram na direção de Marda. Não era nada do que havia esperado: medo, batalha, angústia. Como Kevmo podia ter morrido assim e, lá na sala iluminada e quente da Mãe, pessoas se reuniam como se estivessem celebrando?

Primeiro, Marda viu o Arauto e vários dos Anciões ao redor de Yana, que aceitava a atenção deles em evidente desconforto. A Anciã Aris Ade notou Marda e levantou a mão para cumprimentá-la com um sorriso. Mas o olhar de Marda passou por ela e foi até a Mãe, que estava ajoelhada em uma almofada perto de uma criatura estranha de brilho azul, encarando Yana com olhos astutos.

Quando entrou, o brilho dourado do sabre de luz de Kevmo foi engolido pelas luzes cintilantes da sala. Como se não importasse. Aquilo partiu seu coração. Ele havia ficado sozinho nos túneis e agora estava morto. Os lábios de Marda tremeram, e ela quis chamar sua prima. Entendia as profundezas trêmulas do luto que Yana estava sentindo. Queria ser consolada. Queria...

No chão da caverna, uma estátua cinza-escura vestia os trajes dos Jedi.

Marda piscou de choque.

O rosto da Cavaleira Jedi estava retorcido em medo e agonia. A ponta de seu nariz havia esfarelado.

Marda se aproximou. Sua respiração chiou, e o sabre de luz em sua mão cortou o ar quando ela o abaixou. A ponta furou o tapete, chamuscando-o com um sibilo, e Marda o desligou com o polegar. Ainda atordoada.

A Jedi Zallah Macri, a Mestra de Kevmo, estava tão morta quanto seu aprendiz. De alguma forma virou mineral.

— O que aconteceu? — perguntou. Sua voz era baixa, mas foi ouvida em um novo silêncio.

— Marda — disseram Yana e o Arauto ao mesmo tempo.

Mas o olhar de Marda deslizou até a Mãe. Os olhos da Mãe estavam fechados, ela estava sentada em uma almofada no chão, com as mãos no colo, palmas viradas para cima. Ao lado dela, o pescoço comprido da criatura tremulava, os olhos focando Marda. Estudando-a antes de voltar sua atenção para Yana mais uma vez.

— Você tem a arma do Jedi — falou um dos Anciões.

— Você o parou? — perguntou outro.

— Ele está morto — Marda disse à Mãe.

— Ótimo — disse o Arauto, e Marda virou a cabeça, chocada. — Sabe se ele tinha algum aparelho de comunicação? Alguma forma de contatar os outros antes de sucumbir?

Marda o ignorou e foi até a Mãe. O Arauto devia ser obedecido; ele compreendia o Caminho, mas era a Mãe que importava.

— O que aconteceu? — perguntou outra vez.

— O Jedi atacou a Mãe — disse a Anciã Aris Ade.

O Velho Waiden franziu o cenho.

— Está ferida, Marda?

O Arauto havia começado a falar, mas a Mãe finalmente abriu os olhos.

— Marda. Este é o Nivelador. Foi o que aconteceu.

Marda se ajoelhou diante da criatura. Era um quadrúpede do tamanho de um charhound, com cascos delicados, uma cauda e um pescoço comprido. Emanava uma energia azulada e algo que parecia... sabedoria. Marda fechou as mãos ao redor do sabre de luz.

— Ele matou os Jedi.

— Sim. Eles abusaram da Força, e o Nivelador restaurou o equilíbrio mais uma vez. É um agente puro da Força.

Marda virou-se bruscamente para olhar para o corpo de Zallah Macri, que se esfacelava.

— Para impedir que o abuso que infligiram à Força ferisse outras pessoas — murmurou. Maravilhada, ela acalmou a respiração com cuidado. Fechou os olhos e lágrimas que não havia notado pingaram em suas bochechas.

Ela havia dito a Kevmo tantas vezes que não podia tomar da Força. Ela falou. Ele não ouviu, e agora estava morto. Esse avatar da Força havia aparecido para trazer a harmonia de volta.

A mão de Marda se fechou ao redor do sabre de luz. Por que ele não a ouviu? Fora criado tão mal. Kevmo estava morto por culpa dos Jedi e de seus costumes. Não podiam permitir que continuassem a contar suas mentiras. Que corrompessem a galáxia com seus abusos da Força, que aparentavam ser virtuosos. Que transformassem meninos brilhantes como Kevmo Zink em cinzas e calcário.

— Precisamos pará-los — sussurrou. Mas, ao abrir os olhos, a Mãe a observava com a expressão mais aberta que Marda já havia visto. Concordando. Compreendendo.

— Precisamos pará-los — a Mãe falou, para que todos ouvissem as palavras de Marda. — Somos os recipientes da Força, Marda sabe disso. Vivemos em harmonia com uma Força livre. Esta criatura abençoada é a vontade da Força, e há de pará-los. Esta criatura e seus incríveis irmãos, em harmonia com a Força. — Ela estendeu uma das mãos até Marda.

Mantendo uma das mãos no sabre de luz — seu sabre de luz, agora —, Marda colocou sua outra mão na da Mãe.

Pairando acima de Marda, o Arauto disse:

— Yana Ro foi escolhida pelo Nivelador para ser sua protetora.

Marda olhou para Yana. A prima a olhou de volta. Yana estava com raiva. Mas não estava tentando ir embora. Não estava tentando machucar a Mãe.

— Yana aceitou? — perguntou ao Arauto, mas só via Yana. Precisava de Yana. Só confiaria na Força, mas precisava de sua prima.

Yana mostrou os dentes de leve. E assentiu.

— A Mãe teve uma visão sobre nós — disse o Velho Waiden. — Nas estrelas. — A voz dele tremia de incerteza. Uma pergunta.

— Chegou a hora de irmos para a *Olhar Elétrico* — falou a Mãe.

— De levar o Caminho às estrelas — acrescentou o Arauto.

— Eu sei onde precisam de nós. — Marda pensou sobre a Convocação em Jedha. Eles levariam a evidência do que os Jedi haviam causado contra si mesmos. Eles levariam o Nivelador. Levariam o Caminho da Mão Aberta.

Ela ficou de pé, mas baixou o olhar para o Nivelador. Ele estava parado, mas tremulava, como se estivesse se movendo com uma brisa ou uma canção que só ele ouvia. A Força.

Marda sentiu que aquele ser era indescritivelmente correto. Segurou o sabre de luz de Kevmo. Então, olhou para o Velho Waiden. Para a Anciã Aris Ade. Para a Anciã Sarevelin. A metade superior de seus rostos estava completamente pintada de azul. O mesmo azul do brilho do Nivelador.

A Mãe tinha um belo sorriso quando se virou para Marda.

— Marda Ro ficará ao meu lado. Uma guia junto à nossa protetora. A Força vê estas primas. São recipientes de sua vontade.

Marda assentiu para os Anciões. Ela fez uma reverência para eles, as mãos para cima: uma, com o sabre de luz; a outra, aberta.

TRINTA E UM

Sol olhou para a tela de visualização dos aposentos da Mãe a bordo da *Olhar Elétrico*, visualizando o espaço aberto, preto como tinta. Como havia chegado lá? Parecia estranho pensar que estava embarcando em uma nova aventura com o Caminho ao lado da Mãe. Sempre que pensava muito sobre isso, sentia-se desancorado, à deriva, como se, de alguma forma, tivesse chegado lá sem ter dado um único passo.

Mas então Elecia sorria para ele e isso não importava mais. Não podia importar. Não havia nada tão importante quanto a felicidade dela.

Quando a porta deslizou para revelar Elecia do outro lado, Sol sentiu seu mundo ficar mais restrito. Só Elecia existia. Era a escuridão e a luz. Ela era tudo que Sol desejava.

Quando ela cambaleou, Sol estava lá para segurá-la, veloz, apesar de seu tamanho. Mas ela fez um gesto dizendo que não precisava.

— Não devo parecer fraca.

— Você nunca poderia ser fraca — murmurou, mas ela foi até um sofá baixo posicionado do lado oposto da porta. Tudo nesta sala, a mais refinada da nave, havia sido feito para impressionar. Sol nunca havia entrado em um lugar tão elegante.

Mas Elecia não parecia ver toda aquela grandiosidade. Em vez disso, fechou a cara.

— O Nivelador é a única coisa de que preciso para voltar a ficar forte, para reconquistar minha influência. — Ela fez uma pequena pausa antes de se virar para Sol. — Antes, você dissera que havia outro bastão. Em Jedha, correto?

— Ah, sim. O Bastão da Aurora.

— Conseguiu encontrar sua localização?

— Sim, mas está em um cofre. Pelo que ouvi, o cofre é controlado pelos Jedi. Muito inacessível.

— Talvez fosse, anteriormente. Mas, com o Nivelador, tudo é possível. — A Mãe fechou os olhos e se inclinou para trás, e, por um instante, Sol achou que ela estivesse descansando. Mas então seus olhos se abriram de repente. — Preciso que vá para Jedha. Que prepare nossa chegada.

Sol piscou de choque, sentindo-se estúpido.

— Como... como faço isso?

— Fazendo com que todos saibam exatamente quem somos. O Caminho da Mão Aberta não será impedido.

TRINTA E DOIS

Yana observava o vazio do espaço e tentava não sentir o luto que latejava atrás de seus olhos. Kor teria amado a vista do saguão do templo da *Olhar Elétrico*. As tapeçarias de opala solar não haviam sido terminadas e tremeluziam melancolicamente em tons de azul, mas a tela de visualização que ia do chão ao teto era impressionante. Ela fazia Yana se sentir pequena e fraca. Insignificante. O que provavelmente era a intenção do local.

— Achei que a encontraria aqui.

Yana se virou e viu o Arauto se aproximando dela. Ele havia trocado as vestes azuis e cinza por camisa e calça pretas justas, uma faixa de tecido azul assimetricamente drapeada nos ombros. Os blasters gêmeos eram visíveis em seus quadris. Ele tinha mudado naquela ocasião na caverna, algo dentro dele endurecera, assim como os Jedi foram transformados em pedra.

— Precisava de um tempo para respirar.

Era verdade. Desde o momento em que Yana fora nomeada a Protetora, o Bastão das Estações ficava escondido debaixo das camadas de suas vestes, mas isso só queria dizer que, quando estava perto do

Nivelador, a criatura a seguia para onde fosse. A Mãe ficava frustrada, porque a criatura parecia gostar mais de Yana do que dela, e Marda viu isso como um sinal de que Yana havia voltado para o Caminho. Manter a mentira a deixava exausta, então Yana estava falando ainda menos do que antes, e, quando questionada, ela sempre dizia que estava ouvindo o pulsar da Força. Isso mantinha os outros longe dela, todos exceto Marda. Ela queria que Yana descrevesse o som que a Força fazia.

— Ela teria amado este lugar — disse o Arauto em meio ao silêncio, e Yana levou um instante para recalibrar e entender que ele estava falando de Kor, não de sua prima.

— Sim. — Yana hesitou. O Arauto nunca havia gostado muito de Yana, e duvidava que o novo arranjo tivesse mudado isso. Mas Kor estava morta, e talvez o homem apreciasse uma nova lembrança de sua filha. — Nós costumávamos falar sobre ir embora de Dalna, e uma das coisas que Kor sempre dizia é que queria passar o primeiro ano fora em algum cargueiro, só observando a galáxia, sobretudo os Mundos do Núcleo. Coruscant, Hosnian Prime e lugares assim. Ela realmente queria ir para Alderaan. Nunca entendi o porquê, mas ela falava sobre isso o tempo todo.

O Arauto não disse nada por um instante, mas depois assentiu.

— Sinto falta dela.

— Eu também. — As lágrimas fecharam a garganta de Yana de repente. Respirou fundo e soltou o ar, enterrando fundo a dor, como sua mãe lhe ensinara tanto tempo atrás. — A Mãe tem que pagar pelo que fez com ela.

— E com Treze — disse o Arauto, a voz estável. Fria e sem emoções. — Sei que não gostava muito do menino, mas ele também foi uma vítima. Falei com a namorada dele em Ferdan. Sabia que eles estavam esperando um bebê?

— Sim, e, para ser sincera, a ideia me dá náusea. Mas ficarei feliz de vingá-lo também. — Yana ajustou o Bastão das Estações, na parte de baixo de suas costas, sob várias camadas de tecido.

— Esperaremos pacientemente e destruiremos a Mãe assim que a oportunidade surgir — disse o Arauto. — Nós dois sabemos o tipo de pessoa que ela é de fato, e permitir que continue a explorar a Força para ganhos pessoais não é uma opção. Para nossa sorte, a Mãe está fraca, e seu poder há de enfraquecer aqui no espaço. Mas, enquanto aguardamos o momento perfeito para atacar, deve cercar sua prima.

— Marda? O que ela tem a ver com isso? — Yana perguntou, sentindo-se desconfortável.

— Sua prima é uma verdadeira fiel — falou o Arauto. — Para onde ela for, o restante do Caminho a seguirá. Já viu como os outros olham para ela? Os Anciões, os Pequenos? Ela faz com que sintam coragem quando estão com medo, e demonstra gentileza quando se sentem desprovidos. Marda deveria ser a próxima Mãe, para guiar e cuidar de nossos membros. — O Arauto hesitou. — Não. Ela será algo melhor do que um embuste de amor materno. Ela será nossa Guia.

Yana ficou irritada com o Arauto por ele mudar o rumo da conversa para Marda, mas então ele pousou uma das mãos em seu ombro.

— Com Marda como Guia, comungando com a Força e compartilhando sua vontade, precisaremos que alguém a proteja de todo o mal. Você será sua Guardiã, eternamente ao lado de sua prima, protegendo-a de todos aqueles que tentassem acabar com sua visão.

— E o que você será? — perguntou Yana, mas o Arauto já estava se afastando, de volta às entranhas da *Olhar Elétrico*. Não respondeu Yana, e, quando ele saiu de lá, ela começou a se sentir como se não pesasse nada. Queria saber qual era o plano dele. Mas realmente não importava. Os dados haviam sido jogados e Yana fizera sua própria escolha. Continuaria até o fim.

Assim que o Arauto se foi, Yana voltou aos aposentos que compartilhava com a prima. Ninguém mais quis repartir o quarto com Yana, e pela primeira vez não tinha nada a ver com ela ser Evereni. Na realidade, a maioria das pessoas do Caminho tinha medo do Nivelador e não queria correr o risco de irritar a Protetora. Yana achava que era mais sobre a possibilidade de a criatura fazer uma visita durante um ciclo de sono. Por sorte, Marda não era tão desconfiada. Era como se não sentisse medo de mais nada.

Yana entrou e encontrou a prima cantarolando e desenhando suas linhas de devoção. Ela também havia mudado o estilo de se vestir; não era nada óbvio, mas Yana notou que Marda passou o tecido externo até deixá-lo suficientemente apertado para segurar o sabre de luz do Jedi contra suas costelas. Agora, estava sempre com ela.

— Yana — disse Marda —, a Mãe pediu para eu liderar nossa meditação noturna.

— Parabéns. Você merece. — Yana deixou-se cair na cama, o Bastão das Estações enfiado na carne. Era um lembrete constante da escolha que fez, e o desconforto que causava parecia o correto.

Marda se virou para ela. Yana ficou surpresa ao ver que as linhas de devoção de Marda não eram mais três ondas azuis de concha-brikal na testa. Em vez disso, ela havia desenhado três linhas duras e verticais no rosto: uma dividindo seu olho esquerdo, a outra dividindo o direito, e uma última indo do começo dos cabelos e descendo pela ponte nasal e chegando até a garganta. Marda sorriu. Não era um sorriso de boca fechada, como costumava sorrir antes. Aparentemente, agora se sentia confiante de mostrar os dentes. Yana gostava disso nela; só queria que não tivesse sido a um preço tão alto.

— Que pintura facial é essa?

— É um novo dia para o Caminho, agora que estamos nas estrelas. Agora que temos o Nivelador para cortar o abuso da Força de forma imparcial. Não nos pegarão de surpresa de novo, Yana. Servirei à Força e a tornarei livre. E, por isso, não usarei mais as linhas de minha devoção como um símbolo gentil, mas as cortarei através dos meus olhos, iluminando a vontade da Força. E do meu Caminho.

Algo na nova pintura fez Yana hesitar. Não sabia dizer como nem por que, mas definitivamente havia algo... perturbador naquilo. E no brilho nos olhos escuros de Marda.

E então, Marda saiu, deixando Yana em uma sala vazia, fazendo com que se perguntasse por quanto tempo o infortúnio as seguiria, assim como seguia todos os Everenis.

O que Yana havia concordado em fazer? E, mais importante, será que sobreviveria?

TRINTA E TRÊS

O Cavaleiro Jedi Azlin Rell estava entre os restos de um assentamento abandonado no pequeno planeta Dalna, sob uma dispersão de estrelas. Estava sozinho no escuro, exceto por C-9, seu astromecânico, e os fantasmas.

O assentamento havia sido abandonado com pressa, e a maioria das coisas que haviam sido levadas eram suprimentos e pertences, apesar de alguns terem ficado para trás, marcando as vidas dos que moraram ali. Grãos caídos e espalhados. Cobertores esfarrapados presos nas farpas do batente da porta de um celeiro. Cadeiras e bancos derrubados. Um jardim colhido às pressas. Finas manchas azuis em linhas horizontais no tronco de uma árvore estreita e cinzenta, com folhas cerosas que brilhavam avermelhadas sob a luz das estrelas. As manchas estavam marcadas com o que pareciam ser nomes, como se crianças tivessem registrado suas alturas. Eram esses os tipos de fantasma que Azlin viu.

C-9 apitou para si mesmo por causa da espessa lama rosada que ficava grudando em suas rodas. Uma boa parte da estrada que vinha de Ferdan estava lamacenta demais para ser atravessada com facilidade, e ele havia criado um caminho por entre flores que estouravam alto quando pisadas. Azlin permitiu-se ser reconfortado pelos sons que C-9 fazia. Apesar de o astromecânico de domo verde o haver desacelerado um pouco, valia a pena tê-lo ao seu lado. Depois de dois meses nessa viagem na Orla Exterior, C-9 havia improvisado um novo braço para si mesmo com uma liga de aço estranhamente carregada que identificou em uma das luas de Relik, e o prendeu ao próprio domo. Aquele bracinho era particularmente sensível a certos campos eletromagnéticos, e C-9 sabia com frequência se algo ou alguém estava se aproximando, mesmo antes de Azlin saber. Quando apontou isso, C-9 sugeriu insolentemente que chamassem seu novo apêndice de chapéu Jedi.

Com C-9, Azlin achava fácil preferir a companhia de droides à de gente.

Mas Azlin tinha gostado do Padawan Kevmo Zink. Era fácil rir com ele.

A mensagem de emergência que interrompeu seu voo sonolento até Jedha continha um requerimento do Mestre Jedi Lahru, pedindo que parasse no pequeno planeta Dalna para ver como estavam a Mestra Zallah Macri e seu Padawan Kevmo. Eles não faziam contato havia dias, e a xerife local notificou o posto avançado que a nave deles estava aparentemente abandonada. Os créditos que haviam colocado pelo espaço de aterrissagem nas docas estavam quase acabando, e a população local queria confiscá-la.

Mas Jedi não sumiam assim. Algo terrível devia ter acontecido. Apesar de Azlin conseguir imaginar Kevmo caindo em um buraco ou algo tão bobo quanto, isso nunca aconteceria com a Mestra Zallah Macri. Ela era séria, habilidosa e peculiar. Ela teria deixado um aviso ou pedido de reforços se tivesse tido a oportunidade.

Então, eles deviam ter sido pegos de surpresa.

Ele e C-9 haviam aterrissado algumas horas antes, invadido rapidamente a nave de Zallah com os códigos compartilhados e baixado as informações do computador em um datapad. Azlin falou com a xerife, Jinx Pickwick, uma humana pragmática que estava ao mesmo tempo preocupada com o sumiço dos Jedi e relutante em ajudar Azlin a se envolver no problema que os engoliu, fosse o que fosse. Mas a dona da estalagem onde Zallah e Kevmo haviam ficado se apressou em culpar a seita local pelo desaparecimento dos Jedi.

Azlin havia ouvido falar do Caminho da Mão Aberta. Sabia bastante coisa a respeito dos vários planetas, luas, assentamentos e comunidades da fronteira. Ele acreditava que uma pesquisa sólida era necessária para que qualquer missão fosse cumprida de forma satisfatória, e, se quisesse ser exemplar, ter mais informações era essencial. Saber tudo que podia saber *antes* de adentrar algo dramático o salvara muitas vezes. Não teve muito tempo para investigar Dalna quando a mensagem de emergência chegou até ele, mas, graças aos seus esforços em estudar constantemente, tinha o que precisava: o Caminho era uma seita da Força que pregava a vida em harmonia com a Força de modo a não interferir nela. Acreditavam que tocar a Força, usá-la ou influenciá-la era errado. Azlin podia imaginar quantos problemas os Jedi, sobretudo um como Kevmo, poderiam arranjar em um grupo assim.

Dois dias antes, de acordo com a Xerife Jinx, o Caminho havia colocado todos os seus membros em uma enorme nave que passaram meses construindo, capaz de viajar no hiperespaço. Partiram. Jinx não sabia dizer se pretendiam voltar, mas era certo que todos haviam ido embora.

Azlin havia atravessado o complexo, o jardim e pequenas colmeias de células, pequenas plantações de vegetais, um celeiro e prédios comunais, e parou diante de uma porta trancada com um painel de números. Segundo rumores em Ferdan, eles tinham salas subterrâneas, e essa era a prova. As cavernas haviam sido inundadas recentemente, Jinx contou a ele, e os Jedi haviam ajudado a seita a sobreviver.

Fechando os olhos, Azlin roçou os dedos no metal frio do sabre de luz em um gesto reconfortante que só se permitia fazer quando estava sozinho. O que, felizmente, era a maior parte do tempo. Procurou pela Força. Ela era abundante neste mundo, intensa e viva, com vida e emaranhados de esperança. Mas, lá, Azlin sentiu a Força afinar. Ligeiramente, ao menos.

Na maioria das vezes, ele não ficaria preocupado, mas por algum motivo sua pele se arrepiou de nervosismo. Azlin não era uma pessoa medrosa. Era cauteloso, cuidadoso, mas confiava na Força. Era parte dele e ele era parte dela. A adrenalina era útil em momentos de estresse e ação. Mas Azlin fez o que lhe foi pedido. Era o que qualquer Jedi faria: o que seu chamado pedia, o que a luz pedia.

Respirando com cuidado, Azlin se alinhou com a Força ao seu redor e deu uma batidinha no domo de C-9. Em vez de pedir para o droide destravar a fechadura, ele tirou o sabre de luz do cinto e o ligou com o polegar.

O pálido brilho azul cortou a noite e Azlin deu um passo suave à frente, empurrando a lâmina diretamente na porta de metal. Ela sibilou, e Azlin ergueu o sabre. Cortou a porta com facilidade. Em alguns momentos, desligava o sabre mais uma vez e chutava a porta suavemente. Ela ressoou, ecoando mais à frente.

Só a escuridão o cumprimentou. Um túnel preto e estreito, que descia em degraus rasos de pedra.

Pegando um bastão luminoso, Azlin se virou para C-9.

— Fique aqui. Fique pronto para enviar aquela rajada de emergência para a nave se algo acontecer. Vou manter contato pelo comunicador.

C-9 apitou uma afirmativa relutante.

A luz branca cortou a escuridão, e Azlin começou a descer.

— Olá?

Sua voz soou, sem exatamente ecoar. Ninguém respondeu. Andou a passos firmes, mas cautelosos, o pulso latejando forte pelo corpo todo. Azlin manteve a respiração calma e se agarrou à Força, pronto, ouvindo, sentindo o que conseguisse. O que era muito pouco.

Os degraus só terminaram alguns metros debaixo da terra, mas havia três túneis. Cada um deles estava marcado com tinta: azul, preta, rosa. Nada que sugerisse para onde iam. Não havia tapetes ou bancos ou qualquer outra coisa. Só o cheiro de pedra úmida e uma brisa bolorenta atrás dele.

Procurando-a mais uma vez, Azlin empurrou sua consciência da Força em todas as direções. Havia pouca vida, e ele mal sentia até mesmo as coisas mais simples, como o líquen ou o tipo de sistema radicular que se pode encontrar no subterrâneo. Nada consciente.

Mas...

Azlin moveu-se instintivamente em direção ao único sentimento incomum. Uma sensação, quase um anseio.

Segurou a luz à sua frente, o sabre de luz na outra mão, e caminhou de olhos fechados. A Força o guiou. Ele virou duas vezes em túneis diferentes, passou por outra escadaria pequena e quase tropeçou ao bater contra uma parede.

Não uma parede física: uma parede fina, como um espelho da Força, refletindo de volta para ele seu próprio pavor crescente.

Abriu os olhos, lutando contra um arrepio. Estava em um tipo de câmara. Na ponta mais distante, uma pilha de rochas se assomava ao lado de outra saída escura. O teto arredondado cintilava sob o bastão luminoso em estranhas listras e manchas de arco-íris. A opala encontrada neste vale. Havia uma bacia, claramente destinada a água, e uma toalha úmida mofada. E, no chão de pedra lisa, havia algo estranho espalhado, que parecia farelo de calcário, pedacinhos de pedra pulverizada dentro de tecido marrom e branco.

Franzindo o cenho, Azlin se ajoelhou ao lado daquilo. Voltou a guardar o sabre de luz e se aproximou. Seu dedo tinha acabado de encostar em um longo pedaço do tecido marrom quando ele se jogou para longe. Azlin não parou até suas costas baterem contra a parede.

Era a capa de um Jedi.

Suas mãos tremiam quando iluminou a pilha de roupa e pedra esmigalhada.

O calor preencheu seu rosto conforme o choque pulsava com as batidas de seu coração, insistindo que ele sabia o que era aquilo.

Jedi. *Jedi.*

Como se... como se o corpo tivesse sido transformado em pedra. Calcificado e quebrado.

— Kevmo — Azlin falou baixinho. Sabia que era ele. Havia dois desaparecidos, mas ele sabia. Conseguia sentir.

Apesar do horror revirando seu estômago, escalando sua garganta, Azlin agarrou o sabre de luz e passou pelos restos de Kevmo Zink. Ele voltaria. Voltaria por Kevmo. Voltaria.

Azlin se obrigou a procurar pela Força mais uma vez, preparado para os ecos de pavor impregnados naquela sala.

Era terrível. Nunca havia sentido aquilo.

Um passo, depois outro, e mais outro: estava fora da câmara que continha o que restava de Kevmo Zink. Ele respirou com cuidado. Ouviu. Avançou ao longo do estranho fio de desejo da Força. Azlin cerrou a mandíbula, a boca fechada em uma careta, tentando respirar em meio a tudo aquilo. A Força estava em todos os lados. Não havia ninguém lá. Ficaria bem. Ficaria...

Não importava, disse a si mesmo. Precisava encontrar Zallah Macri. Precisava descobrir o que havia acontecido, onde ela havia morrido. Não tinha como fingir que ela não estava morta.

No subterrâneo, nas profundezas das cavernas sinuosas, só estavam Azlin e a Força, e as sombras que o cercavam. Tentou ignorar a parte sua que não conseguia parar de pensar na risada de Kevmo, enfiando ensopado de peixe na boca, incitando Azlin a participar da missão. A bronca tolerante de Zallah Macri no Padawan.

O Caminho era para ser inofensivo. Os Jedi não desapareciam assim. Eles não morriam assim, não em qualquer lugar, não de maneiras tão inexplicáveis.

Azlin parou.

Na escuridão, sob metros de arenito rosado, ele respirou fundo e alcançou a Força com tudo que tinha.

Ela respondeu. Ela sempre respondia.

Conforto, conexão, a Força viva era tudo de que precisava. Estava onde deveria estar, e, mesmo sozinho, nunca estava sozinho.

Azlin expirou, devagar, firme e determinado. Então, continuou.

A sala na qual encontrou os restos da Mestra Jedi Zallah Macri se iluminou quando ele entrou. Luzes automáticas, cálidas e ávidas, inundaram a câmara. Menor do que o sepulcro de Kevmo, este ainda tinha cortinas e algumas almofadinhas empurradas para o lado.

Luz verde. Estantes vazias entalhadas na parede de pedra. Azlin sentiu... sentiu uma porta escondida na parede e soube que, um dia, o outro lado abrigou itens poderosos imbuídos da Força. Mas não estavam mais lá.

Este lugar não era mais nada.

Azlin se ajoelhou ao lado dos restos esmigalhados de Zallah Macri, dourados, marrons e brancos. Sabia que precisaria coletá-los. De algum jeito. O cinto, as botas e os itens utilitários geralmente não eram queimados com ela após a morte, mas o manto poderia ser. Poderia ser enviado de volta para casa, em Coruscant. O de Kevmo também.

Os dois sabres de luz não estavam lá.

Sem perceber, Azlin encostou dois dedos nos restos ásperos e calcários do corpo dela. Um arrepio passou por ele, tão profundo quanto seus ossos, tão profundo quanto a Força.

Azlin não fazia ideia do que havia acontecido ali. O que poderia ter feito isso. O que os havia destruído.

O que quer que fosse, a ideia o preencheu com um horror sem nome. Denso e terrível. Que o pressionou por todos os lados da câmara de pedra, mas, mesmo com os olhos bem abertos, Azlin não viu nada — e soube, *sentiu* que essa sensação cortante vinha de dentro de si mesmo. De repente, tinha um nome para ela.

Medo.